U0000012

스윗슈가캔디맨

Sweet Sugar Candyman

蜜糖危險男友 下

ARCANA

Author 아르카나

Illustrator 阿蟬

CONTENTS

스윗슈가캔디맨
Sweet Sugar Candyman

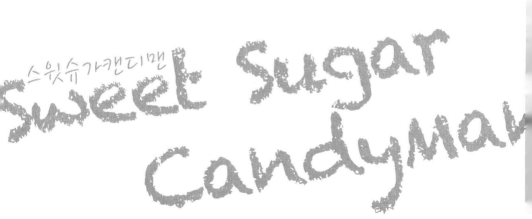

第五章 令人瘋狂的男人

Gotcha hot, Makin'all the panties drop

準備要去學校的我走進浴室，看著鏡子裡自己眼窩深陷的臉嘆了一口氣，習慣性按壓一下眼窩後，我將身上穿的T恤往上拉到胸部。跟身上黑色T恤對比之下，我的皮膚上充斥了吻痕，我用一手拉著T恤、一手摸著這些好像皮膚病的紅色吻痕。

被衣服遮蓋的部分，紅色吻痕多到看不太到原本皮膚的顏色，總覺得自己又比之前瘦了一點，手指摸了摸肋骨，然後又將T恤往上拉了一點。T恤就這樣被我拉到下巴，看到了有更多吻痕與瘀青的鎖骨，我摸了摸後又嘆了一口氣。

雖然知道士憲哥不喜歡崔賢吾，但就連去學校跟崔賢吾見面這件事情，都能讓哥哥在我身上留下比平時還多的痕跡。近來士憲哥好像變成奇怪的色情狂，像隻發情的野獸，在禁欲乾淨的臉龐與整齊制服下帥氣的哥哥，一回到家就會脫掉面具，呈現出可怕的樣貌。

我猜想著該不會制服是抑制哥哥的鎖鏈?但又好像不是這樣。

「你現在是在誘惑我嗎?」

我屏住呼吸看著鏡中的士憲哥，不知何時走進來的哥哥斜靠在門上看著我。穿著硬挺的制服、一手拿著機長帽，雙臂交叉在前胸的哥哥的眼睛望著我的腰，知道哥哥眼睛看著那邊的我，急忙的拉下T恤，出生以來第一次知道可以用背後的插入，但隨之而來的記憶畫面卻足以讓我臉紅。

「才沒有……」邊人的視線讓我呢喃著，士憲哥的視線足以讓人興奮，眼神掃過的地方都有火辣辣的感覺。

擋在門邊的哥哥，不論是從身高或是目前的氛圍看來都深具危險性，露骨的直盯著我腰部的哥哥，笑了出聲：

「啊，我真想把你放到行李箱裡，你要進去嗎？」

「……那邊太小了進不去，而且如果行李檢查時發現裡面有一個人……」

認真回答的我突然意識到哥哥是在說笑，所以馬上閉上嘴，哥哥的笑聲越來越大，我鼓著臉看向哥哥，而哥哥依然帶著笑臉說：「過來。」

聲音很低沉、很柔和，但我就像是聽到命令般的小心翼翼往哥哥走去，本就已經很高的哥哥站在浴室的門檻上，顯得更高大。

「抬起頭來。」

我依照哥哥的指示抬起頭，而哥哥用下巴示意我再抬起頭一點。

「閉上眼睛。」

「嗯。」

「嘴張開，啊。」

我依據哥哥的要求閉上眼、略微張開嘴，緊接著哥哥溫暖的雙唇就輕觸著我的雙唇，然後熟練地、溫柔地翻攪著我的舌頭。敏感的唾液交雜，讓我發出奇怪的呻吟聲，本來想抓著哥哥的衣服抵抗，但這樣燙好的襯衫會皺掉，所以只好將雙手放回自己的胸前。最後士憲哥親啄了一下後結束這個吻，依舊沉浸在這個吻的我迷濛的看著哥哥，要去上班的哥哥身上飄來濃厚的香水。

「輕好了，可以走了。」

哥哥笑著撥了撥我的頭髮。我小時候發音還不太好，總是將「親親」說成「輕輕」，但彩憲哥跟士憲哥直到最近都還會拿這件事情來捉弄我，我瞪著哥哥，不過哥哥卻笑著跑走。

今天比平時還要早出門，今天是我答應要載哥哥上班的日子，計劃好先載哥哥去上班、然後我再去學校，所以有時間可以思考那些應該要去做中毒檢查的詞彙。

學測結束後拿到駕照的我雖然是新手，但開車技術還不錯，不僅可以自己開車上高速道路，連倒車入庫的能力也很棒，這都是因為有著一坐上駕駛座、握住方向盤就是一位孤獨駕駛的爸爸教我。

但身旁坐著喜歡的人卻是第一次，可能是這緣故，我在電梯下樓時、還有走往停車場的路上，心情緊張到肩膀不停顫抖，只能將手放入羽絨外套口袋努力克制自己的情緒。

手上拿著鑰匙的我打開後車廂讓哥哥放行李箱，坐進駕駛座後正找尋著發動的按鈕，就聽到哐一聲，哥哥關上後車廂的聲音，然後往副駕駛座走過來。

坐進副駕駛座的哥哥調整了一下座位，可能是坐起來不太舒服，而我也終於成功地發動車子，鬆了一口氣。繫上安全帶、握住方向盤的我終於克制了緊張，踩下油門，還好車子就像往日我開車時一樣的正常運轉。

雖然沒有開過這台車，但我天生就是個開車好手，自信心爆棚的我想要看起來像個男人，所以偷瞄了哥哥一眼後，單手抓住方向盤。

「要兩手抓住方向盤啊，青名。」

士憲哥笑著說，覺得丟臉的我馬上兩手抓好方向盤，正輕撫著大腿上機師帽的哥哥說：「權彩憲說有空想來玩。」

「彩憲哥嗎？」

車子即將前往的地方，是我每天上學路上都會看到的哥哥公司，聽到哥哥提起彩憲哥，讓我睜大雙眼，很自然地想到那件事情，我的臉上充滿不太情願的表情。士憲哥很機靈的接著說：

「他一個人來。」

「……啊，是嗎？原來如此。」

我沒有說什麼的繼續開著車，而哥哥看著開車中的我的側臉輕聲說：

「我要跟他說，叫他不要來。」

「為什麼？」

「休假的時候我只想看到青名。」

差點握不住方向盤，哥哥好像說著今天天氣真好的口吻，但選擇的詞彙卻讓我覺得有點怪異，士憲哥喃喃自語的說著：「難道我休假就必須跟家人見面嗎？」

我閉上嘴，看到後照鏡中自己逐漸泛紅的臉龐。

從哥哥家到哥哥公司的距離本就不遠，開車大約五分鐘，所以很快就到達哥哥公司前面，開進到停車場好像不太適合，所以我就停在公司門口。

相當不滿的士憲哥邊嘟囔著邊解開安全帶，這裡正好是停車取締區間，剛好可以看到監視器旁的警告文句，但哥哥卻靠在車窗上看著我。

無意之間看見哥哥看我的視線，讓我喉結又開始上下移動著，最終我開口問：

「……不下車嗎？」

「要用上次的藉口嗎？」

「上次……？」

我看著不知道在說什麼的哥哥誇張的皺起眉頭，好像在耍賴的樣子，莫名覺得很可愛。

「就說媽媽昏倒了。」

哥哥還是跟平常一樣說著我聽不懂的話。我茫然的看著他，只見哥哥嘴角上揚，然後不是很滿意的咋了一下舌，朝我靠近。

香水味道迎面撲來，士憲哥飛快地親了我一下。身體依舊痠痛的我顫抖著發出微弱的呻吟聲。靠向駕駛座的哥哥，將手伸進我屁股下方，由下而上的看著我，用混濁的聲音說道：

「我飛的這段時間，不可以不安喔。」

哥哥的話聽起來很像是在管戀人的感覺，又一次燃起我的希望，我只能再一次嘆息著，試著不去想這究竟是什麼意思，然後淡定地說出事實。

「……今晚就回來了不是嗎？」

跟哥哥的距離近到可以感受到他呼吸的溫度，哥哥好像有些不滿的看著我。覺得哥哥的視線讓我很不舒服，所以將眼神轉往別處，沒想到哥哥又一次親了我的嘴唇一下，然後準備開車門的說：

「知道了，哥上班去，就怕人家不知道你是蒙宣大院君的樣子。」

士憲哥一直說著奇怪的話，還自己按下後車廂的按鈕後下車，我錯失了說拜拜的機會，只能看著哥哥拉著行李箱的背影發呆。過了一陣子後，我自言自語的嘀咕著，覺得有點荒謬。

「……哥為什麼那樣？」

哥哥的背影即將消失，我抓著方向盤呆呆地追逐起哥哥的背影，跟哥哥穿相同制服的人與空服員不斷進進出出公司大樓。我突然想起這邊是停車取締區間，所以開始緩緩前進。

士憲哥說的話很莫名其妙，更奇怪的是中間還會偷親我。我無意地用食指觸碰自己的唇，好像依然留有剛剛親吻的觸感。想著剛剛的情景，在腦中描繪出好像正在被親吻的感覺，覺得哥哥話中帶有嫉妒情緒的我是瘋了嗎？我搖著頭努力不讓自己想太多。

不過我的想像也無法持久，口袋裡震動的手機提醒我有電話，我稍微靠向窗口掏出手機。跟之前用的手機同一牌，但顏色是有點奇怪的白色，這隻白色手機正在手中震動著。就在我的皮膚被哥哥從膚色咬成紅色，整個人被鎖在床上的週末撥空去開通的手機。

哥哥代替被他弄得精疲力盡的我簽下了新的手機合約，所以我也不知道月租跟合約內容是什麼，不過有了手機就很方便。

「喂？」

我確定打來的人是崔賢吾後，按下綠色按鍵、打開擴音後，將手機放在旁邊的手機架上。

——喂？青名你搭現在要來的這班三三〇〇嗎？

我看了一下時間，因為跟崔賢吾幾乎都上差不多的課，所以這個時間都是一起去學校。

「沒有，我今天要開車去。」

——車？吼，冷死我了，什麼車？你有駕照？

透過擴音聽到一陣寒風呼嘯而過的聲音，原本準備迴轉的我突然想到什麼而快速把方向盤打回來。

「嗯，我有駕照，啊！我去接你？」

——天啊，你……

崔賢吾裝可愛的輕聲尖叫了一聲。明明因為很冷而流著鼻涕的他，居然還能這樣開玩笑，讓我跟著笑了出來。

「你在公車站牌嗎？」

——嗯，那我要往人行道那邊走嗎？

「好喔，對了，我不是從麻谷那邊過去，所以你要往三號出口那邊。」

——知道了，快點來喔。

帶著鼻音的崔賢吾很快掛上電話，不久後我就來到熟悉的社區，正在感嘆有車真方便的時候，就看到穿著羽絨外套打著哆嗦的崔賢吾。

我減速朝崔賢吾靠過去，可能透過厚重的窗戶看到我的緣故，崔賢吾跑了過來。我解開車門鎖，崔賢吾便打開門，外面冷冽的空氣鑽進溫暖的車內。

崔賢吾向我揮個手取代打招呼，然後坐進副駕駛座就連聲發出感嘆聲。

「哇！你居然會開車，太讚了！」

崔賢吾一上車就不停的感嘆，繫上安全帶時還不斷發出哇哇的聲音。

「這是你哥的車嗎？好像是耶，上次好像就是開這台車過來的。」

崔賢吾不斷在車裡東張西望的，這又不是我的車，不知為何有點緊張，迴轉後稍微看了一下車子內部沒有灰塵，崔賢吾將往後推的座椅往前拉了一點。

當車子回到安全速度後，我原本有點擔心沒有導航不知道能不能順利抵達學校，不過我回想起公車走的路線，在腦海中確認了一下路線後就放心的繼續開著車。因為天冷而不斷吸著鼻子的崔賢問道：

「你有沒有衛生紙？我一直流鼻水。」

「衛生紙？」

我左手抓住方向盤，右手在附近駕駛座附近摸找著，不過乾淨到空無一物，士憲哥車上連衛生紙都不會放嗎？我對轉頭往後後座看的崔賢吾說：

「後車窗那邊好像也沒有。」

我回想了一下，是因為車裡沒有用的需求嗎？我完全沒有印象。我甚至於還把裝滿糖果的菸灰盒打開，然後看向副駕駛座前方的置物箱說：「會是放在那裡面嗎？」

「我可以開嗎？」

雖然不是我的車，不過我還是點點頭。崔賢吾自然地從菸灰盒拿了一顆葡萄口味的糖果，打開包裝放入嘴巴嚼著，然後打開置物箱。

當崔賢吾要拉開置物箱時，我突然想到一件事情，應該是第一次搭哥的車的那一天，我想打開副駕駛座的置物箱時，哥哥急迫阻止我的記憶。

「等等……！」

不過崔賢吾已經打開了。

「啊，在這裏！差點被鼻涕弄死。」

崔賢吾從裡面拿出小時候去加油站時都會給的那種衛生紙，抽出幾張之後轉頭擤了擤鼻涕，可能是忍很久的關係，崔賢吾擤了很久。我也趁機看向那個打開的置物箱。

裡面什麼都沒有，就只是一個空的置物櫃而已，我快速的回想著，那時好像有個像乳液罐的東西滾動著，我帶著疑惑的臉再往裡面瞧一眼，卻突然發現黃燈亮起，趕緊踩下煞車。

剛好遇到紅綠燈，這一路交通相當順暢，崔賢吾擤鼻涕也花了不少時間，終於在用了三張後整理好他的儀容，並將用過的衛生紙捏成團藏在手掌裡，他將那包衛生紙放回原位置，再把用過的衛生紙放到杯架上。

「我先放這邊，等等下車時會拿去丟。」

「好。」

我們一瞬間就來到學校前方的十字路口，搭公車就已經不遠的情況下，開車就更快，我緩緩接近正門，然後問：「停車場在哪邊？」

「正門進去那邊，往那邊走就會看到。」

我依據崔賢吾的指示開往停車場，停車場沒什麼車，可能開車來的教授比學生多的樣子，找到一個適當的車位倒車入庫後，泰然的接受崔賢吾的拍手致意，並露出滿意開心的表情。

「我們青名開車技術超好，優秀駕駛！」

我害羞地笑著，拿起後座的背包下車，崔賢吾將手放進口袋，依舊連聲稱讚著我。

「托你的福才能這麼舒服地到了學校，不然要是平常的話，還得要走那段山路。不過現在幾點了？」

我也深有同感，走向教室的路比平時更輕快，被風吹得瑟縮起肩膀的崔賢吾說：

「太感謝你了，我請你吃飯，不！請你喝啤酒？」

「我開車來耶！」

「去你家附近喝不就好了。」

「好！」

「你們好！」

後面傳來開朗的招呼聲，聲音並不陌生，所以我跟崔賢吾同時回頭，看到因為很冷所以臉紅的閔儀瑞，我反射性地看向崔賢吾。

「啊，妳好啊！」

崔賢吾可能是過於慌張的緣故，所以喉結不停的抖動著，看起來很不自然，聽到我打招呼的聲音後，崔賢吾才反應過來似的打了招呼。

「妳好啊，瑞儀。」

那是瞬間低沉又穩重的招呼聲，我想應該要給他們兩個可以延續對話的空間與機會，所以說：「我、我有東西忘在車上，我先走！等等見！」

我在他們兩個回答之前就快速往停車場方向跑，雖然自己不如崔賢吾熟悉這個校園，但我還是知道會有一些蜿蜒小路應該可以通往教室。從停車場那邊可以看到體育館，所以往那邊走應該就可以找到路，所以開始順著小路往體育館方向前進。

不過往體育館的小路上不只有我一人，還有人穿著帶有學校標誌的外套正在抽菸，因為這裡是小路，所以正準備要請他借我過時，才發現這人我好像認識。

「喔，青名。」

「你……您好。」

可能是那人沒戴眼鏡，所以我一時沒認出來，直到他跟我打招呼才發現他是道真哥。拿下眼鏡的他眼神很可怕，就跟我第一印象覺得崔賢吾是小混混一樣。

「就說跟我講話不用那麼客氣了，你怎麼會來這邊？你們不是在那一棟？」

道真哥丟下抽了一半的菸，然後用腳踩熄，雖然我很疑惑運動員能不能抽菸，不過我還是乖乖地回覆。

「賢吾現在跟他喜歡的那個人一起，所以我就給他們空間。」

「是嗎？」

柳道真眼裡充滿要開玩笑的企圖，他拍了拍衣服，好像想要拍掉身上的菸味後，搭上我的肩膀說：「來去戲弄他。」

「什麼？」

我是想讓他們兩個有空間才這樣的……我話在嘴裡沒能脫口而出，後面好像有他同學在叫他。

「去哪裡？」

「取締！」

道真哥的腳步超快，我的體力已經是不錯了，但被他那樣拉著跑到教室那棟建物時，整個人還是氣喘吁吁。

就在我跟道真哥到達哲明館前面時，閔儀瑞跟崔賢吾正嘻嘻哈哈地笑著走上來，明明繞路走的人是我們，為什麼會相同時間到達呢？

「喂！」

道真哥指著崔賢吾後大喊，聲音大到連站在旁邊的我都覺得很可怕的程度。

「你，我不是說過不要做保的！」

「你在說什麼啊，你這王八傢伙……」

崔賢吾似乎有些慌張地在曖昧對象面前說粗話，原本與崔賢吾一樣距離我們三步左右的閔儀瑞則是退一步笑著說：

「那我先上去了，你們兩個聊，青名要一起上去嗎？」

我原本沒多想的就要答應，卻發現我的肩膀被道真哥用力抓著，所以馬上改變想法。畢竟就算是同學，但就這樣跟崔賢吾喜歡的女生一起離開消失的確不太好。

「喔，那……不用了，我跟賢吾一起上去，妳先上去。」

「知道了，快點上來。」

在我簡單回覆後，閔儀瑞就這樣走進建築物裡，剩下我們三個人，我本來以為崔賢吾會馬上跑向道真哥，卻沒想到崔賢吾從口袋裡掏出一根菸。

「說了什麼啊？」

「你知道要幹嘛？」

看起來相當玩世不恭的崔賢吾點好菸，道真哥誇張的轉向我這邊，收起兇惡的眼神，轉為狡猾的笑容說著：「看來是不順利唷？」

「不要用那噁心的鼻音說話，媽的你這傢伙。」

吐出菸霧的崔賢吾自言自語著，那個「唷」字就帶著滿滿撒嬌的意思，道真哥敲敲我的肩膀繼續說笑著。

「他應該是心很痛才會這樣，被拒絕了所以心痛，對吧～青名。」

道真哥依舊較靠近我，所以我能感覺到他講話時吐出來的氣息，只見崔賢吾彷彿要丟出菸似的舉起手來。

「不知道是沒發現、還是裝作沒發現，所以他現在心很痛，對吧？」

「嗯？喔！是啊……」

我隨意地應和一下，突然想起一張臉。

權士憲。

可是道真哥不可能知道我內心在想什麼，所以這段話應該也是要讓崔賢吾生氣的話。

「聽到了沒？崔賢吾？」

崔賢吾用誇張、輕蔑的臉看著道真哥，然後不留情的把道真哥搭在我身上的手撥掉。

「不要被吃乾抹淨了，又被拋棄。」

「……儀瑞不是那種人。」

「咦！我們現在是說閔儀瑞嗎？」

道真哥嘲諷的說著，但內心想著「某個人」的我，完全不知道該說些什麼的喃喃自語著。

「吃掉？」

是「吃掉」這一個詞彙讓我想起那個人，也在腦中描繪出那個人不要我的畫面，不過是一個畫面而已，可我好像知道那背後隱藏著不同的意義。我沉默的閉上嘴，突如其來的不安擴散著，那不安感自然是來自於上個週末不斷困擾著我的問題。

士憲哥跟我是什麼關係？

「不、不是，你是在說……說什麼啊？」

崔賢吾邊揮手、邊以慌張的聲音喊著，而我的心思則是飄到其他地方。

十七歲告白之後再次跟哥哥見面，沒有發生預想的尷尬場面，我跟哥哥依然跟以前一樣相處，鄰家哥哥與鄰家弟弟的關係，是自小看著長大，與親弟弟無異的關係。可是在無意之間，我們兩個的關係好像有點扭曲，逾越了那條不該逾越的線，做了不該做的事情。

但是，那並沒有不好，雖然我還跟不太上哥哥，但我喜歡跟哥哥做任何事情。喜歡哥哥說我很棒、撫摸著我，喜歡哥哥溫柔的親吻，雖然很累，但跟哥哥做完之後我就會有一股難以言喻的滿足感，我確實是喜歡這樣。

我喜歡哥哥喜歡到可以無視我的戀愛觀念，但那句「不要被吃乾抹淨了，又被拋棄」確實挖掘出讓我內心混亂無比的疑問。

「……那個……」

「喂！李青名你不要說奇怪的話，柳道真你還不快滾！」

崔賢吾語帶威脅作勢要揮拳，躲在我身後的道真哥依舊玩笑似的不停笑著，那令人討厭的呼吸聲掃過我耳朵之際，崔賢吾抓起我的手說：

「等等見！」

我看到道真哥大手一揮，崔賢吾以中指回敬，然後抓著背包背帶的我就被崔賢吾拉著走。

「那傢伙一大早跑來這裡亂什麼。」

走進哲明館後的崔賢吾邊上樓梯邊自言自語叨念著，我幾乎是被崔賢吾拉著走，依舊用拇指壓著背包背帶上的我，用力地壓了壓嘴唇。

當出現了一個念頭，就難以不繼續想，我費力地想要整理腦中的思緒，但似乎無法成功。

「你……你怎麼這種表情？」上樓途中不斷抱怨著道真哥的崔賢吾一臉擔憂地問著我，我勉強牽起嘴角說。

「這沒什麼啦。」

「是剛剛柳道真害的吧？」

好像是這樣，不過我還是搖搖頭，讓不知為何擔憂著的崔賢吾表情緩和了起來，應該說是更接近安心的表情。原本看向我的崔賢吾聳了聳肩膀的打開教室門走了進去，看到如今已經漸漸熟稔的同學們，正在找座位的我看到閔儀瑞。

又再次想起剛剛的事情，看來崔賢吾跟閔儀瑞的前景不明，所以才會接受那句「不要被吃乾抹淨了，又被拋棄」的玩笑話吧。我的嘴閉得更緊了，跟著崔賢吾坐下來之後，我習慣性地拿出課本與筆盒，但其實心思已經飛到其他地方去了。

如果正常的情況就是能夠「獲得利益」的話，為什麼我就會這樣想個不停，明明不是在說我，為什麼我如此在意呢？我想要揮去這些想法，但早已將那句話投射在自己身上，完全無法否認現實。

傳簡訊、親吻，同床共枕，所有戀人之間會做的事情，我跟士憲哥都做了，但哥哥卻沒有認真定義過我們的關係。再加上，要有朋友可以提供戀愛建議才會是一般的情況吧？

我想像著不是士憲哥跟我，而是假想的兩個人，親密的兩個人有一天住在一起，也有了性關係，但兩人都沒說要交往。

我用手遮住自然張開的嘴，沒有比這個更垃圾的行為啊。

沒想到我認識二十多年的士憲哥居然是無可救藥的垃圾，這一事實讓我瞬間傻住，所有戀愛的開始必須以結婚為前提認真負責，我無法相信哥哥竟然在定義關係之前就將我吃乾抹淨。難不成士憲哥跟任何人都可以發生關係？就算不是交往的關係也可以隨心所欲？越想越多的我，突然覺得哥哥很淫亂，毫無矜持。原來我認識的親切、善良的哥哥不是事實，這個衝擊讓我嘴又張開了一些，只能動用另一隻手遮住。

「你怎麼了？」

我聽到旁邊傳來崔賢吾的聲音，依然處於衝擊之中的我只能搖著頭，然後又瞬間停了下來，似乎又是否定又是肯定的感覺，讓崔賢吾更加不能理解。

「……啊，那個……就……」

「什麼？」

崔賢吾進一步靠向我，眼裡帶著疑惑小聲說著，暫時被崔賢吾那撮頭髮遮蔽住視線的我，開始猶豫了起來。

就算我知道士憲哥是垃圾，但可以就這樣跟朋友說嗎？還有，喜歡跟垃圾一起玩的人是我，突然之間有點害躁了起來，因為我太喜歡士憲哥了，所以能算是例外嗎？稍加猶豫之後我小心翼翼地開口說。

「……就是朋友的事情……」

當我想要說出我的煩惱時，教授走進了教室，眉角上揚的崔賢吾在我耳邊小聲說道：「下課後一起喝一杯。」

但這節上課時間裡，我已經完全無法集中精神，只能呆呆的看著前方發呆。

單調又像外星語言一樣的法語發音，正好把我推入幻想的世界，外部妨礙因子通通消失之後，我的腦中開始冒出一個又一個的疑問。我跟哥哥是什麼關係？哥哥跟之前的女朋友也都這樣嗎？士憲哥有沒有交過女朋友？

有過，還很多，但我不曾親眼看見過，因為士憲哥從來沒有跟我介紹過他的女朋友。小時候看過卻不知道是什麼關係的人很多，但我無法猜測，就算覺得有什麼奇怪的地方也不能確定。

但年紀漸長之後，就算不太確定也開始有能力看情況猜測，舉例來說：

跟朋友喝酒卻在末班車之前回到家附近的哥哥，常常到凌晨三點多才到家；大家一起玩得很開心的時候，哥哥卻不知道消失到哪邊去講電話；裝作沒事卻傳邊傳簡訊、邊笑著的哥哥；常帶著什麼節日禮物回家的哥哥；經常配戴在手上的手錶在某一天卻消失。

若不是很關心對方的話，可能不會發現這種相當細微的小事，但問題就在於我對士憲哥比任何人還要關心在意。

但這一切都只是我的猜測而已，一路以來除了意外，或是不小心遇到哥哥的女朋友之外，哥哥從來都沒有跟我介紹過他的女朋友。

還有什麼比知道暗戀的對象有女朋友還要令人心痛呢？我一路以來都只喜歡著一個人，所以不論何時我的內心都懷抱著不安情緒，我只能想著「哥哥從來沒說過他有女朋友」的理由來安撫自己的焦慮。

從小用這個藉口來安撫自己也已經成為習慣，自然而然累積成可以忽略某些細節的力量。這個習慣在我十六歲與十七歲之間的那年冬天，在我闖禍之前，都是我與哥哥相處的基石，這我無法否認。然而那也是在我不知道我會跟哥哥睡之前的事情。

「哥哥為什麼從來沒有介紹女朋友給我認識？我不就是親近的鄰居弟弟而已？」這種想法突然在無意之間冒了出來，莫名其妙地擴散而開，將我引向某個未知的終點。

我認為是哥哥女友的那些人，事實上並不是女友嗎？我的答案只有一個，而那個答案自然而然地跟如今我的情況交疊。

「……名、青名。」

有雙手搖了搖我的肩膀，讓瞪著眼前、陷入思緒的我嚇了一跳，看向那雙手的主人，原來是崔賢吾。

「下課了。」

「嗯？喔喔！」

「你還好嗎？臉色看起來不太好？」

依然沉浸在思緒中的我又一次錯過回應的時機，看到我嘴角僵硬的樣子，崔賢吾拍了拍我的肩膀說：

「很不舒服嗎？你今天還是先回去休息比較好。」

「我沒關係……」

「乖，聽話，快回家休息。」

在崔賢吾的堅持之下，我只好點了點頭，事實上就在我怒氣沖沖不斷地思考這些事情時，已經耗費太多精神在士憲哥身上。

跟來學校時一樣我順路載崔賢吾回家，從後照鏡看來我的臉色確實不太好，讓崔賢吾在他家附近下車，開回家時已經天黑了。

完美的倒車入庫之後，我擺出一張苦澀的臉關上車門，突然嘆了一口氣，默默的看著車子的我，拖著沉重的步伐走回家。士憲哥還沒回來，所以家裡漆黑一片，我打開一盞又一盞的燈，讓家裡稍微有點人氣之後，走向冰箱。開車的時候一直覺得口很渴，但打開冰箱後，看到冰箱上方的啤酒。

默默的看著啤酒的我，自然地拿出冰涼的啤酒。就喝一罐啤酒吧！喝完一罐，在士憲哥回家之前睡著的話，或許就可以忘掉這些不太舒服的情緒，我就站在冰箱前打開啤酒，清爽的開瓶聲瞬間響起。

金黃色液體順著喉嚨而下，那強烈的快感讓我不禁皺了一下眉頭，可能是太渴的關係，所以我咕嚕咕嚕的喝著，一瞬間一罐啤酒就空了。我關上冰箱，決定喝兩罐就好，到客廳沙發去喝啤酒的我，順便拿出手機看有沒有人找我。

訊息是空的，雖然知道哥哥現在正在工作，但上課時間一直都在想著哥哥的我，突然湧現不安的情緒。為了想抑制這不安的情緒，所以我不斷地喝著啤酒，分明是一口口慢慢喝著，卻也瞬間又喝完一罐，接著又去拿了一罐。

我莫名嘻嘻地笑了起來，身體坐到沙發前的地板，屁股好像碰到軟綿綿的東西，看來是地上有坐墊的樣子。是什麼時候鋪了坐墊呢？這個也好好笑，拉開剛剛拿出來冰涼啤酒，一口喝著的我突然聽到滴滴滴滴按密碼的聲音，我睜開迷濛的眼睛。

熟悉著按下四個數字的密碼，隨後傳來行李推拉的聲音，是士憲哥回來了，我想去玄關接他，但卻又不太想動。

「青名。」

呼喚我的腳步聲逐漸靠近，我又喝了一口等待哥哥走過來，終於我看到沾染著外面空氣味道的哥哥在我面前。

「你在這裡啊？」

回來啦～垃圾！我想要叫「士憲哥」，但已經鈍化的舌頭無法正確的發音。

「士憲……啊。」

我聽到士憲哥的笑聲，等到我聽到我怎麼叫哥哥時，我才察覺哥哥為什麼會笑，我真的是笨蛋，然後發出啊啊的聲音。

我沒有只想叫名字，但卻在無意之間沒有說出稱呼，所以我不好意思地繼續喝著啤酒，有點消氣的啤酒順著食道而下，好喝！正細細品嚐水果口味啤酒的我，突然感覺到士憲哥一直看著我，這才想起哥哥為何要那樣看我，所以我又一次嘟嘟囔囔的想要辯解。

「……不是，我不是要叫士憲……」

「是怎樣，突然要玩『平等說話時刻』[1]嗎？」

不斷笑著的哥哥將原本夾在腋下的帽子放到沙發上，及膝的長大衣也脫掉丟在沙發上，看來哥哥將穿過的衣服隨意丟在沙發的習慣又來了。

我茫然的看著哥哥帥氣的臉龐，然後眼神緩緩向下移動，長大衣之下的制服夾克，袖子末

1　韓國一種省略敬稱敬語說話的遊戲。

端有金色的三條線，然後還可以看到略微拉出的白色襯衫，看起來好野性。

整齊夾克之下的西裝褲完全修飾哥哥的腿型，自然而然的就會想到裡面那個東西，可以感覺到自己的臉頰瞬間又紅了，然後我誇張的噗哧了一下，吐了一口氣。

哥哥巨大的手摸著我的頭，不會痛，但頭髮就這樣被哥哥撥亂了，然後哥哥笑著說：「怎麼一個人在喝酒？」

「沒有、我沒有。」

「什麼沒有？是喝了多少？兩罐？」

「……沒有、沒有吃、喝……士憲。」

我又一次省略掉「哥哥」這一稱呼，連我自己都嚇了一大跳，我應該是瘋了吧，為什麼一直省略稱呼呢？我說出口的話連我自己都很訝異了，而士憲哥又一次笑著並順從的回應。

「是的，哥，原來是這樣啊。」

我突然之間覺得很羞愧，就算是熟悉的鄰家哥哥，跟我之間確實也有著年齡上的差距，在我出生之後也算是有陪著我長大的情分，我更不會那麼沒禮貌地省略稱呼。

「我說那個……權士憲，你……」

我用沒有拿啤酒的另一隻手指著士憲哥，突然從食道湧上一股熱氣，我又一次的吐出一口氣，那氣體讓我的瀏海飄了一下。

士憲哥不停地笑著，我看著跪坐在我面前的士憲哥，慢慢地伸出手，但因為只有伸出食指的關係，所以就變成了指著哥哥的樣子。身著整齊制服、頭髮乾乾淨淨、正襟危坐的士憲哥一點都不像無可救藥的垃圾。

「哥，請說。」

不知道有什麼好笑的，可是哥哥的嘴角上揚著，我突然想起哥哥剛剛說的「平等說話時刻」的話，不知道這是從何時開始的，但看來哥哥已經先玩起來了。

突然之間，我很滿意這一情況，我在哥哥面前囂張地坐著，哥哥在我面前喊了一聲「哥哥」，讓我突然之間有種自己位階抬高的神奇感覺，與平常的狀態完全不同。我誇張的抖一抖肩膀，然後以囂張的語氣說著：

「……士憲。」

「是的，哥。」

「……士憲，你不能這樣過日子……」

我的精神相當清楚，但耳朵聽到的發音卻不是這樣，我必須努力動著已經鈍化的舌頭。一下班就被小十一歲的弟弟抓住跪坐著聽訓，但士憲哥好像覺得很有趣。可能是手上拿著啤酒的緣故，我持續喝著，一點也不覺得自己醉了，為了想證明自己還很清醒，所以又喝了一口。

「不要再繼續喝比較好，哥。」

「你在說什麼啊！啤酒是飲料、飲料！」

士憲哥這下忍不住笑意地大笑了出來。生氣！有人在說話要聽啊，根本就不信還笑成那樣的士憲哥真討厭。

「啤酒是發酵的……發酵的東西對身體都有好處……」

我慢慢想出很多例子，優格、瑪格麗、起司、泡菜、大醬……啊，想吃大醬湯，要放很多肉跟豆腐……

「明天煮給你吃，請快去睡，拜託。」

我又嘆了一口氣，瀏海又被吹到飄起，再次碰觸到眉毛周遭，不敢相信士憲哥居然想用大醬湯來收買我，要讓我放過他的話，除了大醬湯以外，還要加上豬排才行，不過我還是要說出我想跟哥哥說的話。

「我好難過……好難過，士憲……」

「難過什麼？」

我重重的嘆了一口氣，想著哥哥臉蛋漂亮又怎樣，做的事情都是垃圾，又一次地嘆了一口氣，好像應該再喝一口啤酒才對。

「士憲。」

「是的，哥。」

「你不可以這樣過日子……真的不行……」

我真心地看著哥哥說，哥哥依然笑著並把雙手放在膝蓋上，抑制著嘴角上揚的衝動問道：

「什麼不行？」

「隨意……隨意放任著辣椒[2]那樣，不行……」

士憲哥瘋狂大笑出聲，真的是超級垃圾！我瞪著哥哥，哥哥笑到不停喘著氣，我只好繼續喝完剩下的啤酒，喝完後還壓了壓啤酒罐，然後放在桌上。

「關係，發生關係時一定要認真……要有一定程度的想法，不可以隨意……」

突然之間我的喉嚨湧現一股熱氣，因為我想起白天的事情，耳邊響起那句「被吃乾抹淨了，還被拋棄」的話語。我邊咬著嘴裡的軟肉、邊想拿起空罐，發現裡面沒有東西了，應該要再喝一罐才行，一開始就想說要喝兩罐，所以再喝一罐就是兩罐了。

我撐著地板想要站起來，但軟軟的地板讓我站不起來，手也沒有什麼力氣，身體也無法正常動彈，所以決定放棄。

「好的，哥，非常抱歉，我以後只抽插哥哥一個人。」

我抬起低垂的肩膀，咦，我的肩膀是什麼時候向下垂的呢？但我的脖子好像是肌肉痠痛的樣子，剛剛士憲哥好像有說什麼，不知道是沒聽清楚還是記不得，我瞇著眼睛看著哥哥。

我剛剛是說了什麼？啊！不要隨便用下面，因為士憲哥總是隨便跟人發生性關係，就算不是交往的關係也會……

畢竟連二十歲的我都知道，真不敢相信比我大很多歲的哥哥怎麼會不知道不能那麼做呢？

2 譯注：辣椒代表男生的陰莖，一般只有在小男孩階段會這樣說。

我又一次的伸出手指頭的說：「……責任，能負責任時，彼此要準備好，嗯？才能做！隨意就做是什麼啊，哥哥唸書的時候沒有上過性教育的課嗎？」

「……我有認真上課。」

「那為什麼、為什麼我印象中哥哥的女、女朋友就有一、二、三、四、五……」

哥哥沒有說話，只是繼續笑著，我又一次深深嘆了一口氣。連這個都不知道，真不知道哥哥該怎麼生活在這凶險的世界。

從食道湧現的熱氣讓我整張臉紅通通的發熱，我習慣性地想要按壓著我的眼角，卻因為觸碰到滾燙的溫度而收手，仔細一看我的手指也紅紅的。凄涼的心境加上小麥釀製的啤酒下肚，在不知不覺之間帶我走進未知的世界，自己說出口的每一句話都讓自己都驚訝的發現，原來我有這樣的想法。

「哥，哥你真的是，你跟我睡是因為知道我喜歡你而利用我吧，因為我喜歡哥，所以你就這樣隨意的對待我，明明就想要交女朋友，卻把我……」

「好，就到此為止，平等說話時間結束。」

士憲哥截斷我的話，我幾乎是反射性地閉上嘴，這是自小習慣帶來的反射動作，可不滿卻沒有因為閉嘴而消失，反抗的眼神根本隱藏不住。

站起身的哥哥彎下腰，可能是剛剛坐著、也可能是哥哥本來就很高的關係，由上往下看著我的哥哥感覺相當具有威嚴。

士憲哥輕輕的抱起我，轉身走沒幾步路就一屁股坐進沙發。我的眼睛可以直接看到哥哥的臉，但不知道該如何直視哥哥的我，眼睛往下飄，看到哥哥的身體，這才發現我被哥哥抱在懷裡。

「李青名。」

坐在哥哥大腿上的我聽到呼喊我的聲音後隨即抬起頭，看到哥哥以刻意嚴肅的表情靜靜的看著我，然後捏著我的鼻子。稍微有點無法呼吸，但捏著鼻子的手就接著往腰部前進，但這次沒有伸進我的衣服裡面，生平第一次有一雙手用力抱住我的腰。

我的臉頰觸碰到哥哥的胸口，體溫高的哥哥總是熱熱的，我的身體就這樣靠著哥哥，從衣服就能感覺到哥哥的體溫，我靠著哥哥，眼睛漸漸沉重。

「你……」

開口說話的哥哥沒有繼續說下去，感覺到哥哥的呼吸聲在我頭頂。我緩緩眨了眨眼後決定要閉起眼來，反正哥哥也不會知道我閉上眼睛，所以沒關係。

「抬起頭來。」

但哥哥好像發現了，我扭扭捏捏的抬起頭，眼睛依然是半閉的狀態。

「我要親一個，快。」

聽到「親」這個字，我幾乎是反射性地翹起嘴，哥哥就用力的親了我一下，像蓋章似的不斷反覆親著，然後哥哥不開心的說：

「你就連發酒瘋也要讓我傷心嗎？嗯？」

我不滿地靠回哥哥胸口，雖然想說的話很多，但現在懶得說。我聽著哥哥快速跳動的心跳聲，再次閉上眼睛。

「我每一次談戀愛都是認真的。」

說謊精！但我舌頭已經鈍到不想動了，我不滿地呢喃著，但士憲哥用嘴壓著我的頭頂。

「我對也算是我帶大的弟弟出現欲望，才會弄成現在這個樣子，你以為我沒有認真的思考這件事情嗎？」

我耳朵飄進了混濁卻輕聲細語的話語，可能是聲音過於低沉，讓我緩緩閉上了雙眼，士憲哥好像要我回應的又一次用嘴壓著我的頭頂。

「我有想過、還是沒有想過？」

「……應該有想過……」

我根本不知道自己在說什麼的。哥哥的襯衫上有冬風與香水的味道，這味道讓我開心地用臉磨蹭著，還想進一步的往裡面鑽，淺紫色的領帶掃過我的臉頰，士憲哥低下頭繼續在我耳邊悄聲的說。

「如果只貪圖你的身體，你覺得哥哥我會忍住、還是不會忍住？」

「應該……會忍住……」

「……還好，那哥哥我是不是因為喜歡你才這樣？」

「應該是……」

那聲音直接傳進耳裡，讓我覺得毛髮都豎立了起來，士憲哥繼續說著。

「那麼青名你在講這些話之前，有想過、還是沒想過？」

「有想過……」

「那為什麼還這樣？」

我細細回想著哥哥說的話，聽懂話跟理解好像是兩回事，我持續在哥哥懷裡呢喃著，用我的額頭頂著哥哥的胸膛。

「你這是第四次告白了。」

我自己也不知道自己正在自言自語，等到聽到哥哥噗哧的笑聲時，才發現這件事情。原來我用混濁的發音說著「我喜歡你」，我立刻閉起嘴，腦中因為過往的事情作出反射性的防禦，決定停下所有思緒。

「我已經聽過三次了，小可愛真的把哥哥我的心都弄擰了。」

帶著笑聲的話語完全喪失現實感，像糖果般的甜言蜜語讓我心痛，隱隱約約傳來沒有現實感的話語，讓我覺得自己真的處在夢境之中。

啊，原來這是夢啊，雖然有點淒涼，但在得到明確的答案之後，大腦決定停止思考，不設法理解。

＊＊＊

栩栩如生的夢境就好像是真的發生一樣清晰，卻又不是很清楚。幻想的夢境過於鮮明，讓睜開眼睛的我依舊看著天花板發呆，我看到窗簾之間微微滲出天方亮的寧靜感，又為非現實的夢境增添了一分可信度。

帶著柔軟精味道的床、哥哥家專屬的陽光味與香氛香，以及溫暖又好像可以繼續貪睡的空氣，小小聲的時鐘指針聲，安穩又寂靜的孤獨，在這一刻我都難以分辨究竟是現實還是夢境。

在無力的狀態下，我無意之間用食指掃過自己的嘴唇，夢裡的記憶逐漸清晰，我想等到鬧鐘響了才要起床。起床之後依然沒什麼不同，我機械式地準備著去學校，機械式的看一眼哥哥的房門，機械式的搭上公車、機械式的與崔賢吾聊天、機械式的上著課，然後一邊咀嚼昨晚那甜蜜的夢境。

因為坐在後面的位置呆呆地看著教授的臉，所以連崔賢吾在我課本上塗鴉都沒有發現，直到崔賢吾戳了戳我的肋骨，我才皺起眉頭轉過頭去，可崔賢吾的眼神示意我往下看。

——發生了什麼事？

我像在看外文似的反覆看了幾次才緩緩搖頭，突然發現自己的嘴不知不覺微微張開，只好趕緊閉上嘴。

崔賢吾帶著觀察的模樣，充滿疑心的看了我一眼，又繼續動著筆，畫出正在哭的兔子圖案的崔賢吾在旁邊流利地寫下。

——你一整天臉色都不太好。

看著崔賢吾習慣性畫出的兔子圖案，我朦朧的接過崔賢吾手上的筆，可能是剛醒的關係，握著筆的手很遲鈍，好像被打了麻藥一樣。

——沒事。

我寫完畫下句點後，再次看一眼自己寫下的字，跟崔賢吾流利的筆風相較，我的字幾乎都黏在一起。崔賢吾再一次戳了戳我，我嚇了一跳立刻把筆遞出去。

——是因為昨天你要說的那個朋友的事情嗎？

我迷迷糊糊的看著崔賢吾隨手寫下的字，又一次覺得像是外文一樣，忍不住多看了好幾次，終於有點懂崔賢吾要問什麼。

我想起了我本來想跟崔賢吾吐露出一直以來的煩惱，那就是士憲哥跟我之間究竟是什麼關係的事情，我靜靜看著崔賢吾的文字，又一次深陷在與士憲哥的事情當中，只是呆呆看著崔賢吾的字，崔賢吾又用更急迫的表情快速地寫下。

——什麼事情讓你這麼煩惱？

句尾還帶點墨水、最後一個字還拉長線條的崔賢吾好像等待著答案的看著我，我的臉開始泛紅。

這時我才意識到崔賢吾已經擅自幫我下了結論，便趕緊快速搖著頭否認。崔賢吾依舊懷疑地看著我，但我的思緒已經飄散。

當時想跟崔賢吾商量的時候，是認為哥哥是個無藥可救的垃圾，就只是想要我的身體，因為哥哥知道我會順著他的意思，所以只想嚐鮮後就丟掉我的不安感作祟。

不過可能是昨天那場夢境吧？自私又迷戀的我覺得夢境中的哥哥讓我無法輕易的斷定「士憲哥是垃圾」。嘴角抽動了一下，臉上火熱的感覺讓我的頭有點暈，默默地吐了一口氣之後，我又再次回味起夢境。記憶怎麼可以如此鮮明，好像我昨天實際體驗過的場景一般，就像電影一樣栩栩如生。

夢境是從我喝啤酒喝到半夢半醒之間開始，睡著的我、士憲哥哥，還有跟士憲哥說話的我，好像我在這個夢裡化身成兩個人。

「喜歡……我喜歡、喜歡哥哥……」

「你這是第四次告白了」

帶著笑容的親切聲音讓我耳朵發癢，好像漂浮在水上的感覺，腦袋不停轉動著。

「我已經聽了三次了，小可愛真的把哥哥我的心都弄擰了。」

夢裡的哥哥只說著我想聽的話，溫暖又甜蜜的話語讓我的心都揪痛了。哥哥好像說從以前就喜歡我，好像悄聲在我耳邊說著他喜歡我、心裡有我的甜蜜話語，讓我開心到淚水都要流出來了。

哥哥溫柔的親吻著我的頭，身上散發出冬風與香水的味道，透過襯衫可以感覺到哥哥的體溫，我的臉不斷地蹭著，突然發現哥哥說了「第四次告白」這幾個字。

第四次？我仔細思考自己什麼時候四度告白，但怎麼想都只有十六歲、十七歲之間的那個寒冬而已。可能是夢境的關係，我假設那是夢，苦澀的吞下哥哥說的話。但那是夢，是我可以隨心所欲的夢，所以我決定說出平時不敢說出口的話。

「……喜歡我？」

「嗯，我喜歡你。」

「為什麼喜歡我？」

夢中我的舌頭也鈍化得無法說出正常的發音，我聽到哥哥略帶笑意的聲音，夢中的我轉過頭跟哥哥四眼相對，士憲哥的嘴角笑著，帶著憐惜的眼神讓我不禁又流下淚水。

「青名為什麼喜歡我？」

「……因為喜歡所以喜歡。」

「那我也是因為喜歡所以喜歡。」

淚水都要飆出來了，二十年來我眼裡只有一個人，而那個人也喜歡著我，就算是在夢中，我也早已熱淚盈眶。內心小鹿亂撞的，心不停的瘋狂跳動，身體莫名充斥著滿足感，我再也不能忍耐地說出滿腔疑問。

「……哥哥喜歡我的話……那我們是在交往嗎？」

夢裡的士憲哥帶著曖昧的笑容。不過。夢裡的士憲哥總是會說我想聽的話，所以當然是會給我肯定的答案才對，不發一語笑著的哥哥，讓我心臟漏了一拍。

「我們不是已經在交往了嗎？」

還好，果真是在夢裡，所以我能聽到自己想要的話，我幸福到全身上下都散發著搔癢的感覺。我確定夢裡的哥哥會說出我想要的話，也真的聽到我想聽到的話，所以我繼續追問：

「所以哥哥是我的嗎……？」

我又再次聽到笑聲，可這次我已經有了信心，對於笑聲之後的沉默不再害怕，然後哥哥悄聲的對我說出我預設的答案。

「嗯。」

感動都要化成淚水了，我快速鑽進哥哥的胸口，真的是太幸福了，幸福到此刻死掉都無所謂，眼角的淚水再也忍不住地滑落，我的臉頰感覺到哥哥穿的襯衫都都被我的淚水弄溼了。

「為什麼要哭呢？」

哥哥的聲音依舊帶著笑意，我搖頭否認，擦掉剩餘的淚水，再次抬頭看向哥哥，這真的是怎麼看都是一張帥氣的臉。

「我要親親。」

大膽又理所當然的要求，由上而下的溫暖觸覺碰上我的嘴唇，憐惜般的溫柔唇瓣與在我嘴裡攪動的觸感讓我心醉，可夢境就結束在這一幕。

每一次想到這一幕，都讓我臉紅到無法克制。直到下了課，我都還沉浸在甜蜜的夢境裡，直到崔賢吾敲了敲我，我才從幻想中脫離，但依舊是一張朦朧的臉，崔賢吾擔心的看著我說：

「是發燒了嗎？昨天開始就怪怪的。」

崔賢吾的手碰了碰我的額頭，好像在測量我的額溫，然後放下手後用一張嚴肅的臉看著我說：

「好像有點微燒，吃藥了嗎？」

「吃藥有點……」

我拖拖拉拉的說著，依然是一臉擔心的崔賢吾將包包轉到後面，跟我一起走出教室，往公車站牌前進的路上，崔賢吾不斷叨念著這件事情。

「有一點生病的跡象就要吃藥，要不然你一個晚上就這樣沒了。」

「知道了。」

「不要只說知道，那邊有藥局，公車還要一會才來，快去買。」

崔賢吾推著我的背，雖然我不覺得我是發燒，但還是在崔賢吾面前吞了藥，心裡有點擔心沒有生病到底可不可以吃藥。但丟掉收據，再搭上差點錯過的公車後，我就完全忘記這件事情。

先找到靠近下車門附近座位的崔賢吾，將背包往前背，好讓我可以坐下來，我坐下後也跟崔賢吾一樣將背包往前背，把剛剛買的藥塞到背包前面的袋子裡。然後聽到崔賢吾開口問道：

「所以那個朋友的事情是什麼？我昨天好奇到都睡不好。」

公車經過減速丘，上下震動了一下，我緊咬著嘴裡的軟肉又一次面臨現實與夢境的衝突之中，無法輕易說出自己的想法。

「……就這樣……」

「就這樣？」

「就我朋友跟他喜歡的人……」

「跟喜歡的人？」

但界線被打破可能只是在一瞬間，我敵不過崔賢吾堅持的眼神說了出口，但看他認真傾聽的樣子，我喃喃地繼續說著。

「……就進度……都走到底了，但沒有聽到對方說要交往……」

「什麼？居然有那種垃圾女！」

正猶豫著要用什麼話作結，但崔賢吾大喊出聲的音量讓我嚇到睜大雙眼，然後崔賢吾好像意識到自己人在公共場合，所以急忙放低聲量卻依舊帶著憤怒的眼神說著：

「所以你因為這個而在意？」

「啊，不……」

我意識到崔賢吾怒罵的對象是「女生」，但我沒有說破，只有眼神閃爍著，崔賢吾撥了撥他幾乎褪了色的紅髮。

「馬上分手。」

崔賢吾一連串的話我都聽進去了，我抖動了一下嘴唇想找話說，然後崔賢吾換了個方式繼續說：

「不是，我是說跟那個朋友說分手比較好。」

「可……可是那人又善良、又溫柔……」

我在不知不覺中為士憲哥辯護，崔賢吾以誇張的皺眉神情勸說著：

「善良又溫柔的人會什麼都做了之後就跑嗎？」

這倒是真的，我聽到崔賢吾跟我想法一致的話，瞬間不知道該說什麼，好像掌握到這回對話勝利關鍵的是崔賢吾，他以近乎唇語的聲音說：

「那種人肯定是說我倆就是朋友，然後全壘打後就跑，媽的、王八……」

好像喃喃自語說著髒話的崔賢吾，可聲音被公車的噪音掩蓋過去。

「可是……」

我想再次張口說些什麼，但突然發現崔賢吾的想法跟我昨天為止的想法相似，所以我只好閉起嘴唇不說話。

就算那是夢境，可我居然想為那樣的哥哥辯護，我安靜了下來，崔賢吾之後接續說著：

「那是你朋友的事對吧？」

「……是啊。」

「你，不對，叫那個朋友跟其他喜歡的人交往比較好。」

說話這句之後的崔賢吾就沒有再開口，感覺好像在生氣的樣子，我尷尬的送崔賢吾下車後，在下一站下車，接著走上熟悉的上坡路，一邊想著剛剛他說的話。

該做的都做了，卻沒有說要交往這件事情，果真在他人眼裡看來也是很奇怪，我緊拉著背包的背帶，帶著憂鬱的心情走回家。

回到家後吃了士憲哥煮的大醬湯、簡單的沖了澡，但憂鬱的心情卻沒有因此消失。平常只要洗個熱水澡就能讓心情變好，但這一次好像不行，那甜蜜的夢境與崔賢吾說的現實持續在我心中相互碰撞著。

我重重的嘆了一口氣，用毛巾大致擦乾了身體後走出浴室，拿著髒衣服走出來的我，發現哥哥房裡四處亂丟的衣服。既然我要把髒衣服拿去放，那就順便一起處理吧，我移動著沉重的腳步走進哥哥房間，發現他人不在房間裡。

我把手上拿的衣服放在地上，整個人坐在冰涼的地板上，我拿起哥哥的襯衫。夢裡好像有哭溼這件襯衫，我想要找尋這件襯衫上是否有哭痕，但完全沒有，整件襯衫乾乾淨淨的，我又再次嘆了一口氣，我笑著自己明明知道是夢，卻妄想是現實。

如果那是真的，我就可以完全不用在乎崔賢吾說的話，但我沒辦法，因為我傻乎乎的想要追究真相，只好沉重的嘆了一口氣。我用雙手拿起哥哥的襯衫，然後放到鼻子面前，發現金色三條線的附近皺皺的，衣襟上有哥哥的香水味，還有柔軟精的味道，隱隱約約還有哥哥的體香味。

我緩緩地閉上眼睛，縮著肩想要將哥哥的體味吸進肺的深處，突然後面傳來一個聲音嚇了我一跳。

「在幹嘛？」

士憲哥疑惑的看著我，突然我想到，把臉埋在哥哥襯衫裡的這個行為看起來很奇怪，瞬間臉就紅了起來，只好慌亂的回應。

「啊，我就……就這樣坐著，對了，哥何時要飛？」

「明天四點左右要出門。」

「原來如此……那洗……那還有時間洗衣服。」

說到「洗」這個字，自然地會聯想到「吸」，然後就會想到那些情色的場景，所以我停頓了一下，慌張的看了一眼哥哥，我想哥哥一定是發現了，所以嘴角陰險的笑了笑。

「放著就好，我要再穿。」

「可是都皺了，要洗……洗一下才行。」

「也是，青名你那樣抓著我的襯衫，怎麼可能不皺起來呢。」

我瞪大眼睛看向哥哥，明明哥哥的衣服皺皺的是因為亂丟衣服，但我現在我拿著衣服像變態一樣聞著味道的行為，也確實無話可說。

「想穿嗎？」

「嗯？」

「那件襯衫，是因為想穿所以才拿著嗎？」

「啊？咦？」

「要穿穿看嗎？」

士憲哥在我回應之前就輕輕抽走我手上的襯衫，解開襯衫的扣子、套在我身上，我呆呆的看著哥哥，哥哥拉起我的手，讓我方便穿上。

我依照哥哥的指示穿上襯衫，可能是原本就穿著白色短T的關係，所以看起來沒有很奇怪。士憲哥一一幫我扣上襯衫鈕扣，連接近脖子的那個鈕扣也仔細的扣好，接著幫我把下襬部分塞進褲子裡。

可能是穿著沒有紋路的黑色褲子，所以不會覺得很不搭，遠遠看應該會覺得跟哥哥穿時的體態相似，我將稍長的袖子往上捲了一捲。

「很合適耶！」

士憲哥又拿起旁邊的淺紫色領帶，手轉動了幾下就幫我把領帶繫好，緊身的感覺讓我有了壓迫感與責任感。

「……這樣好奇怪。」

「不，真的很合適，你站起來看看。」

正想著是什麼意思時，士憲哥就拉著我起身，站起來的瞬間看到化妝台鏡子裡的我，隨後哥哥又把我拉往化妝台的方向。

「我們青名好像空服員，可以跟我一起飛了。」

哥哥略帶溼氣的手伸向我的頭髮，就像他準備上班時一樣將我的頭髮往後梳，看起來就像是個裝成大人的小孩，尷尬的髮型讓我難為情的往後退了一步，卻撞上了站在我後方的哥哥。

「好像不太合適……」

「明明就很適合啊！」

士憲哥真心的稱讚著，我的臉開始泛紅，看著鏡子裡面不太合適的服裝，顯得不知所措，士憲哥手搭上我的肩膀，我看到哥哥嘴角泛著笑容，只好裝作說不贏哥哥的說：「……真的嗎？」

「嗯，真的好看，我們就來演情境劇吧。」

放在我肩膀上的手力道加重，我被拉往哥哥的方向，接著那雙有力的手自然地往下抱住我的腰，我跟士憲哥在鏡中眼神交會，看到哥哥嘴角上揚。

鏡中的我呆呆的張著嘴，就算發現自己雙唇微張，眼神依舊迷戀的看著鏡中的哥哥。但哥哥撫摸著我腰際的手跟平常不太一樣，有點噁心的感覺，好像在騷擾我，讓我覺得丟臉，臉也開始泛紅，可內心有種煙花綻放的蕩漾情緒，我用顫抖的聲音說：

「哥，這樣好像……像變態……為什麼要這樣……」

正親吻著我太陽穴的哥哥，嘴唇沒有離開我的說著：「說我變態？」

渾厚的聲音讓我毛骨悚然，在日光燈之下我可以看到哥哥閃著亮光的眼神，我本能的看出哥哥奇怪的神情。

「那好，我就來扮演一下騷擾新人空服員的變態？」

跟我預想的一樣，已經泛紅的臉頰更顯紅潤，光是想像都覺得很羞愧了，我怕到想要遠離哥哥，但哥哥的另一隻手早已將我圍住。從後面抱住我的腰的手，一定有其他的目標，可能是剛剛哥哥說出口的「變態」兩個字，讓我真的有了被變態騷擾的感覺。

「不……不要，不要……」

我哽咽的說著，從鏡中確認我的表情的哥哥噗哧笑著，又繼續親吻著我的太陽穴，那溫熱的氣體碰觸到我皮膚，低聲地在我已然搔癢的耳邊說著：「不要？」

哥哥小聲的笑了出來，抓住我腰部的手更加用力，當我發現不對勁時，我的身體已經被轉了一百八十度，跟士憲哥面對面，而瞬間失去重心的我，一隻手撐在化妝台上。

「你現在遇到變態，是你說不要就會聽你的嗎？」

我緊緊閉著嘴，明明是面對面看著對方，但我卻想不斷地往後退，那股壓迫感讓我完全喘不過氣。好像覺得有趣、笑著的哥哥真的就像瘋子一樣，士憲哥的手疊上我扶著化妝台的手，然後又繼續往後一點點，機師帽就這樣出現在哥哥手上。

士憲哥熟練的戴上機師帽，抓住帽簷稍微調整一下，看起來就像崔賢吾說的那種「禁欲整齊」的樣子，雖然哥哥身上穿著居家服，但看起來一點都不衝突，非常搭配。

我呆呆的看著機師帽下那張帥氣的臉龐，哥哥嘻嘻的笑著，那微笑的樣子讓原本的禁欲氣質消失，剩下一個半帶瘋狂的人，哥哥的手又一次放在我手上，這回依然用語帶威脅的聲音說道：

「就設定你是這次新進的新人空服員，而我是看你漂亮，一心想要吃掉你的機長。」

我的身體熱呼呼的，連我們所處的這個房間，溫度都開始變得不同，士憲哥的臉很近、很近，手則搭在我手上，呈現十指交疊的狀態。他的手指像蛇一般的滑行著，每一指的關節都讓我覺得相當敏感。

「飛行途中都在想著怎麼吃掉你，然後去了趟廁所後……就想到好方法，因為是夜間班機，所以乘客們都已入睡，機內各項服務都結束的情況下，時間上不會有問題……只要說化妝室裡有奇怪的東西，單純的新人空服員就會乖乖跟我進到廁所，然後身為機長的我就可以把你吃掉？」

哥哥的另一隻手輕輕地抬高我的下巴，我看到哥哥眼裡的笑容。

「是吧？李青名空服員？這裡有奇怪的東西吧？」

再次開口的哥哥，用的是專業人士的口吻，可能是哥哥用專業的口吻，讓我很好想像，也讓我喘不過氣來，緊張感讓我不斷地吞嚥口水。

「什、什麼……」

「看看這裡，沒看到嗎？」

我跟著哥哥的眼神往下看，但什麼都沒有，我想掙脫被哥哥抓住的手，所以輕輕地蠕動起身體，但哥哥好像是發現我的反抗動作，所以抓住我的那隻手的手指頭，開始一根一根加重力道。

「啊……！」

我發出痛苦的呻吟聲，原本抓著我下巴的手往下來到我的脖子後方，溫暖的體溫觸碰到我敏感部分，讓我的肩膀瑟縮了一下。

「沒看到嗎？」

「沒、沒……看到啊……」

正想著好像不該這樣，卻在哥哥的慫恿下自然呻吟著，原本嘴角上揚的哥哥，眼角也出現上揚的線條。

「怎麼可能看見。」

「嗚！」

哥哥原本摸著我脖子後方的手，往下抓起我的屁股，是會痛的那種抓法，讓我全身彈跳了一下。

「媽的，明明就躺好要等我幹了，不是嗎？」

士憲哥用雙唇蓋著我的呻吟聲，哐的一聲，身體撞上化妝台，被突如其來的疼痛嚇到的我，抖動著腰想要逃離哥哥，但哥哥不斷玩弄著我的嘴，沒有放開我的意思，一直不斷的舔著、吸著，壓在我身上的哥哥完全沒有平時溫柔的樣貌。

「啊，啊嗚，哥……！」

「要安靜點啊，你是想讓大家都看到你被機長吃掉的樣子嗎？」

我聽到那充滿欲望的聲音，如同禽獸低沉吶喊的聲音，第一次看到哥哥這可怕的模樣，讓我的心瞬間往下一沉，但不久後奇怪的興奮感就順著手指而上。

粗魯又急迫的手用力解開我的領帶，順利扯掉我身上領帶的士憲哥，開始解開我的襯衫鈕扣，當解開兩個鈕扣之後，哥哥不耐煩的手就拉下我身上的襯衫，開始咬我的脖子。

「呼呃！」

一陣疼痛襲來，我轉頭想要迴避，但哥哥抓起我的下巴，把我轉回原處，哥哥拉開已經敞開的襯衫，撫摸著剛剛被咬的地方的附近，然後笑著問：

「青名先生，看來這裡已經有其他傢伙的作品了，我居然不知道你已經有戀人了？」

脅迫性的口吻讓我以為哥哥已經變成其他人，我的眼角開始泛紅蓄淚。

「呃、呃嗚，突然……」

「不是嗎？是事務長嗎？那傢伙的眼神也不簡單喔！」

士憲哥像是瘋了般的說著，什麼事務長、什麼戀人、什麼其他傢伙？這全都是哥哥弄出來的吻痕，可士憲哥卻說得好像是其他人在我身上留下的痕跡一樣。

「哥，呃嗚！」

「噓！要安靜一點啊，青名要乖一點合作，我們才能快點結束不是嗎？」

「哥，哥……」

我抓著哥哥的衣服哀求著，這奇怪的感覺讓我頭腦快要爆炸了，但士憲哥依舊撫摸著他自己留下的那些粉紅色吻痕問道：

「這是你的戀人弄的吧？」

「哥，是你弄的啊……」

「哥？」

士憲哥笑著看著我，眉角上揚的動作，跟那爽朗的微笑與平常一樣，但說出口的話卻不是。

「現在是叫我哥嗎？」

士憲哥完全沉浸在「想要強迫新人空服員做什麼的變態機長」的角色裡，哥哥真的瘋了，我的淚水滾燙著。

「對其他人也是叫著哥的撒嬌嗎？」

「不是，哥……」

「這漂亮的屁股真招搖，不知道這樣很容易被人盯上嗎？」

就好像真的生氣一樣的哥哥，讓我哭喪著一張臉、只能閉口不語，不知道自己是已經走入空服員的角色，還是只是被哥哥散發出的威嚴震攝住。

「養得這麼有彈性又漂亮，卻跟其他傢伙嬉嬉笑笑的！」

「沒有、我沒有……」

委屈的辯解消失在呢喃之中，目前為止我只喜歡過哥哥，從來沒有喜歡過哥哥以外的其他人……還有屁股也沒有招搖……可我卻哽咽得說不出辯解的話，只能鼓著一張臉。

「看來你很有天分喔！」

哥哥自顧自的說完之後，親了我一下就整個人往下滑，像是跪下的樣子讓我有點混亂，但不久後就驚嚇的發現我的褲子被脫掉了。

士憲哥熟練地脫下我的內褲，用手抓住我早已因為興奮而半勃起的陰莖，那溫熱的手，讓我知道接下來會發生什麼事情。

帶著機師帽的哥哥向上看了我一眼，然後張開他的嘴巴，跪著與我對看一眼的哥哥，隨即抓住我陰莖內側，然後含住我的龜頭。下面傳來溼潤又溫暖的觸感，刺激的視覺讓我身體忍不住抖動著，眉頭稍微一皺的哥哥依然看著的眼睛，並緩緩地動著他的嘴。

「……呼，嗚啊！啊呃……！」

就好像被雷劈到、全身顫抖著，我用手捂住我張開的嘴，整個身體像是要垮掉一樣，另一隻手則是緊緊抓住化妝台一角。

不可能一口含住的大小，但哥哥輕而一舉的整個吞噬，龜頭好像有碰什麼的感覺，瞬間大腦天旋地轉，好像馬上就要射精一樣。

哥哥就這樣吸舔著我的陰莖，我想像著哥哥穿戴整齊制服的樣子，真的好刺激，好像看著色情刊物的感覺，雙腳十分放鬆，接著士憲哥開始規律的前後動了起來。

直接加諸在陰莖上的刺激相當大，哥哥溫暖的嘴不停蠕動，陰莖被吸舔的感覺讓我幾近瘋狂，當加重力道吸舔時，讓我好像要向前跌倒一樣，不知該擺放哪裡的手，好像應該按住哥哥的頭才對。

「啊、啊呼、呃，哥……哥……呃……！」

但當我的手移動到哥哥耳朵附近後，又覺得這樣哥哥應該會痛，所以連這隻手也往上捂住我的嘴。眼前閃爍著金光，過度的興奮讓我眼角泛淚，我扭動著身體，發出壓抑的呻吟聲。

「呃、呃啊、呃嗚嗚、嗚，哥……」

從下往上看著我的眼神相當炙熱，士憲哥好像一一確認我的反應一樣，眼神沒有離開過我，過度的興奮與炙熱的眼神讓我喊叫出來，射了。腦中一片空白，全身不停抖動的我靠在化妝台上，過後才明白自己已經射在哥哥嘴裡，哥哥皺了皺眉頭，張開嘴將白色精液吐在自己手掌上。

「……啊……啊嗚……」

我喘著大氣看著哥哥的行動，哥哥隨即站起身。

「轉過去，趴下。」

哥哥簡單的下了指示，面無表情的哥哥沒有半點笑容，看起來很冷酷，讓我出現恐懼的情緒。是因為我沒說一聲就射在哥哥嘴裡的關係嗎？我邊喘著氣邊看著哥哥的表情，但因為眼角有淚水讓我無法看清楚。

「哥……對……對、對不起。」

我吱吱唔唔的說著對不起，不過哥哥卻以揚眉取代回應，看來是真的生氣了，想想如果是我，一句話都不說的就在我嘴裡塞滿精液的話，我應該也會很慌張。

士憲哥不發一言的看著我，我承受不了那個眼神，順從的轉過身，依照哥哥的指示趴在化妝台上，然後轉頭看向哥哥，士憲哥已經半脫下他的褲子。

淚水流過後的眼睛更加模糊，空氣中充滿緊張情緒，莫名的恐怖感讓我肩膀不停顫抖，我轉向鏡子，看著依舊面無表情的士憲哥。哥哥的手往我下面探去，可以感覺到手指在我下面不停挖掘，可是站著應該很不方便才對，只是身後莫名緊張的感讓我身體非常僵硬、無法動彈。

原本在哥哥手上的精液碰到我的下面，脊椎出現鮮明的感覺，讓我肩膀又一次瑟縮了起來，不自覺得用力。這時，啪的一聲，屁股覺得火熱火熱的，是士憲哥打了我的屁股。

「啊！」

雖然不痛，但屁股相當火熱，與其說痛，倒不如說是哥哥打我的衝擊，讓我更加不知如何是好，慌亂之中嘴裡卻洩出喘息聲。

我滿心委屈不滿，但只能吞下這些情緒，因為鏡中的哥哥表情相當可怕。

「要放鬆，還有青名，從剛剛開始就一直叫我哥、哥的，誰是你哥啊！」

這口吻好可怕，看來哥哥依然沉溺在變態機長的角色，我哭喪著臉看向鏡子裡的哥哥。我突然想起哥哥一開始好像說過只要乖乖合作就會快點結束，或許是想到這一點，所以心境上有點不同了，我的心瘋狂的跳動。

「機、機……」

嘴裡發出的聲音在顫抖，其實我覺得很羞恥、很丟臉，身體也頻頻發抖，可以感覺到背後士憲哥濃烈的呼吸聲。

「……機、機長……這裡、這裡不可以、不可以這樣……」

不規律地喘息著、有點生氣的我，只能閉上眼睛任憑眼角的淚不停滑落。

「嗚、嗚呃呃……」

全身都充滿恥辱，既羞愧又丟臉的我只能閉上眼睛任淚水狂流，但在我後面的哥哥好像更興奮地笑著。

「哈哈，媽的咧，比想像更棒，爽翻了！」

任誰聽到這種語氣，都會覺得士憲哥真的是變態，淺薄的用詞與微開的眼睛，更是加重恐怖的氣氛。哥哥的大手撫摸著我的屁股，跟平常撫摸的方式不同，是那種輕薄與隨意的撫摸，我已然模糊的視野，又漸漸模糊，淚水再度迅速地滑落。

「嗚嗚……嗚……」

「別哭。」

這絕對不是安撫的口吻，士憲哥完全展現出過去這段時間隱藏的所有欲望，在這種情況下，哥哥那好像覺得有趣的口吻，同時也帶有陰險的感覺。

化妝台上撐著自己體重的雙臂開始麻了，明明身上穿著長袖襯衫，卻覺得寒氣逼人，我淚眼汪汪地看著鏡中的自己。

「不過你這樣哭，又更迷人了，真棒！」

「嗚嗚嗚……嗚呼……啊啊！」

我的屁股又一次感覺到火熱，聲音很大聲，但不會痛，可是內心覺得好難過，委屈的感受讓我的淚水不停地、不停地往下流。

「啊呼、呼呃……哥……哥……」

「青名先生。」

加了尊稱的呼喊著我，感覺跟之前一樣，但其中卻隱藏著低俗的意味，覆蓋在我背上的體溫也好像跟我熟悉的不同。

「要像剛剛一樣的叫我啊，我不是說過要合作才能快點結束嗎？」

我只能任憑淚水直流的閉上眼睛，看來今天哥哥已經打定主意不會輕易放過我了。大手探進裡面，將手上有點乾掉的精液抹在我的內壁裡，我的腰開始不停扭動，淚水早已無法克制的狂流。

「拜……呃啊……拜託……哥……啊！機、機長……啊嗚！」

碩大的陰莖插了進來，沒有預告、沒有前戲，伴隨著用力的腰身，我全身好像被穿透般的劇痛。

「嗚、嗚……啊嗚……啊！」

我發出顫抖的喘息聲，填滿身體的衝擊讓我緊緊抓住化妝台的稜角，身體似乎已經習慣可以感覺到陰毛刺癢觸感的深入抽插，但又不能說已經完全適應。

我全身哆嗦的看著鏡中的哥哥，哥哥舉起手壓住我頻頻發抖的肩膀。

我好像被猛獸抓住的草食性動物一樣，輕而易舉就被哥哥制服的我，讓哥哥非常滿意地笑了出來，以前覺得是溫柔的微笑，而今只有要被吃下肚的恐懼。

「很順利的吃進去囉！」

「呃，啊嗚、啊呃……」

「看來不是第一次喔。」

說著淫亂語句的士憲哥，先是拔出他的陰莖，然後又碰的一聲，再次插入我的內壁，我的骨盤撞上化妝台，好痛，我的手臂已經撐不住，只能攤靠在化妝台上，因為不停被抽插的緣故，所以化妝台上一些瓶瓶罐罐被掃到地上。

「啊嗚！啊！呃啊！」

「不是嗎？李青名先生，你現在被同一台飛機上的機長玩弄著。」

說著污穢話語的哥哥讓我很陌生，但同時我的身體卻出現異常的興奮感，可我無法對那些低級話語有反應，只能一直哭著搖頭。

「但是你不只沒有說不要、也沒有要我停止，所以你帶著那張漂亮的臉蛋、嘻嘻笑笑招搖的時候，就已經想被這麼玩弄了吧？」

士憲哥的呼吸聲與詞彙，每一字、每一句都會伴隨著粗魯的衝撞，平時哥哥都會用膠狀物緩和我被抽插的痛楚，但今天只用我的精液，所以覺得內壁很緊、很痛。可能正因如此，我反而出現無法抗拒的快感，同時又因為哥哥的巨大，讓我下面有被撕裂的感受。

「啊！啊嗚！啊！啊呃！」

我的手指抓著木頭做成的化妝台桌面，又一次碰撞聲，陰莖強勁插入力道，讓我身體瘋狂顫抖。

從後面插，反而感覺更深入，可這個姿勢不太舒服，自然下面就會想要用力，因此要不斷地放鬆腳部的力量才能配合，可膝蓋一彎曲，整個人就好像要倒下，這時士憲哥用雙手抓住我的腰，更用力的繼續抽插。

「啊嗚！啊，啊呃！呃！哥、哥……啊！」

放在襯衫上方的手很熱，但卻我不斷地打冷顫、身體也不斷發抖，士憲哥的笑聲也更加陰險。

「抬起頭來，看看你現在是跟誰在做愛！」

「不、不要……呃嗚，哥……嗚呃，啊！」

我不停的哭喊著搖頭，半解開的領帶就這樣掛到我脖子上，用混濁的口吻不停咒罵的哥哥悄聲在我耳邊說：

「噓！要安靜一點啊，外面會聽到的，如果被好奇的乘客發現，你該怎麼辦？」

「啊嗚、嗚、呃啊……」

我咬緊雙唇，不管這是謊言、還是真的有人在聽、或是哥哥那充滿矛盾的各種話語，我都很清楚，但因此而發出呻吟聲的行為，依舊讓我很羞愧。我想要忍住不發出呻吟聲，所以閉上雙眼，淚水繼續滑落，眼角早已潰堤。

士憲哥無情地抓著我的腰，將全身的重量都壓在我身上快速衝撞，像禽獸般的濃厚呼吸聲侵犯著我的耳朵，我瞄到那頂有稜有角的機師帽，貼在我身上的士憲哥又一次深深的撞擊。

「啊，呼呃、呼……啊嗚……」

「美麗的嘴唇都要被你咬壞了。」

哥哥伸出手指撬開我緊閉的雙唇、毫無反抗就被撬開的嘴巴，不停發出呻吟聲。

「啊、呼、呃啊，哥，慢點、停，啊嗚、啊呃！」

「這是在撒嬌嗎？說啊！呼~每一個插你的人你都是叫他哥對吧？」

「沒，啊啊，沒有、沒有，啊啊！痛、哥，會痛、痛……」

過度激烈的快感，讓我好想此刻的動作可以停下來，但士憲哥依舊發出低沉的呻吟聲，不停抽插著我、撞擊著我，陰毛摩擦得我屁股好痛，我叫了出聲，身體不斷地扭動。

「啊嗚、啊呃！哥，啊呃，機、機長……啊呃，拜託……啊、啊呃！」

因為哥哥的手伸進我的嘴裡，讓我只能以不清不楚的發音哀求著，令人討厭的是那讓我舌頭不停翻攪的手指，又引發我另一波的快感，我想咬下去，但怕哥哥的手指頭會受傷，所以只敢輕輕含住。

「啊呃、呃……嗚嗚。」

哥哥抽出在我嘴裡的手指頭，用他的大手將我的嘴蓋住，呻吟聲變成壓抑聲，原本在我臉頰上滑落的淚水，碰到哥哥的手，又讓哥哥更加興奮。

聽不太清楚的聲音，反而轉變成另一種怪異的氣氛，將所有可能會妨礙到自己的一切都堵住後，哥哥咬著牙不斷地抽插著我，越插越深入，讓我全身顫抖的好像要來到最高潮。

「嗯、噗嗚、呃……」

支撐著身體的手臂完全無力，我嘗試著想要倒下，但又因為士憲哥壓在我身上的重量而無法真的倒下，強烈高潮的內壁，可以感受到哥哥的陰莖依舊是勃起的狀態，哥哥還沒有要射精的樣子。

溫熱的淚水奪眶而出，滑落到我臉頰靠著的化妝台，我心慌意亂的喘著氣，而哥哥此時鬆開捂住我嘴巴的手，新鮮空氣進到我的肺部。

「啊、呼啊！啊……」

哥哥緩緩的拔出陰莖，我的裡面好像有什麼東西流了下來。當支撐著身體的陰莖完全離開身體，我就瞬間癱軟在地上，不過身手矯捷的哥哥馬上扶著我的腰、撐著我，然後粗魯的將化妝台上的東西通通掃到地上。

伴隨著一陣聲響，所有東西都掉落在地上，哥哥從後面將我抱起，然後轉個身讓我躺在化妝台上，脖子碰到冰冷的鏡子有點不舒服。

士憲哥就這樣抓住我的脖子，開始親吻著我，兩人呼吸頻率不一致，但哥哥卻一心撬開我的嘴、翻攪著我的舌頭，我生澀的想跟上哥哥的腳步，但卻沒有辦法，我敲敲哥哥的肩膀，想要表達快要喘不過氣的情況，因為我的掙扎，哥哥放開我的嘴。

跟氣喘吁吁的我不同，哥哥依舊帶著陰險的表情，那總是消耗不盡的體力讓我非常害怕，「變態」兩個字瞬間湧到我的舌尖，但我怕一說出口不知道又會發生什麼事情，所以只能極力的忍住。

哥哥的手伸向半解開的領帶，熟練地轉了幾圈後而已，原本勒緊的領帶就鬆開了。結束了嗎？我帶著希望抬起頭，士憲哥溫柔的為我擦拭眼角的淚痕，哥哥又回到平時的溫柔模樣了嗎？我吸著鼻子想要討抱抱。

雙手環上哥哥的脖子，像隻無尾熊的纏住哥哥，然後我聽到哥哥小聲的笑著，突然之間，那來自於內心深處的溫暖氣息擴散到我全身，我撒嬌著用眼睛磨蹭著哥哥的肩膀，喃喃自語的好像想要賴。

低聲笑著的哥哥，放下原本在我背上的手、慢慢挪開我環住哥哥脖子的手，然後笑著問：

「你對每個人都這樣嗎？看起來不只做一兩次唷！」

原本的安心感瞬間掉入深淵，溫柔的手勢化為冰冷，我哭喪著臉看著哥哥，但哥哥依舊沉浸在「欺負新人空服員的變態機長」的角色。

「看來李青名先生可以任人擁抱？你說說看有誰啊？」

隨即那巨大的手抓住我的手，另一隻手拿著領帶，開始慢慢的纏繞在我手腕上，不會痛，但是被壓制的恐懼讓我又開始哭泣。

「是事務長嗎？」

哥哥任意說出一個職務名稱，但我不知道那是什麼，我認識的那個哥哥又再度消失了，這讓我對這一情況感到相當恐懼。我不斷搖著頭，但是士憲哥依舊將纏在我手腕上的領帶緊緊地打上一個結。

「還是那個摸你屁股的乘客？」

士憲哥的手伸向我的褲子，原本被拉到膝下的運動褲已經完全被脫掉，全身僅剩上半身還套著哥哥的襯衫，哭泣讓我說不出話來，只能瘋狂搖頭表示著我沒有。

「那是誰？男朋友嗎？只對男朋友那樣嗎？」

哥哥用陰沉的聲音問著，但顧著哭的我完全沒注意到，依舊瘋狂的搖頭，因為淚水讓我眼前一片模糊，然後我聽到哥哥「喔～」了一聲，好像打開了什麼奇怪開關。

「你是說不是？」

「不是……嗚嗚，不是、不是、不是的……嗚……」

「那上次來接你的那個又高、又有錢、又帥的副機長不是你男朋友嗎？」

完全不知道該怎麼辦的我，只能瘋狂地落淚與搖頭，然後以一副委曲的臉看著士憲哥，我已經因為那些話語而不知所措了，但看情況哥哥應該會繼續做出奇怪的事情。

我的預想沒錯，哥哥一把抓住我的陰莖，我則是因為哥哥毫無情感的抓握而叫了一聲。

「這裡沒有毛……該不會是天天都在做那件事，所以才沒毛？」

「啊呃、嗚嗚！啊！」

剛剛才射出來的陰莖就這樣被抓著搖晃，湧現了粗暴的快感，我邊搖頭、邊打著哥哥的手臂，但我雙手手腕被綁著，根本起不了任何作用。

「我、不、不、啊呃，再也……不、行、不行……啊啊！」

我的身體掙扎著，隨後被哥哥抱住，士憲哥雖然停止了戲弄我的陰莖，但他的手卻伸向我的膝蓋下方，拉開我的雙腿，讓我就好像蝴蝶被釘成標本一樣，讓我瞬間覺得好恥辱。

被向上撐開的膝蓋碰到手肘，原本這姿勢就已經很不舒服了，加上手腕又被綁住，就更加不舒服，可是哥哥還是一副隨時會用他那可怕的陰莖插入我洞口的表情。

原本取代膠狀物的精液也已經乾了，我急切的看向化妝台下面那些瓶瓶罐罐，希望可以找到可以取代的東西，但好像沒有。不！就算有，現在整個人已經是欲望至上的士憲哥會願意拿嗎？

我淚眼汪汪的看向士憲哥，同時因不斷滑落的淚水，導致眼角早已經腫脹不堪，頭髮亂七八糟、喉嚨也熱呼呼的。跟哥哥四眼相視之後，哥哥看起來雖然在笑，但跟平常的感覺完全不一樣，哥哥勃起的陰莖就在我洞口不停來回磨蹭，哥哥用他混濁的聲音悄聲地說道：

「不行了嗎？」

「呼、呼啊……膠狀、乳液，都可以……」

我含糊不清、無法成句的不斷哀求著，觸碰著我的陰莖如果就這樣插進來的話，我一定會被撕裂的。我不斷地搖頭，而哥哥將他的陰莖緩緩地移動我洞口。

「從這裡可以吃進去嗎？」

「不、不要……嗚嗚……」

我以為終於要聽我說話了，所以邊哽咽、邊搖頭表示不要，但士憲哥又再度露出變態的笑容。

不安感瘋狂地席捲而來，我肩膀不停的顫抖著、身體也不斷地扭動著，士憲哥把我放到地板上，但已經被撐開許久的我無力癱坐在地上。原本打算用膝蓋撐起身體，所以先用被綁起來的手腕撐著地上，但士憲哥完全沒想要幫我，反而是晃動著、撫摸著他那已然勃起的陰莖，步步向我逼近。

是要像上次一樣用嘴巴嗎？我想起上次那無法喘息的經驗，又一次淚眼汪汪，變態、垃圾、色情狂！腦袋裡全都是罵士憲哥的詞彙。

略微大件的襯衫蓋著我的屁股，我滿臉淚水的抬頭看著哥哥，還好哥哥沒有繼續逼近，應該沒有要把他的巨大塞進我嘴裡，就在我稍微感覺安心的時候，哥哥居然在我面前自慰了起來。

我嘴巴開開、眼睛睜大的看著哥哥，哥哥就在我眼前握住自己的陰莖上下搓揉著，那自慰的樣子令我感到相當衝擊，好像被人從後腦打得暈頭轉向一般。

瘋了，士憲哥終於是瘋了吧！這衝擊的一幕讓我眼睛睜得大大看著哥哥自慰的動作。

「啊，媽的……」哥哥低聲罵出髒話，那歪著頭、閉上眼的哥哥，臉龐依舊非常帥氣，但再次低頭看向我時，又像是個瘋子。

這二十多年來我認識的哥哥居然出現這麼奇怪的樣貌，讓我只能僵硬著身體看向哥哥，正在手淫的哥哥發出低沉的呻吟聲，然後下腹部漸漸變硬，我幾乎是本能的閉上眼睛。

隨後我覺得臉上有熱熱溼溼的東西，比液體還要黏稠，一部分也進到我張開的嘴裡，沾黏在我眼睫毛上的東西讓我備受衝擊的抖動著全身，我慢慢地眨了眨眼睛，視野依舊是模糊一片。

我先咕嚕地吞下口水，那像是哥哥精液的東西順著我的食道滑進去，味道真的很奇怪。

「哇！媽的……」

覺得驚訝的人應該是我，但士憲哥卻嚇到發出咒罵聲，我模糊的視線看到哥哥脫下帽子。

哥哥拿下原本戴在他頭上的機師帽，換戴在我頭上，對我來說太大的帽子幾乎遮住我一半的視野，然後我看到射精後的哥哥的陰莖依舊半挺。

「哇……這太爽了，媽的、真的太舒服了……」

喃喃自語著淺薄詞彙的哥哥，用陰莖觸碰我的嘴邊，我反射性的閉上嘴，不過哥哥應該沒有要把陰莖放進我嘴裡的意思，而是用沾黏在陰莖上的精液磨蹭著我的臉。

被衝擊場面嚇得失神的我開始恢復正常，然後意識到現在發生什麼事情的瞬間就開始爆哭，哭得比之前還要淒慘。當我開始無聲地落淚時，士憲哥的態度跟剛剛完全不同，馬上坐下來安撫我，但我因為過於衝擊的關係，完全沒有意識到自己的嘴還是張開開的。

「啊，青名！」

哥哥不像剛剛一樣叫我青名先生，看來應該沒有要繼續玩變態遊戲了，好像回到過往溫柔的哥哥了，但我的淚水依舊像水龍頭一樣的狂瀉，我沒有說話就只是一直哭，讓哥哥慌張到結巴。

「為、為什麼哭……？手、手臂，是手臂會痛才哭嗎？」

哥哥就像育嬰初學者一樣不知所措，趕緊將綁住我手腕的領帶解開，感覺手有點麻，手腕上還有領帶綁住的紅色痕跡，我衝擊地看著這個痕跡。因為真的太難過了，所以瘋狂的掉淚，腦中響起了警鐘。

「這、這怎麼辦？」

我掩飾不住哭聲，終於能開口說話，怎麼會這樣？喘著氣的我，現在滿腦子就只剩下一個想法，那個想法就是：我要離家出走。

噴濺在臉上的黏稠液體，讓我眼睛無法好好張開，我不停地眨著眼，正想動手擦掉時，士憲哥急忙拉住我的手說。

「我來。」

哥哥的大手幫我擦掉黏在眼睛周圍的精液，這樣一個溫柔的人，讓我完全不敢置信他到剛剛為止居然可以做出各種變態的行為。

士憲哥的動作讓我想起小時候，當我吃飯時有東西黏在嘴角、或是在外面玩到髒兮兮，或是一起睡覺的時候，士憲哥總是會依照阿姨要求等各種因素幫我洗臉，這時他會發出「喔噗喔噗」的可愛擬聲語，用他的大手溫柔的幫我擦臉。

可那樣溫柔的哥哥不是用水擦拭我的臉，而是將精液射到我臉上，讓我又再度湧上悲憤的情緒，不停地哭著。

哥哥擦拭掉黏稠且存在感十足的精液，但並不代表沒有殘留，我好像感覺到臉上依舊有一層薄薄的膜，有種從畏懼哥哥是瘋子的情境下逃脫的安心感，淚水又開始滑落。

「為什麼哭？不要哭。」

跟剛剛不一樣，這一回聽起來是真心的，但我清楚記得哥哥剛剛說過的那句「哭，又更迷人」。剛剛做愛時的哥哥，與現在的哥哥好像不同人，真的好像是我不認識的人一樣，一想起那可怕的瞬間，全身就忍不住顫抖著。

我用一種被背叛的眼神望向哥哥，若用貓來比喻的話，就是用液體的怪物取代貓肉泥來餵食、用鸚鵡來比喻的話，就是就用橡皮擦屑取代食物嗎？

我因為士憲哥而受到的多種衝擊，實在無法以一個詞彙來說明。士憲哥好像擔心、難過的嘴角下垂看著我，但我發現這表情中含有笑意，好像是覺得我很可愛的樣子，讓我更是生氣的瞪著哥哥。

「唉喲～怎麼辦，青名哭了我會不知道該怎麼辦。」

士憲哥用著這個表情喃喃自語說著，然後抱起我，我把眼睛埋在哥哥肩膀裡，擦拭著眼淚，然後生氣的說：「……哥好奇怪。」

「奇怪？」

「走開，我要走了。」

「走開？我嗎？」

士憲哥用著似乎覺得我太可愛的口吻輕聲說道，然後不停親吻我的太陽穴，每一回的親吻都讓我緊張的身軀可以獲得緩解，哥哥的親吻讓我逐漸無力，但我還是加強口氣、狠毒的說出：

「變態。」

然後我聽到哥哥的笑聲，氣到想要瞪著哥哥，但可惜我的位置只能看到哥哥的耳朵。

又親吻了我一次的士憲哥，帶著惋惜的表情稍微與我拉開一些距離。我因為頭上戴著的機師帽被遮住了一半的視線，哥哥先是拿下我頭上的機師帽，接著用手背將我的瀏海往後撥。

額頭接觸到新鮮空氣，十分舒服。因為哭得太凶，現在眼睛已經睜不太開了，只好無力的閉上眼，我能感覺到眼睛現在應該是紅腫不堪。

哥哥又一次親吻我的唇之後，站了起來，哥哥身上的衣服相當完整。哥哥將露出褲子外的陰莖輕輕的塞回去，好像這樣就完全不會被發現剛剛究竟發生了什麼事情。但另一方面，只套著士憲哥皺皺襯衫的我，癱軟到無法走路，就像剛出生的小狗狗。

「可以站起來嗎？」

士憲哥抓住手、扶我起來，我就像需要看護的人一樣慢慢地移動酥麻的雙腳，士憲哥在旁邊協助我行走。我就這樣倒進士憲哥的床，可能是剛剛做愛的關係，我的身體依舊發著抖，臉碰到觸感柔和的棉被，我順著眼前留有領帶捆綁痕跡的手腕，看到哥哥走進浴室。

昏厥在溫暖床上的我癱軟無力，已然忘記身上還有一件襯衫，朦朧的眼睛看著浴室，浴室傳來水聲。規律的流水聲讓我僵硬的身體開始放鬆，完全抵擋不住想睡的感覺，近乎失去意識的我突然感覺到一陣動靜，但全身無力的我決定要順從我的感覺。

「這樣會感冒的。」

我感覺到有人坐到床上，士憲哥就這樣輕而易舉地抱起我，將我抱在懷裡，這半躺的姿勢帶給我奇怪的安全感。

我就像斷線的玩偶一般，只能順著哥哥的指示，臉部肌肉無力、嘴開開、眼睛閉著的我，感覺臉上有熱毛巾的溼氣，不知不覺之中，那層沾黏在我臉上的薄膜、原屬於哥哥的體液被擦乾淨了，連下巴都仔細的擦拭乾淨，接下來就是我穿著的襯衫。

半睡半醒之間的我隱隱約約地想起這是要洗的衣服，剛剛哥哥說四點要出門，所以在那之前要洗好才行，我呢喃的開口說：「……要洗的……」

「還有可以穿的襯衫，沒關係。」

哥哥猜出我要說什麼，並快速的回應著我，然後哥哥好像移動了一下，讓床墊稍微動了一下，這次哥哥用雙手解開襯衫的扣子，敞開的襯衫傳來哥哥平時用的香水味，以及方才追加的情欲味道。

哥哥熟練地脫掉我身上的襯衫，被脫下來的襯衫應該是被丟到了地上，因為我聽到襯衫布料掉在地上的細微聲音，完全裸身的我，被穿著T恤與褲子的哥哥用棉被包起來，讓我舒舒服服的躺在床上。

在我身旁枕著手臂的哥哥，看來應該不會再碰我了，這一切都結束了的安心感，混合著擔心哥哥一定是瘋了的情緒，反而讓我腦袋陷入一片空白。

士憲哥抓起我留有領帶捆綁痕跡的手腕，輕輕的撫摸著，跟平時一樣的溫柔。

「這要擦藥嗎？沒有很深，應該明天醒來就會不見了吧……」

接著哥哥在手腕痕跡上親吻了一下，然後與我十指交握，另一隻手則是輕柔的撫摸著我的頭髮。

「啊，真不想上班。」

已經無力的我只能順著哥哥隨意擺弄。哥哥把我換了個姿勢，讓我靠躺在他肩膀上，我能感覺到自己的太陽穴碰到硬梆梆的肩膀，但我依舊在現實的夢境中掙扎。

「青名，我可以把你放進行李箱嗎？」

士憲哥一臉認真地說著不可能的玩笑，我眉頭皺了起來，呢喃的說著「不要再說這種不像話的話了」，但我沒有辦法說出完整的詞彙，但我相信士憲哥一定可以依據目前情況，理解我想要說的是什麼。

果真我是對的，帶著低沉笑聲的士憲哥用拇指跟食指，好像認真的在測量著我額頭到下巴的距離。

「有時候會想著，如果可以把你縮成手掌大小就好了。」

停下測量動作的哥哥，淘氣似的抓了抓我的鼻子後，用渾濁的聲音繼續喃喃自語地說著：

「這樣把你放在口袋就不會被發現了吧？不對，這樣安全檢查時可能會響起警告音，安檢員工就會要求我掏出口袋裡所有的東西，還是一開始就放在肉棒旁邊好了，反正也不會摸到那邊……如果摸到的話，一定會被問這是什麼，我就說一早就因為想著某個人而勃起，所以……」

我又再度皺起眉頭，呢喃著「哥哥真的有問題」，不想讓哥哥繼續說。

然後突然想起身為教師的爸媽曾經說過的話，爸媽說過度的性欲會讓一個人腦中只有性欲，因此大腦會無法健康成長。

士憲哥也是那樣嗎？這些胡思亂想讓我又一次想起剛剛那令我害怕與恐懼的時刻，我皺眉想要離開士憲哥，但我根本沒有力氣，所以只能轉身背對著士憲哥。

「你要去哪裡？不要走。」

低沉的呢喃聲後，哥哥又撒嬌似的抱住我，柔聲的問著。從背後被抱著的我一方面覺得很有安全感，但一方面又抹不去覺得哥哥越來越奇怪的感覺，士憲哥身上那令我熟悉的味道，不斷地搔著我的鼻子。

「……我要出去。」

我幾乎沒有動到嘴巴的呢喃著，就只是自己十分確定，哥哥所吐出來的氣息不斷掃過我的耳朵，哥哥用嘴唇輕壓著我的脖子。

「就在這裡睡。」

看來是我有氣無力、斷斷續續說著的關係，讓士憲哥以為我說的是「我要回我房間」，而不是「我要離家出走」，我想更簡單的跟哥哥說明，但沉重的嘴唇在無意識之間說出的詞彙是：

「等等……士……」

穩柔的大手摸了摸我的頭，哥哥應該是覺得我耍賴不想睡覺，所以發出了低淺的笑聲，看來哥哥是覺得我在說笑，但我是真心的。

不知自己是何時睡著的，但感覺床邊出現沙沙作響的聲音，讓我漸漸從夢境走入具有一定程度的現實感覺中，感覺有人親吻我一下額頭，讓我的意識清醒了不少。

但我的眼皮好重，只好繼續閉著眼睛，不久後，聽到遠方傳來行李箱拖拉的聲音與皮鞋聲，然後又聽到大門關上的聲音。

原來哥說四點是凌晨四點，不是下午四點，同時又想到哥哥完全不在意我的冷戰宣言，我不開心的拚命在心裡咒罵士憲哥，然後又漸漸睡去。

早上醒來後，發現自己的眼睛十分浮腫，手腕上被哥哥用領帶弄出的痕跡幾乎看不見，但並沒有完全消失。看向鏡子裡的自己，覺得自己腫得就像一隻河豚，拉起上衣看著身上的吻痕——現在幾乎算是習慣動作了——在原本的痕跡上又出現了新的痕跡。

瞪著哥哥留下的這些痕跡，我移動了一下腳步看見化妝台，昨晚幾乎被掃下地的東西通通歸位，整齊地擺放在一角，眼角莫名的酸了一下。

我直盯著化妝台，微酸的眼角變得模糊，用力想要忍住這感覺的我，又一次想起昨晚與哥哥的那場性愛。口出穢言、在我面前自慰的哥哥，真的就像是一個貪圖我身體的人。我想，我的假設應該是正確。

我想忍住鼻酸的感覺，但好像沒有用，只能快速地轉過頭眨了眨眼睛，心情憂鬱到覺得自己相當悽涼。

我走出哥哥的房間，回到隔壁自己的房間，自然地拿起上課用的背包、打開背包拉鍊後走向衣櫃，將可以輕易拿到的衣服通通塞進包包裡，再將滿到要爆開的包包拉上拉鍊，然後深深的嘆了一口氣。

好像有種美夢被冷水澆熄、瞬間清醒的感覺。

是因為我對於哥哥所做的任何事情都全盤接受的問題嗎？我對於我們之間只有性關係這件事、對於哥哥如此隨意對待我這一點感到相當衝擊，總覺得哥哥隨時會變成昨天那個樣子，一想頭皮就發麻。

突然冒出離家出走的念頭，這一念頭自然地發酵之後，我又開始覺得必須退一步冷靜的思考。

帶著憂鬱臉龐的我看了一眼包包，接著拿出手機，訊息通知欄位是士憲哥傳來的訊息，進到對話窗後看到哥哥應該是在登機門前的自拍照片。

「真想把你裝進這裡，已經開始想你了。」

在凌晨時分依舊能維持帥氣臉龐，言語中強調著下方夾克口袋的哥哥，讓我不禁陷入煩惱，想著要回什麼內容。

不過，想起上回一句話都沒說就消失時，哥哥擔心的樣子，我想應該要跟哥哥說我回家一趟比較好，我緩緩地動了動手指頭寫下回應。

「我們給彼此一點思考時間。」

＊＊＊

去學校的日子一如往常，差不多的時間抵達公車站牌、崔賢吾的訊息就會到達，訊息內容無非就是你現在搭上這台車了嗎？從來沒有錯過。

一起搭公車到學校、上課，然後跟那堂課幾個比較熟的同學一起去吃學餐，崔賢吾抽菸時一起聊天殺時間，等待下一堂課的時間。

今天也差不多如此，若說有不同的話，就是從一早開始，我就一直在意著口袋裡的手機有沒有響。其實我的手機平常不太會響，但今天的我卻一反常態的在意著有沒有訊息。

再加上今天的課只有通識課，所以更容易陷入其他思緒中，「韓國市立大學生之性別教育」今日上課的主題是「彼此尊重的戀愛」。

完全適合我這種經常想著某個人的課程，我總是想要先拉開距離、不想要過於費心，卻忍不住偷瞄手機。沒有聯絡，沒有震動應該不是錯覺，我有點傷心的癟嘴將手機再次放入口袋。

士憲哥凌晨四點就出門，到現在已經過了九個小時了，哥哥是飛去哪裡呢？但飛哪個國家需要飛九小時，於是我得出了一個結論：不論是飛哪個國家，應該都要抵達了才對。

確認了一下手機，反而讓自己更憂鬱，只能不斷的為士憲哥找尋他沒有回訊息的理由。凌晨四點出門的話，到機場要一段時間、準備起飛也需要時間，哥哥傳訊息給我的時間是上午六點左右，所以是七個小時……粗略計算一下時間的我又嘆了一口氣，想到哥哥沒有說他這回要飛哪邊。

沒有跟我說……當心情變了之後，所有事情都變得不一樣了，明明是我先發了訊息說需要一點時間，卻還是在意著哥哥有沒有回覆，這矛盾的情緒實在太難以承擔，所以我想要關上手機電源。

按下關機鍵後出現紅色的確認鈕，準備要移動手指按下的我，在最後一步又改變了心意，想著萬一哥哥打給我，而我手機沒開的話，哥哥可能又會覺得我失蹤而擔心。

不是為了自己、而是為了哥哥找尋藉口的我，最終決定按下勿擾模式就好了，不過這個行為沒有什麼意義，因為直到下課為止都沒有任何訊息傳來。

我知道他是去工作，但就是有種消失不見的感覺。下課後道真哥跟體育學院的同學有約就先走了，而我跟崔賢吾就很自然地走向公車站牌。

跟穿著重裝備的絨毛連帽T，外加羽絨外套的我不同，崔賢吾只有穿著夾克，一路上手都放在口袋的崔賢吾發著抖不滿地說道：

「快要冷死了，明明就快四月了，居然還要穿著羽絨外套，說什麼櫻花快要開了，應該是說要下雪了才對吧。」

一心關注著口袋裡手機動靜的我，只能同意的點點頭，走到公車站牌後，崔賢吾看著我幾乎是爆滿的背包問道：

「不重嗎？」

「嗯……」

我用拇指不斷地摸著背包背帶，背包裡裝滿了隨手拿的衣服，拉鍊都被撐開了，崔賢吾看著這樣的包包繼續問道：

「是隨意塞的嗎？是要露宿街頭嗎？」

「啊，就……今天想要回家一趟。」

我吞吞吐吐地說著，不過崔賢吾跟平時一樣，沒有任何懷疑的表情。

「是喔？也對，明天沒課、加上週末的時間，回家休息一趟也不錯。」

正巧吹來一陣寒風，頭髮都被吹亂了，崔賢吾那頭比平時更蓬鬆的褪色頭髮在風中搖曳著，發出快冷死的呻吟聲，縮著肩膀說道：

「馬上要回家嗎？那今天就不能一起搭車了。」

「是啊……啊，我要搭那班！」

稍微閃神的我快速地跑向那台紅色公車，聽到後面崔賢吾傳來招呼聲，我向他揮手後上了公車。

高中時跟朋友來這邊玩過，記得當時就是搭這台公車，我呆滯了幾站過後，才打開地圖確認了一下，還好沒記錯。回家的路不近，要換乘一次，光是搭公車就需要兩小時左右，一開始先聽著歌、注意著哥哥有沒有傳訊息過來，接著聽完一輪清單中的歌曲後，一陣睡意襲來。最後我在換乘的社區巴士上睡著了，卻在快到家附近的站牌時，神奇的睜開雙眼。

明明在士憲哥家住沒多久的時間，卻覺得好像住了許久的感覺，我走向這個理應熟悉的街道。出生以來居住的公寓就在不遠處，我加快腳步往前走，感覺自己沒有任何遮蓋的臉被風吹得紅了起來。

按下密碼走入有點歲月痕跡的大門，踏進電梯按下熟悉的樓層，電梯快速的帶我前往我的目的地，電梯門一開，就出現一陣熟悉的味道與熟悉的景象。我習慣性地看向隔壁，這是在我發現自己暗戀士憲哥之前就已經養成的習慣動作，電梯門關上，這裡安靜沒有任何聲響。

從樓梯間的窗戶看出去，黃昏的天色逐漸黯淡，我望著隔壁的玄關看了許久，卻因為一陣寒氣襲來而想快點進到家裡，這個時間爸媽應該不在家。

我想得沒錯，按下略微生疏的大門密碼後，迎接我的是一陣安靜的空氣。我脫下羽絨外套放在沙發上，自然地走向廚房，想要找東西填一下肚子。

客廳的時鐘指向下午六點半，搭公車約兩小時，加上換車移動時間總共三小時，如果是通車上學的話，要花這麼多的時間，這讓我不禁搖頭感嘆。決定要準備晚餐給即將下班的爸媽。

打開冰箱後發現沒有半樣小菜，只有滿滿的泡菜，瓦斯爐上也沒有剩下的湯或是料理，翻了翻冰箱後發現只有蔬菜，所以想簡單做點咖哩。我們家總是備有咖哩粉，這在我搬去跟士憲哥住之後，依然沒有改變。

將蔬菜切成塊狀、拿出冷凍的肉拌炒一下，待肉變色之後，再將蔬菜鋪上，之後將咖哩粉用水化開，澆上一大湯匙之際，突然想到家裡不知道有沒有飯。

「李青名真聰明、我真聰明……」喃喃自語地邊稱讚了自己、邊打開飯鍋，還好飯鍋裡有飯，確認了一下時間，應該是早餐剩下來的飯。

為了不讓蔬菜焦掉，我略微拌炒了一下、轉為小火，現在只要等滾就可以了，做好咖哩之後，我自然的走到客廳、打開電視，看著重播的電視節目，拿起客廳桌上的橘子剝來吃，這一瞬間覺得內心無限平靜。

所以人們才會說娘家真好。

我無意識地想著，突然想起前一刻，我好像用了什麼奇怪的詞彙。我一邊咀嚼著橘子、一邊陷入深思，但卻沒能想太久，因為玄關處傳來按密碼開門的聲音。

我把橘子放下往玄關走去，就聽到許久沒聽到的媽媽聲音說道：

「怎麼有鞋子……青名，兒子回來啦，怎麼了嗎？」

媽媽驚訝地看著我，這才想到我根本沒有跟媽媽說要回來，我只能尷尬地笑著，想起崔賢吾說過的話。

「因為明天沒課……今天要在家裡睡一晚。」

「那也要先打個電話，我才能去買些好吃的東西回家，士憲呢？」

媽媽自然的想到士憲哥，但我無法說出「我覺得哥哥很奇怪，昨天晚上也跟我發生性關係的哥哥就像個奇怪的色情狂一樣做出變態的行為，所以暫時想跟他保持一點距離」，只好笑著說：「哥去飛了。」

「也是，想也知道會是這樣，我……咦？你做了咖哩？好香喔！」

「嗯，我正在做咖哩。」

咖哩比剛剛又熟了一點，我又進去了廚房再次翻拌了一下，但媽媽攔下了我說：

「你很久沒回來了，吃什麼咖哩，我叫爸爸去買點肉，順便叫上隔壁的阿姨？正好聊到都很想你。」

「可是都已經做了。」

「咖哩本來就是要放一天才會好吃，等等滾了之後拿去陽台放就好，啊，你應該很餓吧？」

「剛剛吃了點橘子……還好。」

如果要在咖哩跟烤肉之間選一個的話，肯定會選後者，雖然跟哥哥在家也常吃烤肉，但在家裡吃就是有點不同，好像多點溫暖、多點家的味道。

媽媽要爸爸回家路上買肉回來，然後馬上聯絡隔壁，阿姨馬上就按下我家電鈴，幾週不見阿姨了，好想念阿姨。

「青名好久不見，跟士憲相處得如何？」

親切抱著我、詢問我近況的阿姨，自然也會問起士憲哥，卻讓我有點神情恍惚，總不能跟阿姨說我跟哥哥發生了性關係，而且哥哥還在我面前做出變態的舉動，只能簡單的回答：

「……還不錯。」

「要倒杯茶給您嗎？」

「好啊，謝謝，你也快去坐下。」

這是我小時候常看到的情景，阿姨跟媽媽經常坐在廚房餐桌聊著天，餐桌上有茶跟甜點，我跟哥哥們玩著玩著，就會來到媽媽旁邊吃著甜甜的點心。

這熟悉的畫面若要說有所不同的話，應該就是我再也不是比坐著的媽媽還矮的小孩，已經是可以跟媽媽一起坐在椅子上的大人了。

「我讓青名爸爸買了肉回來，晚餐要一起吃嗎？」

「我們很晚才吃午餐，肚子還不餓，不過既然青名回來了，我們就一起吃一點，不過吃不多。」

「反正爸爸也要八點多才會到家，就一起吃晚餐吧。」

「那就一起吃吧！」

聽到媽媽提起時間，我又一次看向客廳的時鐘，跟哥哥已經超過十二小時沒有聯絡了，我整個人就像被冷水潑了一身一樣，心情糟透了。

我摸了摸口袋，發現沒有摸到熟悉的東西，看來手機是放在羽絨外套的口袋裡了，我在不干擾媽媽跟阿姨聊天的情況下，默默的走向客廳沙發。

拿起羽絨外套，從口袋裡掏出手機，確認了沒有任何電話、訊息，手機畫面再次暗下來，我又按了幾次後發現，可能是剛剛在車上聽了一輪的音樂，所以好像快沒電了。

不過還有三十%左右的電力，我小聲地呢喃著，不斷地按開手機畫面，可能是天冷的關係，所以很快就會沒電了。我走進房間尋找充電器，一邊擔心著手機是不是像上次一樣壞了，直到手機亮起充電中的畫面才鬆了一口氣。

這時電鈴響起，我手拿著手機看向房門，媽媽起身往對講機走。

「是姨丈來了嗎？」

「咦？他今天跟同學去爬山了耶！」

「那會是誰？咦？是士憲？」

我聽到媽媽的話後，覺得心跳漏了一拍，好像暫停了一下又恢復正常的狂跳，大腦一片空白，又覺得窒息。

「權士憲？他為什麼一句話都沒說就來這裡？」

阿姨不滿的喃喃自語，媽媽笑著走往玄關，傳來開門的聲音，我就像聽到鬼來了一樣有氣無力的走出房門。

「權機長，有什麼事？今天怎麼大家都默默的回來了？」

「阿姨好。」

是士憲哥的聲音，有點急迫、卻依舊遵守禮儀的打完招呼後，才走進家門，而站在房門前的我就這樣跟士憲哥相視，僵在原地。

發現我的哥哥毫不遲疑地往我走來，面無表情的哥哥臉色相當冷淡，朝我走來的樣子令我瑟縮了一下。覺得自己就好像野獸面前的草食性動物一般，哥哥一定是在生氣，我本能的內心一揪，擔心著哥哥為何會這樣，卻也只能咬著嘴唇面對哥哥，可我完全無法預測士憲哥的行動。

我就這樣被哥哥抱著，哥哥完全不在意阿姨跟媽媽在場，反而讓我驚慌失措。哥哥一言不發的抱緊我，我則是看向阿姨跟媽媽，坐在椅子上看著哥哥的阿姨突然生氣地喊道：

「喂！權士憲，一年都沒看到你，可你怎麼不是先回家，而是先來這裡？你是誰家的兒子啊！」

不管阿姨說了什麼，士憲哥都沒有放開我的意思，我把額頭靠在哥哥的肩膀上，感覺到哥哥粗重的呼吸聲。

可以聞到哥哥工作時會用的濃濃香水味、風的味道，還有飛機裡會出現的異國香味，我被充滿外面冷空氣的哥哥抱在懷裡，呆呆地眨了眨眼睛。

「為什麼……這樣……」

我聽到哥哥渾厚的聲音，用著只有我能聽的音量，沒頭沒腦的一句話，可我卻知道哥哥是什麼意思。

耳邊傳來的焦急聲音讓我心跳加快，連肋骨外側都可以感受到我的心跳。

突然之間，哥哥的身體突然倒向我這邊，雖然不會痛，卻讓我有點搞不清楚發生什麼事情，直到聽到阿姨的聲音才知道原因。

「權士憲，你有沒有聽到你媽在說話？養你這個兒子真的一點用都沒有，真是的！」

「士憲媽媽鎮定一點，鎮定一點！」

媽媽帶著笑意的聲音安撫著阿姨，不過阿姨已經舉起手打了哥哥。

「你這傢伙，就去年夏天來露個臉，接下來就不見人影，對吧！」

阿姨每說一個詞彙就打哥哥的背一下，生氣的聲音也轉為嘮叨的口吻。

「哎唷～不知道是生是死的兒子，居然在隔壁見到面！」

我斜瞄一眼哥哥，哥哥的額頭依然一動也不動地靠在我的肩膀上，如果我的肩膀沒有感受到哥哥呼吸的起伏，可能真的會認為哥哥睡著了。

「你這傢伙抱著青名幹嘛？」

結果阿姨生氣地大喊出聲，我被士憲緊握的手終於能夠移動，腋下覺得癢癢的，這時動都不動的哥哥終於鬆開他的肩膀，自然地搭上我的肩，然後露出奸笑的說：

「媽您好啊，好久不見，又變年輕了，有半年沒見到面了吧？」

阿姨以一副無可無奈的表情看著自己的二兒子，被哥哥夾在腋下的我只能帶著尷尬的表情看著媽媽跟阿姨，哥哥的手緊緊抓住我的肩膀，讓我就像一個嚴守軍紀立正站好的軍人一般。剛剛還讓我覺得可憐的哥哥，隨即換上另一神情跟媽媽說：

「伯母您好嗎？」

媽媽好像覺得有趣的放聲大笑，阿姨的表情更顯無言，就只有被夾在中間的我嚇得退了一步。什麼伯母？士憲哥用的稱呼好像在稱呼戀人或是配偶的媽媽一樣，我怯怯地想著哥哥用這一稱呼的用意，可不論怎麼想，我所知道的這個詞彙的意思就只有一個。

狂跳的心滑過一陣奇妙的氣流，讓人內心有點騷癢，我看向士憲哥。

「……你年紀是長到哪裡去了，隨便亂稱呼！又不是不懂事的小孩……」

阿姨搖搖頭一副不知道該如何是好的表情，瘋狂笑著的媽媽又添上一句：「士憲今天開始要當這個家的兒子嗎？好啊！我可以。」

我失神地看著阿姨、媽媽跟士憲哥，但不得不承認我確實很激動，瘋狂跳動的心好不容易找回平靜，盡量想要抑制過於開心的表情。

看來是我把哥哥的話解析成自己期望的方向，有點淒涼、有點不好意思的我想要稍微跟哥哥分開一點距離，但哥哥邊笑著邊繼續黏著我，把我抱著他的懷中，接著說：

「那我們先走了，晚安。」

「嗯？青名說他明天沒課，要在家裡睡一晚才回來的耶？你們不就是因為這樣回來的嗎？

已經要青名的爸爸買肉回來了。」

「……我是說要去買生菜，還需要什麼嗎？」

士憲哥快速改變口氣，好像只有我發現了哥哥瞬間的猶豫，小心翼翼地看向哥哥。

「不用，沒關係，青名的爸爸買肉時會順便一起買回來的。你不先去換件衣服嗎？穿著制服應該不是很舒服……」

「行李箱裡沒有衣服可以換嗎？」

「不知道丟去哪邊了，想不起來。應該是在車後座。」

「你在說什麼啊？」

「可能丟在飛機裡也說不一定。」

阿姨似乎覺得很荒謬，然而哥哥的回應聽起來卻很認真。我瞄了一眼哥哥，只看到他皺起眉頭努力地在翻找記憶。看來是真的。在場只有我能理解哥哥這樣說的原因，因此也讓我坐立不安，不動一下的話，難以掩飾我的焦慮，所以我抓著哥哥的夾克說：

「可以穿我的衣服。」

不知不覺泛紅的臉，我好想要壓抑住內心的悸動，但卻無法不去想像這之中的原因。

從凌晨就出門的哥哥在這個時間點急忙趕回來、連行李都不記得丟去哪邊的情況看來，應該可以當成是在意我說的話吧？瞬間又覺得自己的這一想法過於虛幻，所以用手背壓著再次狂跳的心臟部位，想要逼自己改變這奇怪的想法。

在媽媽跟阿姨繼續追問士憲哥之前，我快速的拉走哥哥，還好哥哥沒說什麼、順從的跟著我走，不過背後卻傳來阿姨不斷敲著胸膛抱怨著「我養這兒子有什麼用」。

我先走進房間，跟在我後面進來的哥哥很自然地轉動門把悄悄關上門，哥哥這個動作相當熟練，我順著哥哥的手、緩緩地看向哥哥。

門關上後，阻斷了外面的聲音，只剩下微弱的聲音，寂靜降臨我與哥哥之間，剛剛無法感覺到的危險感，如今好像壓迫著我。士憲哥順手撥了一下頭髮，夾克下方露出的襯衫，可以看出結實的腰圍，讓不禁口乾舌燥的我，只能快速移動到衣櫥。

雖然搬到哥哥家住，帶走了不少衣服，但並非全部帶走，我蹲下打開衣櫥下方的抽屜翻找，不過尺寸都不合，然後想到後面有幾件比較大的衣服，所以又開始翻找著後方，這期間我能感受到後方投射而來的視線。

我只能徒勞無功的不停翻動著幾件衣服，然後哥哥突然蹲了下來，靠近我的臉，我肩膀瑟縮了一下緩緩的轉過去。

哥哥一句話都沒說的看著我，因為敞開的衣櫃門而讓哥哥的臉帶點陰影，哥哥眼神中沒有斥責，卻讓我有點不安。

「為什麼不接電話？」

哥哥平靜地問，好像帶著好奇的感覺，現在的哥哥跟剛剛對媽媽跟阿姨的調皮態度完全不同。

「……沒有……沒有電話啊。」

我略微猶豫地開口，才想到在一氣之下把手機轉為勿擾模式，這樣的確不會顯示未接來電，直盯著我的哥哥小聲地說了句。

「是嗎。」

哥哥站了起來靠在衣櫃旁邊的書桌旁，我拿出已經找到的衣服起身遞給哥哥。

「這給你換。」

我平靜的說著，但腦中卻一團混亂，把衣服遞給哥哥後，關上抽屜、關上衣櫃門的過程中，我的指尖都備感酥麻，不斷地握拳放手。

哥哥有打電話給我！這讓我很安心，因為哥哥確實在意我說的話，這樣一來，我原本慌亂的情緒逐漸開始平息，然後又冒出一個疑問。哥哥為什麼會知道來這邊？幾次想問出口，最後卻放棄了，因為我不想表現出「多關注我」的感覺。

我刻意乾咳了一下，吞下原本想說的話，哥哥的臉上帶著陰影，沒有一絲笑容，一副禁欲又冷淡的表情看著我，但與其說是冷淡，不如說是在深思。

衣櫃門打開後，就跟書桌緊緊相貼了。我把手放在背後，又一次推著已經關上的衣櫃門，在這窄小的空間中，好像隨時都會觸碰到對方。士憲哥自然的把我遞給他的衣服放在書桌上，那雙大手因為空間狹小的緣故掃過我的身體，靠在書桌上的哥哥用他的長腿擋住我的去路，還能碰觸到衣櫃的下方。

就這樣被困住的我開始吞起口水，緊張感讓我喉結不停上下抖動著，而哥哥依然是一張深思的臉看著我。

「青名。」

「哥。」

受不了怪異氣氛的我們同時出聲，士憲哥動了一下將原本搖晃在衣櫃下方的腳往我小腿處靠近，隱約可以感受到哥哥火熱的體溫。

「你先說。」

「不……哥先說。」

「就說你先說。」

低沉說話聲在安靜的房間裡，有點毛骨悚然的感覺，最後我支支吾吾地開口說。

「就只是……想說你明天才會回來，怎麼那麼快就回來了。」

「是 Quick Turn。」

士憲哥簡短的回答，我雖然搞不清楚那是什麼，但也點了點頭。我們又一次進入尷尬的沉默之中，我的手掌不斷地捲拉著衣袖，再也說不出話。士憲哥再次開口叫我的名字。

「青名。」

我稍微轉頭向上表示有在聽，看到哥哥用炙熱的眼神看著我，原本閉口不說話的哥哥雙唇微開，以低沉的聲音問：

「你對我有不滿嗎？」

單刀直入的提問，讓我隱藏不住慌亂表情，過去的事情如同走馬燈的從眼前閃過，就算我知道哥哥會迅速找上門，但也沒有預料到哥哥會問得這樣直接，所以無法輕易地找尋用詞。

就在我猶豫之際，士憲哥好像已經知道我的答案了。我只好開口說：

「我需要……一點思考的時間。」

我的回答讓士憲哥摸了摸自己的嘴角，我雙手握拳不斷捲拉著袖子，士憲繼續追問：「想什麼？」

哥哥的提問讓我一時語塞，可我如果照實說，好像會更明白表現出我想要拉開一點距離的想法。

哥哥是個溫柔的人，雖然有時愛開玩笑，但確實是個好人，只是我喜歡又信任的人居然會隨意地對待我這件事，才是讓我備感衝擊的問題，所以我才想稍微冷靜思考一下。

但下定決心回到家裡之後，卻沒有繼續想這件事情。只是眼前的哥哥好像在催促著我回應一樣，讓我猶豫地開口說：

「就……還沒想好……」

「嗯，那你慢慢想。」

略微遲疑了一下後，我點了點頭，哥哥在略微沉默後好像表示知道了的打開他的手臂，想是要抱抱的樣子，我反射性地移動腳步，抱著哥哥。

一抱才想起我剛剛才說過要冷靜，但我已經被鎖在哥哥的懷裡無法動彈，耳邊傳來低沉的聲音說：「可是，只能想喔。」

耳輪上方感覺到親啄的親吻，敏感部位的親吻讓我背脊不禁顫抖著，我想看著士憲哥，但我的臉緊靠在哥哥身上，所以不可能。

破壞這一氣氛的是門外傳來的聲音，一陣聲響後就聽到爸爸的聲音。

「青名跟權機長回來啦？他們在哪裡？」

「去換衣服了，不過也進去一段時間了，是沒找到衣服嗎？」

「是嗎？那我去看看。」

聽到爸媽竊竊私語的說著，讓我瞬間回到現實，想掙脫哥哥的懷抱，但士憲哥卻用玩笑式的口吻喃喃自語說著：

「門沒鎖喔。」

我的喘息聲也隨之冒出，我往後退，卻看到哥哥依然不動聲色的笑著，腳步聲越來越近，我不安地叫著哥哥。

「哥，快……」

叩叩，響起敲門聲，我睜大眼睛表現出不安，有種做壞事被發現的感覺，如果爸爸這時候走進來的話，就會看到自家的兒子跟鄰家的哥哥抱在一起。

「哥、哥……」

「青名，衣服找到了嗎？再換了嗎？」

我加大了手的力道，但因為嚇了一跳的關係，反而在不知不覺之中用力抱著哥哥的脖子，臉則是埋在哥哥的胸口，幾秒後才意識到爸爸如果這時進來，一定會看到更奇怪的情景。

可依舊只有敲門聲，士憲哥小聲笑著，並溫柔的摸了摸我的後腦，然後大喊著回應。

「快換好了！」

我有點害怕的看向哥哥，士憲哥的嘴親吻了一下我的額頭，然後嘴角略微上揚。愣住的我只能呆望著哥哥，讓哥哥突襲式的親了一下我的嘴唇，緩緩放開原本緊抱著我的手。

「真可愛。」

哥哥帶著笑意的口吻說著。脫下身上的制服夾克、解開領帶，並將襯衫的鈕扣一一解開。不知何時，那原本圈著我的長腿早已放開，我只能呆望著在我眼前泰然地更衣的哥哥。

有種自己被狐狸迷惑的感覺。

＊＊＊

爸媽與我、士憲哥與阿姨總共五個人聚集在廚房，雖然有點擠但相當熱鬧，自小我家吃烤肉時，都是男生負責所有的工作，可以說是傳統、又不是傳統的傳統。

一般都是爸爸烤、我負責洗生菜，等到可以用火的年紀後，還會負責煮大醬湯，也會用韭菜跟蔥做點簡單的小菜。

在媽媽跟阿姨說說笑笑之間，爸爸拿出烤盤插好電，略微走神的我，身體自動依循著既定的烤肉模式動著，瞬間就站在流理臺前洗著菜。

將水裝滿大盆子，把綠葉泡進冷水裡，同時也想著要將自己的臉頰泡進冰水裡，安撫一下欲望。

爸爸跟我自然而然的分工做著烤肉準備，士憲哥好像也覺得自己該做什麼一樣，突然之間感覺後方有人靠近，一雙大手環上我的腰。

我不由自主地倒吸一口氣，被自己尖銳的呼吸聲嚇到，好像做壞事被發現的孩子一樣，急急忙忙地往後一看，還好沒有人注意到這邊，接著我瞪向哥哥。

「有我可以做的事情嗎？」

士憲哥若無其事地詢問著，我稍微退開一步，但哥哥卻笑嘻嘻地靠近我兩步，幾乎已經退到無路可退的我，看了爸媽一眼後，小聲地下達指示：

「把冰箱的泡菜拿出來。」

「好。」

哥哥的手離開我的腰間，輕輕掃過我的屁股，我的肩膀瑟縮了一下，看向哥哥，無法確認哥哥是有意還是無意。

哥哥彎下腰翻找著冰箱，看著穿著我的衣服的哥哥，心情有點微妙，雖然我拿了大一點的衣服給比我高一顆頭的哥哥，但穿在哥哥身上依然有點奇怪。

上衣是我上高中時突然長高時，刻意買大一號的衣服，但最後沒有持續長高，所以穿不到的短袖上衣，褲子穿上去則是長度過短，會露出腳踝。

只是這樣的打扮不僅季節不對，連長度都有問題，明明我剛剛還在煩惱哥哥是奇怪的色情狂，可現在卻只能嘴角尷尬地上揚。我嘴角使力讓自己維持正常一點的表情，手則是開始將泡在冰水裡的韭菜撈出來放在砧板上。

我動手將泡過冰水後的韭菜切成方便吃的大小，而哥哥關上冰箱，手拿著泡菜桶，又一次走向我。爸媽就在後面，我害怕哥哥又一次環上我的腰，所以雙臂迅速的貼緊身體，繼續切著韭菜，可是手臂可以環繞的地方不只有腰。

士憲哥悄悄搭上我的肩膀，親熱地撫摸我的手臂，就鄰家兄弟的關係來說，未免過於親密。

「我拿來了，老公。」

耳邊傳來輕聲的一句，好像撒嬌般拉長語尾的聲音，哥哥從來沒有這樣叫過我，讓我差點切到自己的手指頭。

「哇啊啊！」

士憲哥的話跟差點切到手，讓我嚇到大叫出聲，這次大家都看向我。我丟臉地推開哥哥，結結巴巴地說著：

「手、手……嚇到了……差點切到手……」

「權士憲，你別鬧了，過來這邊。」

阿姨刻意嚴肅地叫著哥哥，哥哥裝作沒聽到的吹著口哨，撫摸著我拿著刀的那隻手的手腕，一路順勢的來到手臂突起的地方，輕輕的摸著凹陷處，我感覺到我臉頰泛紅，所有人的視線都集中在我們身後，士憲哥幾乎是貼著我的臉頰悄聲說著：

「怎麼可以這樣，我來吧？」

我抖動著肩膀，身體轉向士憲哥，不是想要跟哥哥吵架，只是慌張之下舉起了手，卻好像變成舉刀威脅哥哥的模樣。坐在餐桌上的爸媽笑翻了，正饒富趣味的看著我們。我羞愧的把刀放回到砧板上，正等待著烤盤加熱的爸爸，把五花肉放上烤盤後說：

「是啊，權機長是客人，快過來這邊坐下。」

「我應該要幫青名的。」

「快去啦……」

我用著哥哥不知道聽不聽得見的聲音呢喃著，在滋滋作響的烤肉聲中，士憲哥應該是有聽到我說的話，轉頭與我對看一眼。

「應該要一起弄的才對。」

今天哥哥的關心讓我覺得很有負擔，偷偷望向大人的方向，可能是剛剛我大叫的關係，所以他們依舊關注著我的情況。

「我可以的……」

我小小聲地呢喃。總覺得自己好像已經被狐狸勾走魂魄許久，我回家是需要思考的時間，但在真正開始深思熟慮之前，又開始一步步被勾走。

「真的？」

士憲哥拉長語尾、雙眉下垂的說著，看起來好像好可憐，但這讓我想到一個場面，放假時跟爸媽一起看早晨連續劇時，經常出現的那種場面。

先生在同住的婆婆面前，完全不會看眼色的幫忙妻子、或是與妻子做出親密動作時，妻子總是會不知所措的那種情境。

那時我心裡只覺得一起做不是很好嗎？但現在我知道了，都已經拒絕成這樣了，士憲哥應該要懂才對，但哥哥一副什麼都不懂的樣子看著我。

爸爸媽媽、老公、妻子、連續劇、士憲哥，腦海裡混雜了所有場面的大腦好像要炸開了，最終我只能紅著臉推開哥哥的背。直到把切成適當長度的韭菜放進盤子，從櫥櫃中拿出醬料、撒上辣椒粉時，才有時間瞪向哥哥。哥哥正在添飯。

突然掃過一個念頭，該不會是故意的吧？我懷疑的看向哥哥，然後搖頭的繼續拌著韭菜。這樣亂想好像不太好，可是那之後又出現幾個令我疑心的情況。

士憲哥好像不打算給我思考時間一樣，因為是四人座的餐桌，所以哥哥以椅子不夠為由要我坐在他腿上——或說要拿我書桌的那個椅子——不斷把烤熟的肉放到湯匙上遞給我——弄好菜包肉餵我等等，還在我嘴角沾上什麼東西時，用手幫我擦拭。

哥哥每做出一個奇怪的動作，都讓我不斷地看著大家的臉色，這根本就是戀人之間才會出現的行爲，讓大家都看著我們，導致我整個人哭喪著一張臉。哥哥為什麼突然要這樣？我就這樣帶著忐忑不安的心情吃下哥哥包好的菜包肉。

「好吃嗎？」

嘴巴被菜包肉塞滿，根本無法回答，可哥哥好像看不出我眼神代表的意義，輕撫我的後腦，阿姨喃喃自語的說：「慘了、慘了……」

臉上布滿尷尬的我，只能快速的咀嚼嘴裡的菜包肉。

就算這些行為對哥哥來說什麼都不是，我依然將那些行為一一加上解釋，我明明說了需要時間考慮。但哥哥現在的行為就像是不願意讓我有思考的時間，害怕著我想通了之後就不肯再跟他發生關係。

已經深陷在負面想法的我，又再次跌落深淵，柔軟的白飯與香氣十足的烤肉對我來說，就如同拷問。臉色越來越僵硬、機械式用餐的我最後肚子不太舒服的放下筷子，感覺肚子脹脹的，真的好像是消化不良的感覺。

士憲哥奇怪的態度，在這個不舒服的晚餐結束之後達到高潮，在大家一起收拾餐桌後，阿姨穿上外套，十分不捨得的表情說：

「感謝招待，真的好久不見青名，覺得很開心。」

「別客氣，我們也是很久沒見到士憲，可以見到面很開心。」

「青名說要睡一晚再走，士憲也是嗎？」

「是的。」

對於媽媽的問話，哥哥理所當然的回覆著，這讓阿姨對哥哥比手畫腳的說：

「睡一晚再走？我才剛把冬天被子收起來，要再拿出來了。」

「我要睡這邊。」

士憲哥認真的回應，阿姨不可置信的看著他的二兒子，哥哥把手搭在膽怯的我的肩上繼續說道：

「媽你知道的，我沒有床沒辦法睡。」

我想起應該是前年時，阿姨整理掉彩憲哥跟士憲哥的床，當時姨丈計劃退休後要歸農。阿姨將已經離家住外面許久的彩憲哥與士憲哥的房間都清空，但後來姨丈的歸農計畫無疾而終，所以兩位哥哥的房間就變成倉庫房。

「什麼時候開始的？」

阿姨疑惑地反問，士憲哥再次裝作沒聽到，最後還是媽媽做了總結。

「好，那就睡一晚再走，房間要整理也不太方便，就在這邊睡一晚，明天醒來再回去一趟好嗎？」

「可是都很久沒回來了……」

「還是媽，我就跟妳還有爸三個人一起睡?啊，我自然一個人住之後，就有裸睡的習慣，我有跟你說過嗎?」

第一次聽到哥哥有這一習慣的我瞪大雙眼看著哥哥，阿姨幾乎用尖叫聲喊出：

「隨便你、隨便你!我不管了。」

接著邊搔頭邊頭也不回地走出去，關上門的瞬間反覆喊著「我就說養兒子沒有用」，接著媽媽尷尬地笑著問：

「士憲，要幫你拿一件棉被嗎?」

「嗯，應該不用，啊，好累。」

哥哥懶洋洋的眨了眨眼睛，放在我肩上的手也加重力道，我全身僵硬看著哥哥的行為。

「青名，拿一支牙刷給哥哥。」

「嗯?喔，好⋯⋯。」

我幾乎是反射的回應，過後才突然驚覺我需要冷靜思考，但已經被哥哥拉往廁所。兩家的架構相同，所以哥哥毫不猶豫地推開廁所門，被哥哥拉到廁所的我，看著哥哥熟練地拉開櫃子拿出牙刷。

「我用一個喔。」

我呆望著哥哥，不知道為什麼他會那麼清楚我家東西擺放的位置，然後哥哥怡然自得地刷起牙，原本看著哥哥的我也開始無意識的刷起牙。

突然覺得我們並排著刷牙的畫面好像新婚夫妻，這令人驚訝的想像力讓我的臉又紅了起來，一直想擺脫這一想像，但不知道為何這中毒般的詞彙不斷地迴盪在我心裡。

最後我只好快速刷好牙、嘗試著冷靜思考士憲哥的事情，但大腦好像拒絕這一理性的想法，只好選擇快速地逃離哥哥。

「這麼早就要睡了？」

我瘋狂地點頭，然後逃回房間，可我就算逃離了廁所，哥哥最終還是會進到我的房間，我聽到哥哥靠近我房門的腳步聲。我快速地躺下，好像我的床就是防空洞一樣，這熟悉又陌生的床的觸感，但我不論逃到哪邊，哥哥都能長驅直入我的房間。

上身穿著短袖、下身穿著露出腳踝的睡褲，就算是穿成這樣，也還是很好看的哥哥緩緩地關上門，我偷瞄了一眼哥哥，又一次把臉埋進枕頭，聽到了低沉的笑聲與隨之而來的腳步聲，然後床的一角陷了下去。

「換床了啊？」

我用點頭取代回應，哥哥去美國之後，我突如其來的長高，所以不得不換一張床。這是為了當時成長中的我挑選的 King size，所以兩個人睡也沒有問題，哥哥從我趴著的枕頭後方抽出橫放的枕頭。

聽到輕碰的聲音過後，哥哥想起一件事情還沒做，於是小聲說了句：「啊，要關燈。」

哥哥就這樣起身踏了一步，又回到原位，從我的床到開關明明有幾步路的距離。

一瞬間就暗了下來的房間，漆黑房間讓其他感覺更加敏銳，士憲哥用腳勾起棉被的聲音、哥哥的體味、微弱的呼吸聲，以及床鋪的重量、棉被蓋上的觸感。

哥哥緩緩地呼吸著，好像往我這邊靠近，哥哥用他的大手輕輕地晃著我的背說：「睡了嗎？」

把臉埋在枕頭上的我，自然呼吸略重，哥哥明明知道我還沒睡，從原本搖著我變成戳著我。

「想過了嗎？」

是哥哥完全不給我思考時間、不斷做出讓我在意的行動。我死命搖著頭，哥哥小聲地笑著，把我拉向他，並用一隻腳撐開我的雙腳，把我整個人鎖住。如今根本沒有地方可以逃，纏在我身上的哥哥的手，開始往我上衣裡鑽，我的身體開始顫抖著，不過哥哥只是輕撫著我的下腹。

「原來這就是在娘家偷偷來的感覺啊。」

耳邊聽到哥哥低沉的聲音，讓我脊椎發涼，心裡瞬間覺得哥哥應該真的會出手，我嚇得猛烈的動了一下身體。哥哥沒有錯過我這一個動作，笑得更大聲，又更進一步的把我拉向他。

我的額頭貼在哥哥的胸口，距離近到已然分不清那猛烈的心跳聲是誰的心跳聲。

「這樣躺的話，就算阿姨突然開門進來，也不會被發現我們在親親，對吧？」士憲哥用手臂把我環住，我就這樣被哥哥抱入懷中。

哥哥懷中的我整個人被側躺的哥哥遮住，燙人的視線讓我的皮膚相當火熱。哥哥就像要證明就算我們親親也不會被發現一樣的彎下頭，黑暗中我看見哥哥的眼神，直覺覺得哥哥的唇會親上我的額頭或是臉頰，我瞬間將臉埋在哥哥胸口，迴避可能的親吻。

哥哥輕聲地笑了起來，同時我也感覺到哥哥溫熱的體溫，哥哥又一次嘗試要親吻，我轉頭再次迴避。

「不給我親一下嗎？」

耳語聲傳來，是在外面的爸媽聽不到的聲響，但我聽得清清楚楚，可因為被哥哥緊抱在懷裡，所以只能在縫隙中喊出。

「不要。」

「為什麼？」

「因為我還在冷靜思考中。」

我盡力地冷冷斬斷哥哥的念頭，原本小聲笑著的哥哥突然之間不開心喃唸著，但口氣依舊帶著笑意。

「真的？所以現在我不能跟你親親嗎？」

內心浮起奇怪的情緒，比我高一顆頭的哥哥好像在撒嬌一樣。當然如果士憲哥知道我這樣想的話，肯定會極力否認。

從手指到腳趾都覺得癢癢的，所以我動了動腳指，讓原本兩人幾乎要碰在一起的腳輕輕碰到對方，我快速的縮起腳指頭，表現出我不是故意要碰到哥哥的意思。

我盡量冷冷地說著，我就是想要好好遠離一下這個我好像不認識的哥哥才回到家的，但士憲哥卻一直不給我時間思考。

「……現在不要。」

哥哥對我而言本來就是一個揮之不去的存在，而現在我的每一次吸氣與吐氣，都讓我的肺部充滿哥哥甜蜜的體味。

「是因為我做了讓你生氣的事情，才這樣嗎？」

哥哥的腳指頭不斷敲著我的腳背，我想閃開，卻還是被哥哥的腳牢牢困住，好像被鍊住的我，過了一段時間後才意識到哥哥的提問。

「是不到……生氣的地步……」

腳下突然之間的攪動讓我不知道該不該繼續說下去，最後哥哥乾脆把我的腳夾在他的兩腳之間，不停地敲著我的腳踝。

「……只是有點不開心……不要鬧。」

在吞吞吐吐的回應聲中，我制止了哥哥的動作，好像還想繼續敲的哥哥，最後停了下來，用腳圈住我的腳踝，但哥哥的腳依舊在我雙腿之間。好像就要觸碰到我的下面，於是我將屁股往後退了一下。幸好原本就被哥哥緊緊抱在懷裡難以移動的關係，看來哥哥應該沒有發現。

我轉動了一下眼珠跟哥哥四眼相對，眼睛已經適應黑暗的我，連哥哥有什麼表情都可以看得很清楚。士憲哥沒有說話、眼睛眨都不眨一下的看著我，那真誠的眼神讓我尷尬地只能轉頭迴避。

原本環在我背後的雙手慢慢移動，終點站是我的後腦杓，輕輕撫摸著我的頭髮，那雙溫暖又熟悉的大手。

「我要說啊，青名，我一直在想你，今天一整天、一直都只有想著你。」

耳邊傳來哥哥低沉的聲音，讓我耳朵癢癢的，被哥哥抱在懷中的臉熱熱的，應該是哥哥體溫的關係。

「想著我是做了什麼會被青名甩的事情。」

我猛然地抬起頭，看到哥哥嘴角的笑意，我只是想要點思考的時間，但哥哥卻說成「他被甩」，讓我有心跳加速的感覺。但我隨即意識到哥哥只是選擇了一個有多重涵義的詞彙而已。

我眼睛往下轉，看著哥哥露出領口外的鎖骨，對我來說太大件的衣服，對哥哥來說剛剛好的樣子。

「我一到香港……就看到訊息，直到返航為止一直打電話，但你都沒有接，我都不知道我是怎麼回到這裡的。」

可是耳邊持續傳來哥哥的甜言蜜語，小小聲的言語伴隨著濃厚的呼吸聲，我不斷握緊拳頭，企圖忍住指尖的搔癢。

「可以跟我說，我到底做錯了什麼嗎？」

士憲哥哀求的說著，耳邊陸續傳來的甜蜜話語，直到我打起精神後才發現我的原則好像都不見了。

我沉穩、冷靜、果決地開口說：「哥、哥你……好像……好像……」

「我好像怎麼樣？」

「……在發情……」

我小心翼翼地開口，士憲哥頓時無語，我悄悄的抬頭看一眼哥哥，哥哥的臉好像被人從後腦巴一掌一樣的難看，那表情完全出乎我意料之外。

除了我真的做錯事，必須被罵之外，士憲哥遇事總是裝傻帶過的風格，照理說應該說應該會擺出一副自在態度的哥哥，竟然出現少見的慌張表情。

「……我？」

士憲哥的聲音顫抖著，發出吞咽聲的哥哥拉開距離看著我，一副不知道該說些什麼的表情，欲言又止的樣子，我趁著哥哥安靜的空檔開始說明。

「哥你每一次做……都很多。」

「很……很多？」

「讓我覺得很丟臉的，要我看著鏡子……又說要從後面……」

哥哥的唇緊閉，看著哥哥緊閉的雙唇，讓我想無法停止繼續說著那些丟臉的事情。

「還說了奇怪的話，我明明就不能懷孕，還一直說懷孕……還有問是不是吃了避孕藥……」

撫摸著我後腦杓的手漸漸放慢，但我既然已經說出口了，就停不下來。

「還有……那個的時候都用污穢的詞，還噴精液在我臉上……讓我用嘴巴……、還要我叫你機長……」

我越說越覺得訝異，原來自己想跟哥哥說的話有那麼多，不停說著的我發現哥哥過於安靜，所以小心翼翼地閉上嘴。

「繼續？」

士憲哥看似要問還有沒有，但好像不能再繼續說想下去的感覺，我用不安的眼神看向哥哥，而哥哥嘴角略微上揚，示意沒關係的笑著。

「好像……變態……奇怪的色情狂……一樣。」

真的可以嗎？我小心翼翼地看著哥哥，接著用畏畏縮縮的聲音結尾。

「好可怕。」

好一段時間，我只聽到哥哥均勻的呼吸聲，對話消失的房裡依稀能聽到爸媽在外面看電視的聲音。哥哥沒有說話，而我因為一直以同樣的姿勢被哥哥困住，身體越來越僵硬，原本輕摸著我後腦杓的手，撫上了我的臉頰，我的臉被哥哥那雙大手完全覆蓋。

「好可怕？」

哥哥以混濁的聲音回問，我緩緩的點了頭，卻又再次快速地搖搖頭，哥哥似乎習慣性的露出奸笑。

「不會？」

「只有要我叫你機長時才可怕。」

我好像辯解般的小聲說著，士憲哥露出令我不解的表情，放在我臉頰上的手指像彈鋼琴一樣，指腹輕拂過我臉頰。

「可怕的話，就要馬上喊停啊。」

士憲哥低沉的聲音說著，好像有點理解前後脈絡的哥哥鬆了一口氣，手開始撫摩我的耳朵，因為那是我的敏感部位，所以馬上有了火熱的感覺，肩膀不僅瑟縮了一下。

「我說了……」

我低聲說著，士憲哥隨即好像想起什麼一樣，然後又嘆了一口氣說：「下次再這樣的話，就直接打我一巴掌。」

「什麼？我怎麼可以……」我一臉不可置信的說著，拇指與食指撫摸著我的耳垂的哥哥，看似嘴角略為上揚。

「不用一一配合我的喜好，我做的事情，如果你不喜歡的話，就打我，用腳踢我也可以。」

「可是那有點……」

小聲呢喃的我閉上嘴巴，原本撫摸著我的手換到我的脖子後方，輕撫著我的後頸。

「原本是想要一起享受的，如果不喜歡的話，就說不要就好了。」

「一起享受？」

這讓我覺得很混亂，我不懂化身成機長跟空服員，在不被客人發現的前提下發生性關係的設定，為何能夠享受？士憲哥開口大略說明了一下。

「就是想要試試看不同的情境，像是醫生跟護理師、老師跟學生一類的。」

怎麼可以這樣？我的嘴漸漸張大，必須要特地用力才能順利閉上，化身成其他人為什麼會感到興奮？這點我真的無法理解。

「那樣叫好玩？」

我小心地詢問著，士憲哥沒有說話的輕敲我的後腦杓，沒有獲得正面回應的我又更具體的舉例問到：

「醫生診療進行途中，說了『你需要治療』後，開始的性行為會很興奮？」

「……哇，你這……」

「是吧？很奇怪啊！」

「……就是啊，差點變得很奇怪。」

士憲哥慌忙地結束這段對話，意料之外的聽話表情，讓我情緒有獲得紓解的感覺，嘴角跟著抽動了一下。

「所以是覺得我好像有奇怪的性癖好，覺得可怕才逃回娘家的嗎？」

哥哥的用詞有點奇怪，但我默默的點頭，總覺得有點害臊。

「以後我不會那樣了，老師！是我錯了。」

士憲哥語帶壓抑的用學生的口吻，開著玩笑道歉。我小聲地笑著，而哥哥好像撒嬌般地低下頭，把臉塞進我的肩膀不停地磨蹭著，笑聲充斥在耳邊。再次將臉埋進枕頭的哥哥悄聲問道：

「所以你不會拋棄我了吧？」

「拋棄你？」我不知不覺地拉高音調，門外依舊傳來細微的電視聲，這時我才想到我人在哪裡，將低音調小聲的說：

「拋棄？」

「你說要思考的時間。」

「你又沒有給我思考的時間。」

我不滿的回應讓哥哥笑得更大聲，覺得腰有點緊繃，想要改變一下姿勢，但因為在哥哥懷裡蠕動的關係，反而被越抱越緊。

「我不想要給你思考的時間。」

可能是被緊緊抱在懷裡的關係，我倆的胸部緊貼著，感覺有點奇妙，害怕我快速跳動的心跳會被哥哥發現。

「我沒有青名會孤單到哭，不行！」

這甜蜜的話語好像融化了我的心，我極力地裝鎮定，士憲哥臉上顯露出略微淒涼的表情說著。

「現在開始不可以丟下我。」

性。

頓時覺得內心滿滿感動，好像沒有我不行的哥哥，讓我昏了頭，但我依然想要抓住一點理

「現在可以親親了嗎？」

士憲哥低聲的索求，在黑暗中的哥哥依然能善用他的帥氣臉龐，我努力表現出泰然的神情，主動地送上雙唇，哥哥低下頭，明確地在我的嘴上親啄了兩下。

「唉唉……」

親吻完畢後，哥哥深深的嘆了口氣，看起來更接近安心的樣子，原本緊緊抱著我的手臂鬆開了力道。

儘管這張大床足以讓我倆躺平，但我跟哥哥就這樣黏在一起，接著我往下滑了一點，哥哥的手臂就自然成為我的枕頭。

「你知道你突然說要分手，讓我有多害怕嗎？」

「……什麼分手……」

「我帶著跪求你的決心飛奔而來的，你這傻瓜。」

哥哥的手捏著我的鼻子，不會痛，卻讓我發出的聲音變成鼻音。

「可是怎麼知道我回來這裡？」

「商業機密。」

哥哥依然捏著我的鼻子，左右微晃，覺得鼻軟骨被壓扁的我，輕輕的揉了揉鼻尖，黑暗中

可以看見哥哥在微笑，哥哥用低沉的聲音說著：「跟孩子交往真累，真的。」

我睜大眼睛，雖然沒有剛剛那樣激烈的心跳，但心臟依舊快速地跳著，我的大腦被「交往」這一詞彙弄得飄飄然。

心跳快到會痛的程度，我不斷咬著嘴巴內側的軟肉，極力想要抑制這奇怪的感受，哥哥卻用手指輕敲著我的鼻樑問：

「可不是要分手的話，是要思考什麼？」

「……呃……那個……」

好像在做夢一樣，一片白的大腦逐漸被哥哥說出口的話填滿，可能只聽了一次的關係吧，哥哥的每一句話都讓我內心漣漪。

「哥你……好像瘋了一樣……」

「什麼？」

士憲哥露出啼笑皆非的表情，說完後雖然覺得很丟臉，但也讓我突然意識到一件事。因為哥哥的行為讓我備受衝擊，所以想要找個沒有哥哥的地方思考關於哥哥的一切。但並不是知道了哥哥的本性就不喜歡哥哥了，所以究竟是什麼原因才會備受衝擊呢？

我所認定溫柔親切的哥哥，該不會只是我的幻想？是因為長期以來的暗戀，讓喜歡哥哥，想跟哥哥談戀愛的我，發現哥哥跟我心目中的形象不相符時，才會感受到這麼大的衝擊？

解開內心的謎團後，有點空虛、也有點開心，我盯著哥哥看，哥哥那雙大手拂過我的頭髮，手指滑過我的髮絲。

「現在應該不用想了。」

話脫口而出，幾乎是無意識的作為，士憲哥眉角上揚，因為哥哥剛剛的那些話已然填滿我的腦海，現在我滿心只有喜歡哥哥的想法，沒有空間容納其他想法。

在我察覺自己說的話到底是什麼意思之前，我已經用顫抖的聲音說了出口。

「因為喜歡……沒關係。」

「天啊，青名。」

哥哥毫無預告的緊緊抱住我，突然被哥哥抱進懷裡，讓我呆望著他頻頻眨眼，哥哥的唇不斷落在我的臉上。

臉頰、嘴唇、眼角、嘴角、太陽穴，哥哥一邊不斷地親吻我、一邊喃喃的說著：「真讓我瘋狂，你怎麼可以這麼可愛。」

哥哥低沉的聲音帶有壓抑的喘息聲，我感覺到哥哥的體溫炙熱，不斷地重覆說著同一句話，邊說邊親吻著我。

「真好、太好了，青名，我愛你、真的喜歡……」

哥哥看起來好像不知道自己說了什麼一樣，每說出一個詞彙，就會瘋狂地親吻著我的嘴唇。

我的臉在不知不覺中開始泛紅。在這當中，浮現在我腦海那句「應該可以沒關係」的想法越來越清晰，還有「應該可以沒關係」的主語到底是什麼，也逐漸明朗。

這次應該可以跟哥哥告白，沒關係。

這是一種直覺，人們總是會有相當明確可行的時候。

雖然只是模糊籠統的假設，但總覺得這回會成功的預感。從小小的事實開始的巨大推測，讓我甜蜜到無法置信。雖然不想讓自己過於激動，但我已經走入正向的思考迴路，腦海中只能看到哥哥細微的動作，舉例來說，就像這樣。

我被哥哥狂吻到臉頰完全紅透，喊著要哥哥停下來，但哥哥只是要我不可以再離開他，將我抱入懷中，要我看他的電話，螢幕上顯示出不知道為何把我名字改成「蒙宣大院君」的通話紀錄裡，滿滿都是未接電話。我又再度回到心跳悸動的情況，好像馬上就會在親吻之中蹦出「我喜歡你」的告白。

然而現在是凌晨時分，我的理性依舊能穩住我的感性。我不會犯跟上次一樣的錯誤，能有目前的關係，是多少歲月的累積，我不想再回去那個跟哥哥漸行漸遠的時刻。

就像一頭賽馬，即使眼前被蓋上一層布，還是會朝目標奔跑一樣。我的理性不斷地抓住我的感性，讓我冷靜了下來。

我不想太著急，不想毀掉我與哥哥之間的關係。所以我在哥哥不斷呢喃著愛我的親吻中，下定決心。

這一回一定要找到可以安心告白的證據。

第六章 泰山跟珍靠著藤蔓擺盪

Tarzan and Jane were Swingin' on a vine

「青名起床了，該吃飯了。」

我感覺到熟悉的聲音、熟悉的手勢，昨晚在哥哥懷裡聊著聊著，硬是忍住睡意不肯入睡的我，還在喃喃說著不想要起床。

「七點了，媽媽跟爸爸現在要去上班了，快起床，咖哩很好吃，快點～」

帶著水氣的冰手撫摸著我的臉頰，是學生時期媽媽叫我起床的方法，我轉身想要迴避著那溼溼的手，突然想起昨晚我枕在哥哥的手臂上睡覺的事情，猛然睜開雙眼。

雖然眼前還是一片模糊，可隨之而來的頭痛讓我眉頭皺了起來，逐漸清晰的眼前，發現自己正在原本的房間，帶給我安心感的媽媽也在床邊看著我。

我快速往下看，我的手正抓著棉被，睡著的姿勢跟昨晚一樣，唯一不同的是，我的手拉著的不是士憲哥，而是棉被。覺得很害羞的我將手縮進棉被，先想到的是還好沒有被媽媽看到兩人相擁而眠的畫面，但下一秒又想到士憲哥是去了哪裡。

桌上擺放著咖哩與三個碗，看來應該是爸媽跟我的碗。剛醒不久，依然處於似夢非夢之間的我，很自然地坐進熟悉的位置上，拿起湯匙。

因為爸媽都要上班的關係，自小一家人可以同桌吃飯的時間就只有每天早餐時刻，熟悉的碗、熟悉的數量，不知為何有點空虛的我這才發現沒有士憲哥的碗筷。

「哥呢？」

可能是一早的關係，聲音有點啞啞的，我伸出左手按壓了我的後腦杓，右手開始攪拌著咖哩，爸爸從冰箱拿出昨天吃剩的涼拌韭菜回到位置上說：

「早上好像急忙地出去了。」

我假裝鎮定，但內心想起哥哥第一次跟我發生關係後的隔天，讓我一個人面對的事情。昨晚給了我甜蜜的全世界，如今就像在夢境中的虛幻，我的表情垮下來，決心也隨之動搖。

「是去上班嗎？可是會回來這邊，應該就不是上班才對，是有急事被叫去嗎？」

「不是，衣服還是昨天青名給他的那套，應該是晨起去運動吧。」

我聽著爸媽的對話，一口一口挖著咖哩，如果不是旁邊有人在，我應該會猛力搖頭想要振作一下精神，但情況不允許，只好繼續默默吃著飯。

爸爸說士憲哥穿著昨晚的衣服，所以應該不是去上班，穿著居家服的話，也不可能跑遠，那哥哥究竟去哪裡呢？

「是回去隔壁嗎？」

媽媽煞有其事地說著，這個答案聽起來相當合理，於是爸爸點點頭說：「這有可能，也可能會在那邊吃飯吧？」

「不知道，那就先留一下士憲的份量。」

我裝作毫不關心的一口一口吃著咖哩，耳朵卻沒有放過任何關於士憲哥的資訊，這是暗戀的日子以來自然習得的技巧。嘴裡咬著微辣的咖哩與柔嫩的馬鈴薯，雖然是我做的，但真的好吃到讓我一口接一口。

「士憲應該一點都不累吧，一落地就跑來我們家，然後凌晨又出去。」

「飛行員的體力應該都不錯吧，但真的很了不起。」

「很久沒有一起吃飯，感覺真的不錯，常見的時候都沒有發現，如今這樣看來，人變得很沉穩的感覺，是說，彩憲也很久沒見到了。」

「沒辦法，他工作也忙，這次有可能有晉升的機會，也有了要結婚的女朋友了。」

「這麼快？也是，彩憲今年幾歲了……三十……三十四了嗎？跟權機長差了三歲，雖然最近都說晚婚，但也該是結婚的時候了。」

提到彩憲哥的女友，讓我突然想到一件事情，原本張嘴要吞下咖哩，但卻在急忙之中閉上嘴巴，有點燙的咖哩就這樣碰到上顎，讓我急急忙忙的拿起冰水狂灌。

「還好嗎？」

媽媽擔心的問著，被飯燙到流淚的我快速搖搖頭，用不太清楚的發音說著：「嗨蒿。」

「要小心點吃啊，聽說好像是今年十月的樣子，彩憲結婚後，就該輪到士憲了。」

「權機長……該怎麼說呢～可能是自由靈魂派，我無法想像他結婚後的樣子。」

爸爸邊笑邊說，媽媽也跟著笑了出來，同桌三人應該只有我不覺得好笑吧。

「是啊，看起來不像是一個可以定下來的人，不過如果有了，應該也是會認真對待對方的人才對。」

「啊，上次帶青名過去的時候，權機長的家看起來就像個新婚房一樣，如果有想結婚的人的話，應該馬上就會結婚了吧。」

我可以感覺到我的表情越來越灰暗，但也無力掩飾了。才剛下決心要找出跟哥哥告白也不會被甩的證據，至今也還不到二十四小時，就已經出現相當危急的狀態了。

凌晨的感性退去，再次掌握的理性對著自己說，你真的很笨，然後食不知味的開始吞著剩下的咖哩。

「可能已經有想結婚的人，只是因為哥哥還沒結婚，所以才特地不說。畢竟士憲長得很好看，人氣也很旺……青名，你有看過士憲的女朋友嗎？」

士憲哥有女朋友？怎麼可能，對我來說哥哥的女朋友是不可以存在的人，當我猶豫著怎麼回答這個惱人的提問時，爸媽原本集中在我這邊的視線瞬間被門鈴吸走了。

「會是士憲嗎？」

爸爸吃完最後一口，隨即起身去看對講機，叮咚叮咚的聲音直到開門後才停止。

「來啦！」

「是的，您們在吃飯嗎？」

我居然聽到懷念的聲音，廚房也隨之滲進一絲寒氣，那是士憲哥開朗、毫不猶豫的聲音，這讓我內心毫無緣由的出現不安感。

「吃飯了嗎?哎唷~這是什麼?」

柔聲說話的媽媽眼睛睜得大大的，原本專注在吃飯的我也轉了頭看了一眼，有點嚇到，哥哥把手上的籃子放在餐桌上，那是節日時才會看到的水果籃。

我略為提起勇氣看向士憲哥的身上，哥哥穿著不知道何時更換好的外出服，黑色的高領T與深色的牛仔褲，說是大學生也沒有問題。

「突然上門打擾有點不好意思，因為超市都還沒開門，所以從便利商店買了過來，但感覺有點空虛，真的很抱歉。」

「這也太客氣了……我現在跟青名的爸爸要去上班了，等等回來再吃。啊，你今天會待到晚上嗎?」

「不會，吃完飯就要先走了……」

士憲哥尷尬地笑了一笑，爸爸揮手示意說：「不，工作重要，吃飯了嗎?」

「剛剛在家裡吃過了。想說走之前來跟青名說一下。」

「嗯，我吃飽了。」

我忽略了不想回答的問題，開口催促著爸媽出門，媽媽看到時間也嚇了一跳。

「怎麼這麼晚了，青名爸爸，我們該出門了。」

固定時間要出門的爸媽趕緊結束這一餐，去刷牙準備出門，餐桌上只剩我跟哥哥，士憲哥很自然地在爸爸坐的位置坐下。

「有睡飽嗎？你很早起耶。」

哥哥的手伸向我的後腦杓，一邊按壓一邊笑著，讓我以為我的眼屎沒有清乾淨，我假裝揉了揉眼睛，但沒有摸到眼角有東西。

「……哥也很早起啊。」

我斜眼看到爸媽進了廁所急忙刷牙的聲音，但他們沒有關上門，士憲哥看著我小聲的笑著，用只有我能聽到的聲音說：

「我們還沒早安親親。」

哥是瘋了嗎？我瞪大眼睛、一臉驚訝地撥開哥哥的手，但士憲哥依舊帶著笑意的口吻說：

「快點。」

這中間夾雜著爸媽正在刷牙的聲音，我搖著頭表示不行，士憲哥卻壓低音量說：

「不趁現在的話，等等會被發現。」

聽了哥哥的話之後，覺得好像現在不做不行，但我依舊快速地打起精神，畢竟這本來就是不能做的事。

「不可以。」

「不可以？」

「……等等親。」

「等等是什麼時候？」

「等等、等等……」

「所以等等是什麼時候？」

士憲哥每說一句話，就靠近我一步，嘴也離我越來越近，好像隨時都會在我的額頭落下輕吻，我坐立不安的瞄了一眼廁所方向，然後我停止說話。

如果是哥哥的話，應該完全不會管任何人，就算是在爸媽或是親戚都在的場合，所以我開始不知所措地脫口而出。

「以後……爸媽不在的時候……我……隨便你……」

「隨便我？」

哥哥噗哧的笑了出來，太過於害怕的我專注地聽著爸媽的聲音，預測他們的行動，拖鞋聲越來越靠近。刷好牙、換好外出服之後的爸媽，沒有發現餐桌這一側有奇怪的氣氛，穿上外套後爸媽向我們交代了一句話。

「那就先說再見了，要常常聯絡。」

「你們兩個不要吵架，好好相處。」

好像是過年過節會聽到的話，但在我想到這邊時，爸媽已經出門上班了，士憲哥還亮起微笑說再見。

「阿姨、姨丈再見。」

爸媽出門後，這裡就剩下暴風雨後的寧靜。不遠處傳來家門關上的聲音，托著下巴看著大門關上的士憲哥，轉頭看向我。

「還真的愛擔心。」

「就……就是說啊……」

「丈母娘也真是的。」

就好像在說今天天氣很好一樣的做出結論的哥哥，看著一臉呆滯的我，然後大笑出聲。剛剛好像聽到奇怪的話，可是哥哥絕對不可能那麼說，所以我不開心地低下頭。

大概是下決心要找出跟哥哥告白也沒關係的證據，所以耳朵才會聽成自己想聽的話吧，可是我的想法沒有維持太久，因為士憲哥說出好像老電影才會出現的台詞。

「那麼……既然很無聊，那我們就來親親吧。」

哥哥突然很像個大叔，我依然低著頭，額頭略微靠近哥哥，然後馬上感受到溫暖的唇輕觸我的額頭。

我感覺到親吻上我額頭的哥哥隨即咧嘴一笑，然後好像在吃我額頭似的發出聲音。視線擺放在哥哥脖子的我，稍微拉開距離，哥哥邊笑邊呼出的氣體讓我的額頭有種溼溼的感覺，而哥哥又進一步吻上我的唇。

「真的是，好棒！」

好像跟孩子說話的哥哥，又一次輕撫我的頭髮，我看到哥哥咧嘴的笑著，我的內心好像被敲打的痠痛，有點不好意思地迴避哥哥的視線，又覺得我好像也應該要有反應，所以脫口而出說。

「哥也……很棒。」

「我也？」

哥哥發出低沉的笑聲，露出潔白的牙齒、帶著笑容，看起來真的很帥，我呆呆望了哥哥的臉一陣子後，隨即快速又自然的轉移話題。

「這衣服好像看過，是哪邊翻出來的？」

「大學的時候穿的，回家找了一下，發現有幾件以前穿過的衣服。」

哥哥邊說邊把黑色高領拉到下巴下方，可能是穿了大學時代的衣服，總覺得看起來年輕許多。

我帶著好奇的眼神看著哥哥，想起大學時的哥哥，比現在更年輕、更青澀的二十歲出頭的哥哥，頓時又陷入回憶之中。國小時的我第一次與哥哥分離，幾乎天天都大哭大鬧的，因為當時的我從未想過會與哥哥分開。

就算彩憲哥因為通車問題而搬出去住，我也從未想過士憲哥會搬出去住，那對我來說就好像天塌下來一樣的可怕。士憲哥的學校不在首都圈，所以通勤是絕對不可能的事情，況且哥哥的學校規定航運系學生必須全員住校。

每天吵著媽媽要跟哥哥講電話、講完電話後又開始大哭到睡著，兩眼腫得像隻豬一樣，連續好幾個月都無法真正張開眼睛，之後才知道身為新生的哥哥因為通話數量過多而被關照，那之後我就只能抱著棉被哭著入睡。

每天都算著日子等待哥哥週末回來的我，現在想想都覺得有點害羞，當時還沒有意識到自己暗戀著哥哥，我真的是從小就很感性。

「哥……穿那個真的好像大學生，啊，是學長才對。」

哥哥的表情有點怪，好像在笑、又好像想說什麼卻又忍住的樣子，士憲哥咬了咬舌，嘆了一口氣後好像自言自語的說著。

「……沒關係，權士憲，你忍得好，他會嚇到的。」

「什麼？」

「該去刷牙了，牙齒會壞掉的。」

士憲哥一瞬間就轉移了話題，我有點呆滯的眨了眨眼睛，緩緩地點點頭，既然哥哥說了不會留到晚上，要回去的話，現在就要開始準備才行。我把碗盤放到洗碗槽，把上面的殘渣丟到廚餘桶後，再把碗盤泡在水裡，之後就去廁所。

我用過的牙刷還在，理所當然並列的三隻牙刷，還有一隻幾乎是全新的牙刷，那是士憲哥的牙刷，我居然又瞬間感性了起來，只好快速拿起牙刷刷牙。原本亂翹的頭髮幾乎回到正常位置，就剩下一些還翹翹的，右手刷著牙、左手用水稍微整理一下，然後哥哥無預警地走進廁所讓我差點把牙膏吐了出來。

「青名，我可以看這個嗎？」

「……那是什麼？」

嘴裡滿是泡泡的問著，我努力的不把牙膏吞下肚。

「這個，相簿。」

「可以。」

看來哥哥是發現了客廳書櫃裡的相簿，不過就是相簿，也沒有什麼好說不行的，於是我接著刷牙，之後才突然想到那本相簿有我幼稚園時期寫的情書。

內容是什麼我不太有印象，但我想起裡面是我寫給士憲哥的情書，還有就是被媽媽發現後，媽媽笑著說要做成紀念的事情。我急忙地結束想要結束刷牙，連嘴裡還有點牙膏味都管不了。

我急忙衝出客廳，可哥哥已經坐在沙發上開始看著相簿，哥哥是將相簿翻到中間的部分，抬頭看到我後開口問：「都好了嗎？」

「哥……那個……」

「你來看這個，你真的很可愛。」

哥哥用手拍著他旁邊的位置，我只好帶著懷疑的表情坐到士憲哥指定的位置上，我一坐進沙發後，哥哥的手就從我腋下穿過抱著我，然後繼續翻著相簿。

「這是幼稚園的才藝表演，真可愛。」

哥哥看的這一頁是我戴著便宜的王冠裝飾、身著紅色披風的樣子，我到升高中為止都比同齡的孩子還矮小，所以照片中的我應該是六、七歲左右，或許可能更小。

「我想起來了，《沉睡的樹林公主》的戲劇公演就是穿這個，青名王子，真可愛。」

「……好像是。」

「說要練習就叫我躺下，結果你親了我。」

「……啊……真的嗎？」

我極力地裝作若無其事地回應著，還好在哥哥記憶中是可愛的，哥哥繼續翻開下一頁。

騎著四輪腳踏車的樣子、第一次學直排輪的樣子、一直想要有個女兒的阿姨，在我的頭髮上別上密密麻麻漂亮髮夾的樣子、吃冰淇淋吃到睡著的樣子，還有彩憲哥跟士憲哥不知所措的安撫著不知為了什麼雙眼紅腫嚎啕大哭的我……

在這本滿是幼時回憶的相簿裡，幾乎都有士憲哥的身影，讓我再次體認到我與士憲哥究竟是認識了多長的歲月。

因為我從一出生就跟哥哥黏在一起，所以哥哥也共有這些記憶，但士憲哥卻比我還要津津有味地看著這些照片，我則是帶忐忑不安的心，注意著不知道何時會蹦出來的情書，翻過最後一頁的哥哥，帶著不確定的語氣問我：

「啊，這張真可愛，我可以帶走嗎？」

哥哥指的那張照片是繫著蝴蝶領帶的我，用拍立得拍的關係，所以比其他照片還要小張。

應該是奶奶六十大壽時拍的照片，哥哥已經準備好要動手撕下這張穿著天空色襯衫、小朋友西裝樣式的吊帶褲，繫著蝴蝶結領帶的照片。

「好。」

「謝謝，我要放在皮包裡。」

在我的允准之下，哥哥快速的撕開相簿封膠，撕下那張照片。哥哥又笑著說：「真可愛，真想放到嘴裡咀嚼。」

士憲哥表現出略微激烈的愛意，我悄悄闔上相簿，還好，看來是沒有發現情書。

我拿起相簿放到較遠的地方，然後看到哥哥在照片上親了一下，然後笑著將照片放進口袋，還能聽到在口袋裡撫摸紙張的聲音。

我耳朵敏銳的捕抓到細微的聲音，然後我發現哥哥的口袋裡好像有什麼東西，突然湧現了不安感，甚至於不敢說出「情書」這個詞彙，只能繞著圈開口問：

「哥，這裡，那個……還有拿走其他東西嗎？」

「什麼東西？」

士憲哥瞇著眼笑著，看起來是什麼都不知道的表情，是我聽錯了嗎？我帶著疑惑看向哥哥，哥哥拉著我的腰，在我的太陽穴上親了一下，手則是穿過腋下，輕輕地移動著我。

在哥哥刻意的移動之下，我坐在他的大腿上，呈現相視對方的害羞姿勢。我因為害羞而眼神朝下，而哥哥抓住我屁股的手，讓我發出短暫的呻吟。

就這樣我跟哥哥四眼相對，哥哥滿意地笑了，身體漸漸靠向我的唇，輕撫過我的唇之後，甜蜜的笑著說：

「不知道，我想從這裡帶走的東西實在是太多了。」

總是被這雙眼睛迷惑的我，常常要努力才能找回我的理性，明明士憲哥沒有動，但我總是會被他吸走。

「我看看啊，牙刷拿了、照片拿了、青名也帶了。」

用手指頭一一數著的哥哥，好像發現我已經被他迷惑一樣的嘴角上揚。

「要來個深吻嗎？」

我恍惚的點點頭，哥哥的唇就這樣親上我的唇，滾燙的唇互相觸碰的那一刻，我才知道我做了什麼事情，哥哥濃厚的呼吸掃過我的臉頰，不過哥哥很溫柔的用舌頭探索著我。

好像在融化著我的深吻，讓我產生迫切渴求的情緒，不停發出呻吟。令人喜悅的深吻，讓我腳趾都蜷曲了起來，我環住哥哥的脖子，急切地想要跟上哥哥的動作。

可能是比平時更深情、更溫柔的吻，所以讓我腦筋一片空白，在深吻結束之後，我還是只會呆呆地看著哥哥，哥哥笑了一下用雙手撫上我的臉，稍微用力地讓我嘴唇嘟起，哥哥就這樣又親了我一下，然後以開玩笑的口吻說：

「喜歡我這樣溫柔地親你嗎？」

靜靜點頭的我，突然意識到哥哥是在說過去某件事，那一瞬間我閃過驚恐的表情。

「啊啊，不可……」

「什麼不可以，都是我的了。」

嘻嘻笑的哥哥讓我意識到我的猜想是對的，我驚慌的掙扎，明白了哥哥口袋裡那紙張的聲音，急忙地想伸手進去哥哥的口袋。

「不行，那現在是我的了。」

「還我，不行，啊！」

我的臉瞬間漲紅，士憲哥嘻嘻地笑著，擺明就是看到我寫的情書的內容。

「已經遵照青名的希望抱抱、又溫柔的親吻了，現在只要結婚就可以了。」

「啊，不！不要！」

「什麼不要？不是想跟我結婚嗎？結吧！」

「放手，還給我！」

滿臉通紅的我不斷地搖著頭，摸著哥哥的口袋，已經可以感覺到那些信紙了。可能是哥哥穿著大學時代衣服的關係，所以口袋處相當緊。已經找到想要的東西，把手伸進去口袋的我，摸到了口袋的內袋中那巨大的東西時，就被制止了。我緩了緩我的呼吸，搖晃著被哥哥抓住的雙手。

「給我！」

「為什麼，結婚吧，我想要結婚。」

「不要！」

「不喜歡新婚夫妻的遊戲嗎？那不然我們來玩學弟學長的遊戲？」

「不要！」

我呼吸急促、瞪著哥哥，又一次試圖晃動被哥哥抓住的手反抗，但哥哥好像不用出力，相當輕鬆地一邊笑、一邊很氣人的學著我說話。

「哎唷，那我也不要、不要。」

我已經紅透的臉好像要炸開一樣，士憲哥開始抖動著肩膀大笑出聲。我沒有餘力去看哥哥那張帥氣的臉龐，發著脾氣想要甩開哥哥的手腕，為了掩飾泛紅的臉低下了頭、為了忍住情緒而想調整呼吸，但就是無法成功，急促的呼吸讓我肩膀不停抖動。

沒有比這一刻更丟臉的情緒湧上心頭，我閉上眼睛想要收拾情緒，這時才有點後悔沒有將小時候寫的憧憬信件，包裝成可愛的回憶。

士憲哥應該也是這樣想的。只不過他也覺得這樣戲弄我很有趣而已，反應過度的我只好閉上嘴、按耐住情緒。士憲哥的大手又一次撫上我的臉，我的手依然麻麻的，但已經可以呼吸到新鮮空氣了。

「……青名，在哭嗎？」

低頭的我以抬頭看向哥哥代替回答，那讓我迷戀的臉龐，嘴角瞬間下垂，可能是沒有預料我會抬頭，所以哥哥迅速的嘴角下彎，擺出一副很真誠的樣子，但我已經看到哥哥在笑的表情了。

「知道了、知道了，還你。」

士憲哥努力地擺出鎮定的樣子，從口袋裡掏出那久遠的情書，小小孩用著胖嘟嘟又歪斜的字體寫上「給士賢哥哥」的信封。

我飛快地搶走哥哥手上的信。一看到這封信，就讓我想起小時候的記憶，幼稚園最常出現的課程就是寫信給最喜歡的人。雖然不記得內容有什麼，但應該就是那封信沒有錯。當我正在思考要如何處理這封從哥哥手上搶回的信時，臉頰突然遭受一陣親吻。

哥哥邊笑邊貼著我的臉頰不斷地發出親吻聲，讓我的眼角沾上了熱氣。看來我原本假定哥哥是認為戲弄那個自小吵著要跟士憲哥結婚的那個小孩很有趣的假設，又更加有力了。

「真可愛。」

士憲哥在親吻聲中放開了我，我的臉又紅又麻，用手擦了擦臉的同時，也必須防止哥哥把信再次搶回去，所以決定把信放在後口袋。

哥哥只是溫柔的笑著，看著我的動作，大手撫撫上我的頭頂，緩慢的、一點點的開始撫摸我的耳朵。哥哥收拾起玩笑的神情，恢復平靜的樣子，與我四眼相對的那一瞬間，好像看到哥哥嘴角揚起的感覺，可能是哥哥笑了的關係，所以臉頰出現了酒窩，瞬間就讓我迷惘。

不知道是不是發現我的弱點，士憲哥用手指小心翼翼地從我耳朵往下，讓我全身起了雞皮疙瘩，耳朵泛紅滾燙，喉結也不知不覺地上下移動著。

聽見急促的呼吸聲，在我意識到那是誰的呼吸聲之前，就好像飢渴的人找到泉水一般，我與哥哥兩人的唇就已經糾纏在一起了。

但那只是短暫的，就好像灰姑娘到了十二點鐘響時就必須回到現實一樣，那比任何時刻都還要大聲的門鈴，瞬間將我倆的雙唇分開。

我好像被雷劈一樣的嚇到幾乎貼在哥哥身上，若不是士憲哥馬上抓住我的腰、穩住我的重心的話，就真的會那樣了。

因為慌張與覺得丟臉，讓我臉頰感到相當火辣，門鈴持續響著。哥哥不耐煩的撥著瀏海，完全沒有掩飾他的煩躁，看向玄關的我悄悄地想從哥哥的大腿上下來。

不過哥哥緊緊抓住我的腰，不讓我動，接著哥哥用食指比了一個噓的動作。

咚叮、叮咚，門鈴聲持續響起，我不安的看向哥哥，哥哥依舊比著噓的動作，嘴角還有一抹微笑。

「為什麼要這樣？」

我用嘴型詢問著哥哥，但哥哥就只是笑了笑，露出著帶著危險的微笑。就在那時，我聽到門外傳來阿姨跟姨丈的聲音。

「沒有人嗎？」

「可能都已經出門了，士憲不是說沒辦法到晚上嗎……」

光聽聲音就知道是誰，怎麼偏偏是阿姨跟姨丈呢？我有一種做壞事被發現的感覺，不安地跟哥哥一起看向玄關。

「氣死，果真養兒子沒用，叫他帶青名回家，結果一年不見的兒子居然就這樣跑了，真是氣人。」

一陣抱怨後的阿姨嘆了一口氣，我睜大眼睛看著哥哥，哥哥眼睛帶著笑容，雙手環著我的腰，把臉埋在我的肩膀，我跟哥哥之間找不到任何空隙。

我們兩個緊緊相擁在一起，隔著一道門做著大膽行為的哥哥，讓我臉又紅了起來。我瘋狂地搖著頭，但哥哥依然不停地磨蹭著我的肩膀，無聲的瘋狂親吻著我。

「今天應該也要飛吧，剛進公司時也是這樣不是嗎?晚點用宅配送過去不就好了。」

聽到姨丈安撫著阿姨的聲音，我瞪向那個不孝子，敲了敲他的背，這時的哥哥才抬起頭，露出了微笑表情。

最後門外傳來拿了什麼東西的窸窸窣窣聲後，腳步聲漸漸遠離。又傳來另一側玄關門開啟的聲音、電梯開關的聲音，還有談話聲逐漸消失，終於又回到寧靜。

士憲哥靠著上嘴唇的食指往下，看向玄關一眼後，將手指掛在下嘴唇處，露出滿是玩笑的笑臉。

「這裡妨礙的人真多，對吧?」

一直被哥哥牽著走的我終於找回自己的思緒，斜眼瞪向哥哥，並說出一直很想說的話。

「……不可以那樣說話。」

哥哥沒有說話，就只是笑著，接著看到我依然瞪著他，所以他做出誇張的吸氣、吐氣的動作，我又再一次說：「不孝子、風流鬼。」

「從你嘴裡說出口，好像我真的很垃圾一樣。」

「你怎麼可以這樣！」

我沒好氣的說，但聲音顯得有氣無力，士憲哥縮起下嘴唇，像是在忍住笑意一般，然後努力裝出悲慘的表情，刻意壓低音量的說：

「對不起，我錯了。」

說是這樣說，但態度上看來一點都不像在反省，讓我還想再繼續說什麼，不過我還是決定什麼都不說。我閉上嘴之後，士憲哥依舊裝出一副消沉的表情，悄悄的牽起我的手，與我十指交扣。

「果真在娘家連親親都很驚險，還是我們家好，對吧？」

士憲哥露出惋惜又抱歉的神情說著，被哥哥的聲音跟臉蛋迷惑的我，過了一會才察覺哥哥話裡的甜蜜訊息，忍不住瞪大眼睛，士憲哥像是要辯解似的快速說出：

「我會傳訊息給我媽的，說我愛她。」

「……還會去找她。」

「知道了，沉青[3]！」

3 韓國民間故事，講述孝女沈清為了讓盲眼的爸爸復明，把自己做為祭品，於印堂水投海。

哥哥噗哧的笑著，與我十指交扣的手逐漸加大力道，眼睛緩緩向下看，上午的陽光反射在哥哥的皮膚上，讓長長眼睫毛之下劃出一道深邃陰影，不同於我的眼睛。

「……那……我們可以繼續嗎？」

我的臉又紅了，士憲哥總是知道該怎麼運用他那帥氣的臉龐，完全抵擋不了攻勢的我又一次送上我的唇。

熱烈親吻著我的雙唇，總是讓我很開心，嘴裡被溫柔的吸吮。哥哥的舌頭總是撫過讓我心情好的地方，唾液交換的聲音相當明顯，剛剛內心都還在吶喊著不可以那樣對待阿姨跟姨丈，沒想到如今若深陷於這甜蜜的親吻，無法自拔。

可以感覺到哥哥環住我的脖子、親吻著我的動作越來越急促。我想用鼻子呼吸，但頭腦卻越來越暈眩，忍不住的我為了想呼吸新鮮空氣而想轉頭，但士憲哥卻說：「不行。」

哥哥的手抓住我的屁股，讓我的身體上下抖動著，我差點叫出聲，因為沒有穩穩地抓著哥哥，所以我只能用力拉住哥哥的脖子。

「哥，你瘋了嗎？為什麼……」

我就像隻無尾熊一樣掛在哥哥身上，成人男性的重量不知道哥哥能否承受得住，但哥哥一瞬間就將我抱起。

「去車上。」

我認為去車上這句話，當然不是單純的去車上，我整個臉漲紅的要求要下來，企圖做些抵抗。

「我、我可以自己走。」

「我可以抱你過去。」

「在車上，不、不可以！」

慌亂的我為了阻止哥哥而亂吼一通，等到我說出口的話進到耳朵時，我才意識到我剛剛說了什麼，簡直是丟臉到家了。

看起來就像是腦海中只有那件事情的人，但對於腦中只有那個的人來說，這應該這也是一種控制裝置才對。

暫時安靜下來的哥哥嘆了一口氣，接著把貼在他身上的我緊緊的抱著，緊到我幾乎無法呼吸，接著放鬆力道，讓我能順利地踩到地板。

剛剛火熱的氣氛不見了，空氣裡瀰漫著尷尬與害羞的情緒，總是熟練地開著玩笑，做著自已想做的事情的哥哥，居然會在中途停下來，這讓我有點尷尬。

士憲哥散亂的頭髮又變得更亂了。哥哥深呼吸一口氣，慢慢的緩過神來，靜靜地吐氣後，用著比剛剛還鎮定的口吻說：

「好，你先去車上，該回家了，我去拿行李，車子在地下一樓。」

我從哥哥左大腿爬了下來，迴避著哥哥的視線，一直看著哥哥會讓我想起昨晚的事情。

「哥哥好像……在興奮。」

「不用樣樣迎合我沒關係，不喜歡的話可以打我、可以踢我。」

像隻發情禽獸的哥哥，是因為我說不要而停下來的嗎？這應該是理所當然的事情，但我始終抹不去這個念頭。

士憲哥翻找了口袋的鑰匙，然後放到我手上，我同時能感受到哥哥手上的溫度與冰冷的鑰匙，不看也知道哥哥看向我的眼神相當火熱，所以我無法想像如果我看向哥哥的話，會發生什麼事情。

最後我逃也似的穿上外套就想往停車場跑，熟悉的地方、不熟悉的行爲，讓我更加敏感。外面的空氣讓我紅透的臉稍稍鎮定下來，電梯內的鏡子可以清楚看見我的臉相當紅。

士憲哥的車子就在停車場大門一打開的地方，我按下車門開關後，搓著手打開駕駛座門。車內的燈光亮起，我發現副駕駛座放著一束花，看起來不像常見的玫瑰，而是略顯圓潤的白色與粉紅色的花束，漂亮又整潔。

坐上駕駛座的我關上門，然後伸手去拿那看似沒有主人的花束，從沒有想過一大清早的會看見玫瑰，我小心翼翼地摸著淡紫色的包裝紙尾端，自言自語的說著：

「是給阿姨的嗎？」

包裝紙的觸感十分柔和，小心翼翼地不弄皺包裝紙的我，突然一閃而過一個念頭，讓自己倒吸一口氣。

這個不會是給女朋友的吧？

我用另一隻手捂住嘴巴，焦慮地緊掐著嘴角，撫摸著嘴唇線條的我突然意識到一件事情，那就是自從我下定決心要找尋跟哥哥告白也沒關係的證據後，這一切就變得讓我越來越不安。

我決定用安全帶綁著我想要逃跑的想法，經過幾次的努力之後終於聽到喀擦的聲音，安全帶繫好了。我只是用手不停地搓揉著安全帶。

我最先想到的假設是「哥哥買的那束花，不是要給戀人的花」，士憲哥昨晚連行李在哪邊都不知道就急著跑來找我，因為哥哥認為我想跟他分手。

情況是這樣沒錯，但依然止不住我抽動的嘴角，還好旁邊沒有任何人。我假設著哥哥急急忙忙跑回家裡之後，還想著戀人，所以一早就去買花，這是最惡劣的情況，但我整個腦袋已經塞滿那束花，完全無法繼續思考。

我緊咬著牙根，不斷地玩著手。耳邊好像幻聽般的聽到士憲哥的聲音。

「我現在沒有你不行。」

哥哥有說過？還是沒說過？我已經不知道了，我想要往好的方向想，可按照昨晚躺在床上的聊天內容看來，這應該是事實才對。

就在我好不容易穩住抽搐的嘴角時，看到士憲哥走了過來，穿著大學時期衣著的哥哥，飄逸頭髮上沒有抹著髮膠，真的就好像在學校裡不時會遇見的學長一樣。

靠近車子的哥哥發現我坐在駕駛座上，輕聲地笑了出來，長長的腿輕快的移動幾步就到車子這邊，還繞了一下轉往副駕駛座，打開副駕駛座的門，瞬間停車場的冷空氣灌進車裡。

「青名要開車嗎？」

因為我會開車，所以自然地坐上駕駛座，直到現在才猛然想起這台車的主人是哥哥，可是哥哥好像不在意，反而是拿起副駕駛座上的花束遞給我。

「為什麼沒有拿去？」

是因為哥哥要坐，所以要我拿走嗎？不安地拿走花束的我，看著士憲哥坐進副駕駛座，懷中的花束散發出迷人的香氣。

我等哥哥繫好安全帶之後，把手中的花束拿給哥哥，哥哥笑出聲的說：

「這樣確實有被求婚的感覺，但這花是給你的。」

突如其來的幸福讓我的腦袋整個炸開，要十分努力才能抑制住我的表情，至少不要顯露出太過於驚訝的神情，但並沒有成功。

隱藏不住越睜越大的雙眼與瞳孔的我，只能盡量自然的看向前方，用怪異的口氣說著：

「啊，那……謝……謝謝。」

我的聲音再次傳回我耳裡，那聲音十分陌生。在我已然故障的大腦中，毫無因果關係的假設居然成為既定事實。

士憲哥一早買來的花、那個我以為是要買給戀人的花，其實是要買給我的花。

我想起爸爸說過不要被一束花迷惑，必須要慎重為之的教誨，內心不斷浮現那些甜蜜的詞彙。

我用略微顫抖的手發動車子，這是第一次在膝上擺著一束花的情況下開車，膝蓋有點顫抖。雖然理性又說服著自己說那是用來道歉的花束，不可以心動，但我卻只想要享受這瞬間、短暫、不安的幸福，爸爸的話真的沒有錯。

伴隨著如同猛獸發出怒吼般的汽車發動聲，車子逐漸駛離停車場，這是我從出生開始就熟悉的道路，士憲哥的手臂靠在窗戶上，眼神好像看著我。

「要幫你輸入地址嗎？」

「……呃，喔，好。」

開上大路的我一陣迷茫的快速回答，差點就在不知道士憲哥的家怎麼走的情況下上路，如果哥哥沒有這樣問，可能等我回過神來人就在釜山了。

哥哥拿起手機，在導航 **APP** 輸入地址後讓我可以依循導航前行，我眼光餘角看到哥哥緩緩靠回副駕駛座，腦中又一次迅速飛過那些應該要去做中毒檢查的詞彙。

「椅子還可以吧？不用調整嗎？」

「嗯？喔，沒關係……」

「這樣開車不會不舒服嗎？」

士憲哥就像是在詢問今天天氣如何的口吻，這細微的關懷讓我內心相當感激，所以快速回覆：

「嗯，不會不舒服，我不太喜歡拉太前面……會不舒服。」

「嗯。」

士憲哥的句尾拉長，我確認前方車況正常後，對哥哥投以疑惑的眼神，以曖昧的眼神看著我的哥哥，目光含笑。

可能是時間尚早的緣故，路上雖然車多，但沒有塞車。我突然想起不知道在那邊聽說過開車的男人看起來很帥的傳言。可是，我上回想要單手開車卻被哥哥罵，所以這一次我選擇脖子略微用力偏向窗戶的耍帥動作，還好哥哥只是笑著看著我，沒有罵我。

就好像載著節日回娘家辛苦一段時間的先生回家一樣，我瞄向哥哥，然後突然與哥哥四眼相接，所以急忙轉向前方，假裝咳了一聲，轉移話題說道：

「哥你的行李在哪邊？」

「原本在後座，剛剛整理了一下，放去後車廂了。」

「原來如此……」

我瞄到哥哥的手往空中一揮，擁有想像力豐富的大腦已經開始往好的方向邁進。

應該是一大早的哥哥發現行李箱在後座，所以搬到後車廂，然後去買要給我爸媽的水果籃、跟要給我的花吧？爸爸的話沒錯，收到花真的會有一種莫名的開心感，想著一早哪邊的花店有開門，不過這樣收到花，讓我的心情極佳。

就好像戀愛般的甜蜜，卻又有一種不是的淒涼感。我感覺到哥哥看著我的下巴附近，於是道出相當老套的話語。

「辛苦了，一大早就……」

「如何？我做賢內助的角色很稱職吧？」

士憲哥滿臉笑容，明明是一句玩笑話，但卻讓我已經崩潰的正向思考再度不知所措。用顏色來說的話，可能水加上一點點粉彩色調；用熱氣來說的話，好像滾燙的熱氣從我雙唇滲出。

「……我想親親。」

士憲哥好像嚇到一樣說道：

「什麼？在大家都看得到的地方，還真大膽。」

「……不是。」

「我的小可愛，何時變如此勇猛了？」

「……還有聯誼……」

「真可愛，是在學校上了戀愛課程嗎？」

車裡一片沉默，哥哥不是很滿意地皺眉，好像在罵著髒話，該不會士憲哥是喜歡崔賢吾吧？之前我跟哥哥說會跟崔賢吾約會之後，發生的那些讓我哭泣的回憶，令我不得不全身瑟縮。

「……就……就不要那樣……」

話雖然是這樣說，但哥哥就算在停等紅綠燈時，手也沒有停止撫摸我的臉、按壓著嘴唇的行為。好像要吃下我的臉頰的親吻著我的哥哥，惋惜地抓住我的下巴轉向他，然後在我唇上蓋個章。

「如果你跟崔賢吾約會的話，我不會放過你。」

「……可是那是作業……還有賢吾他……」

我的唇又一次被覆蓋住，這一次侵入我的嘴，挖掘著。

我從不知道紅燈如此短暫，想與哥哥深吻的欲望暫時被滿足，帶著浮腫的下唇繼續開著車。

看來哥哥是打算要在我開車的這段時間讓我屈服，而那原因應該就是崔賢吾。

除了每回停等紅綠燈時短暫的親吻，還有撫摸著我大腿內側、摸著放在我大腿上的花、不停碰觸我的敏感部分，明明說過單手開車很危險，卻還是拉起我的右手，與我十指交扣但不說一句話。

與我十指交扣的手指前端，不停的搔著我的掌心，讓我陷入混亂，都不知道自己是怎麼開車的。而讓我能找回魂魄的原因，是哥哥用大叔的口吻說道：

「都拿著花了，怎麼還不知道這是誰的花。」

「停下來……拜託……」

可就算是哥哥用大叔的口吻說著話，但只要是哥哥說出口的，聽起來都是最甜蜜的話語。發現我已經產生動搖的哥哥，開始開起玩笑的說著「太棒了」、「真可愛」、「跟別人約會會淪陷，所以不可以」的話語。

結果就是快到家的時候，我的臉紅得跟什麼一樣，透過後照鏡我可以看到自己已經不受控的滿臉通紅。這時比我住了十幾年的家更熟悉的社區映入眼簾，不由自主的鬆了一口氣。

「怎麼連呼吸都這麼可愛，真的無解。」

「……哥，你再這樣下去，我就不叫你哥、要叫你大叔了。」

臉已漲紅、內心騷動，好像有著什麼的奇怪情緒的我說著不像威脅的威脅話語，企圖堵住哥哥的嘴。可能是我以年齡攻擊的緣故、也可能是手被抓著太久了，感覺抓著我的那隻溼潤的手逐漸加大力道。

哥哥安靜了下來，而我看到停車場就在眼前，我為了打起精神而再次嘆了長長一口氣，開始緩緩前行的找尋停車位。

可能是週末的關係，車位不好找，我又降低了速度往下一層樓駛去，地下二樓依然沒有空位，如果再往下一層樓的話，哥哥到時候開車會很不方便吧？就在我這樣想的瞬間，突然在角落發現一個空位。

雖然我要停車了，手還是被哥哥抓住，所以我稍微晃動一下我的手，小心翼翼地說：「我要停車了。」

士憲哥很乾脆地放開我的手，我順利地一次就完成倒車入庫，隨即露出開心的表情，哥哥幾乎是自然而然地說出稱讚的話語。

「我的小可愛真的很會停車。」

「……這大家都會啦。」

說是這樣說，但哥哥溫柔的讚美還是讓我很開心。我將輪胎打正後熄火，可哥哥依然繫著安全帶，沒有要下車的樣子。

「你在車裡也幹了嗎？」

毫無預告的下流言語，讓我目瞪口呆，這是在問我有沒有在車子裡面自慰嗎？我還以為我聽錯了，但士憲哥的眼睛直視著我，我好像被從後腦杓打了的感覺。

「……我、我、我？什麼？」

哥哥可能是發現我有點慌亂、不知所措的樣子，加上想起昨晚答應我不可以用下流的詞彙的關係，所以改以和緩的口吻說明。

「你有在車子裡面自慰嗎？在這裡自慰……」

「我、我、我沒有，我不會……」

深怕哥哥會說出手淫的方法，所以我併起雙腿快速地否認，然後與哥哥四眼相對，不知該怎麼辦的臉，因為其他原因而臉紅著，讓我更強力的否認。

「真的、我真的沒有……」

「是嗎？」

士憲哥的眼神相當火熱，我併攏的膝蓋不斷靠向門邊，哥哥瞇著眼睛，用著好像在問今天天氣真好的輕鬆口吻問著：

「我今天整理了一下車子，發現好像有處理過的衛生紙。」

「在哪裡？」

我不知不覺地發出疑問，我沒有那樣做過，看哥哥這樣追問，應該也不會是哥哥，所以只能是有變態進到哥哥的車裡自慰才對。

哥哥好像皺眉回想著，然後指著駕駛座跟副駕駛座之間說：「這裡。」

我驚慌的紅著臉，看向哥哥指的地方，現在很乾淨，不過這裡是放口香糖包裝紙或是擤鼻涕的衛生紙的地方。

這讓我逐漸想起一件事情，那天載士憲哥去公司後，有順路去載崔賢吾到學校。

為了找出衛生紙給天一冷就很容易一直擤鼻涕的崔賢吾，所以在車裡東翻西找的事情，我以為他有拿下車丟掉，但看來是沒有。我想擤鼻涕之後的衛生紙的樣子，跟處理那個的衛生紙確實有點像，可能不同人有不同的方法。

看到我在認真思考的哥哥，露出了微笑，用手摸了摸我的後腦杓說：「怎麼這麼認真的在想，真可愛。」

「那是賢吾。」

突然之間感覺到有一股力道壓在我頭上，是不會讓我痛的力道，原來是哥哥按著我的頭，讓我瞬間放鬆了起來。

「……崔賢吾？」

「嗯。」

「為什麼他……」

哥哥突然好像生氣地吐了一口氣，我馬上知道我假設哥哥喜歡崔賢吾的想法是錯的，哥哥一定是討厭崔賢吾。

「你載過他？」

「……就……就之前載哥去公司……然後去學校……順便……」

向喜歡的人說明自己根本不在乎的人的事情，真的很難，因為哥哥整張臉毫無表情，讓我不安的想辯解，但卻吞吞吐吐地說不出完整的句子。

「出來……忘記拿去丟……」

我顫抖著看著哥哥的臉色，哥哥深呼了一口氣，壓低聲量的問：

「什麼東西出來？欲望嗎？」

我瘋狂的搖頭，我到這一刻才發現哥哥誤會了什麼，我極力的搖頭表示著哥哥的想法錯了。

「不是！我沒有跟賢吾做什麼……就只是……就只是……」

「就只是什麼！他究竟在我車上幹嘛？」

我口乾舌燥的，再怎麼想，都覺得哥哥可能是誤會我跟崔賢吾的關係。

崔賢吾就只是朋友，不知道哥哥為什麼這麼警戒，如果我可以證明我自小的一片丹心的話，哥哥是不是不會在說出奇怪的話呢？我焦慮的抓著哥哥的手。

「沒有、沒有，那是賢吾、賢吾說他要擤鼻涕……然後就忘在車上沒有拿去丟……」

可能是因為壓迫感的關係，我的雙眼不自覺得朝下看，士憲哥沒有說話的看向被我抓住的手，深怕被哥哥甩開的我往上看著哥哥，求饒的說出：

「我、我就只有哥哥你。」

哥哥嚴厲的神情鬆懈了下來，雖然還是嚴肅的表情，但已經沒有剛剛的壓迫感，哥哥嘆了一口氣的用沒有被我抓住的那隻手，撥了撥我的瀏海。

士憲哥整個人完全坐回副駕駛座，好像被忽略的我加大力道握著哥哥的手腕，但哥哥解開他的安全帶，手往側座一按，讓座位向後退。

後退的空間足以讓腳長、手長的哥哥坐得很舒服，哥哥的眼神再次往前看，同時下達指示說：「你過來這邊。」

我馬上知道哥哥是要我坐在他腿上，真不知道為什麼要在車裡這一狹小空間裡面對面坐著，但我解開安全帶，依照哥哥的指示動作。

我也算是身高高的人，所以要跨過副駕駛座而不把重量壓在哥哥身上是非常困難的事情，最後只好抓著哥哥的肩膀，移動著我的腳，然後哥哥穩住我的腰，協助我坐下。

兩個成人男性面對面坐著擁抱，原本覺得空間應該足夠的我，這下覺得若不緊緊貼著的話，會有點不舒服，哥哥的懷裡有一股香水味，我一如往常的想環著哥哥的脖子，可是哥哥緊抓著我的腰，讓我無法那樣做。

「沒有跟我說，就載崔賢吾？」

「……對不起。」

我小聲地說了對不起，可哥哥依舊以嚴厲的口吻說：

「你把我變成喜歡別人擤鼻涕的變態，知道嗎？」

士憲哥本來就很變態，但我很聰明，知道這種話不能說出口，依然眉毛下垂的我，再次說出：「對不起……」

「我現在是差點以為崔賢吾擤鼻涕的東西是你們幹了。」

我聽著哥哥自證自己是奇怪性欲者的露骨言論而想皺起眉頭，但我沒有先說就載崔賢吾，然後又沒有抹去所有證據，感覺自己有罪的我只好繼續說對不起。

士憲哥似乎忍住笑、喘著氣，我偷偷看向哥哥、想要確認哥哥的狀態，但哥哥的臉依舊沒有表情，士憲哥用食指按壓著我緊皺的眉頭教訓著我說：

「嗯，不可以看別人。」

「嗯……」

「尤其是崔賢吾。」

「賢吾他……」

「下次還要載別人嗎？」

「不會……」

「那快點親一個。」

我轉動著眼珠看向哥哥，猶豫不決的靠向哥哥，像小偷一樣偷吻了一下後又看向哥哥。哥哥的表情依然沒有改變，是我親太快了，所以沒有感覺嗎？所以我再次靠向哥哥，約略親吻十秒左右。

「真的很會撒嬌，你以為你這樣我就會饒過你嗎？」

士憲哥再次用食指按壓我的眉間，都這個年紀了，居然還會聽到「撒嬌」這個詞彙，我不滿的抗議說：

「才不是。」

「不是的話是什麼？本來就很會嗎？」

我做出馬上要嘔吐的表情，但內心其實沒有不開心，反而有什麼地方癢癢的，有種在雲端的感覺。

哥哥笑著靠回座椅，可能這裡是黑暗的地下停車場一角，所以哥哥的臉上出現了陰影。被哥哥的臉迷惑的我，小心翼翼的將自己的臉靠在哥哥懷裡，這回哥哥的手沒有阻擋我，在哥哥溫暖的懷裡聽著快速跳動的心跳聲，哥哥緊緊地抱住我，讓我難以呼吸。

「我真的要教訓你。」

耳邊傳來哥哥的聲音，低沉帶有淫蕩的警告聲，讓我耳朵十分火熱。

「啊！」

驚叫聲的同時，屁股傳來一陣痛楚，不是不能忍的痛，而是我嚇到了，眼角泛著熱氣的我瞪大眼睛看向哥哥。

「這屁股還真欠打，李青名。」

哥哥的表情與嚴厲的話語不同，嘴角亮著微笑、眼窩凹陷，臉上的酒窩加深了別有他意的情緒。我藏不住表情地看著哥哥，在這個一台車都不可能會經過的週末早晨停車場裡，不知道到底能不能這麼做。

可能是發現我在想其他事情，所以哥哥把重量都靠在我身上，我瞬間往後倒了一點。

「那個表情是怎樣？不高興嗎？」

「……沒有。」

我發出毫無說服力的聲音，臉頰覺得異常火熱，還不如臉皮厚一點說謊還比較好，應該就不會出現這種丟臉的狀況，頓時湧現後悔的感覺。低沉甜蜜的微笑讓我耳邊為之一癢。

「沒關係。」

士憲哥的手又一次抓著我的屁股，安撫似的輕揉著，酥麻的痛逐漸湧現。

「真的應該要幹一次包起來才行。」

我開始懷疑我的耳朵，就算車子是停在灰暗的角落，但這裡畢竟是大家都能進來的停車場，不是床上，我真的很難懂哥哥為什麼會做出這個要求。

哥哥抱著我的腰的手漸漸往下滑，撫摸著我的腰際，我感受到蠢蠢欲動的欲望，讓我緊張到身體僵硬。撫摸著我腰際的手，輕易地解開我的皮帶，金屬互碰的聲音相當清脆，我用力的抓著哥哥的肩膀。

「不是這樣嗎？我想看你自慰，你自慰是弄前面、還是後面？」

甜美的聲音說著下流的話語，卻讓我全身火熱，我幾乎是本能的搖著頭，但士憲哥小聲地笑著，並給我一個飛吻，這點燃了我全身上下的欲火，環繞著我與哥哥的空氣相當火熱。

我擺出不知如何是好、左右不安的表情看著哥哥，哥哥就只是用抱著我的手輕撫著我的腰，另一隻手伸向駕駛座與副駕駛座之間的儲物櫃。

擦喀一聲儲物櫃打開的聲音，我瞄了一眼儲物櫃，發現那裡面有著跟在床上用的膠狀物相似的乳液罐與正方形小包裝的東西後，倒吸一口氣。士憲哥發出低沉的笑聲。

「可以嗎？」

雖然是帶著笑意的聲音，但其中有不容抗拒的朦朧感，士憲哥懶洋洋地吐了一口氣。

沒想到哥哥會在車上放膠狀物跟保險套的我，精神有點恍惚，而哥哥溫柔地笑著問道：

「你會用保險套嗎？」

「……我會。」

理論上會，可當我又一次脫口而出後，又一次聽到哥哥慵懶的笑聲。

哥哥一邊看著我、一邊挑選出正方形的保險套，我吞了吞口水、喉嚨上下竄動著，哥哥的手溫柔的觸碰我的手掌心，然後我的手感覺到硬而鋒利的包裝紙。

「要幫你嗎？」

是個慵懶的提問，我只能稍微低下頭，看著我手中的東西，那是紫色包裝的保險套。這個保險套公司的名稱有聽過，但是在商標下方的那個詞彙，我不知道是什麼，在好奇之下，小聲唸了幾次後，小心翼翼地問道：

「……哥，這個顆粒狀是什麼……？」

哥哥再次發出笑聲，讓雙手捧著紫色包裝保險套的我慌亂的想再次細看包裝上的字樣。

我不知道車裡為什麼會有保險套、也不知道是否真的有在床上看到的膠，但我猜想，在我剛開始跟哥哥住的初期，哥哥不讓我打開的儲物櫃裡應該就有這些東西。

「把屁股抬起來。」

我聽見有聲音傳來，我照著哥哥的指示稍微抬高腰，這是我從小就無條件聽從哥哥指示的結果。已經解開的皮帶讓褲子順利下滑，車內溫暖的空氣吹拂在內褲上，我因為這奇怪的行為而全身泛紅。

「膝蓋立起來，放到我身體兩側，很好。」

「工作、哥不是要去工作……嗎？」

「誰說的？」

哥哥調皮地笑了笑，我滿腦子覺得我被騙了，士憲哥又一次打了我的屁股，只有聲音、不會痛，但我好像小孩一樣被打著屁股，覺得羞愧到眼角緒滿淚水。

「是說馬上就要走，但我沒說是因為工作。」

說謊精！我腦海中響起警告，我想我真的被騙了，而哥哥的手把我的內褲往下拉，半褪下的褲子與下滑內褲的觸感讓我不禁抖動著雙腿。

「哥、哥，這、這好奇怪……」

像是最後的掙扎一樣，我出聲叫了哥哥，但哥哥裝作沒聽見的褪去我的內褲，泛紅的肌膚感覺到外面的空氣。

「你有用過保險套嗎？」

哥哥笑著拿走我手上那紫色包裝的保險套，淫亂變態的哥哥把紫色包裝的保險套放在那個跟寶物盒子沒兩樣的儲物櫃上，然後拿出粉紅色的保險套。

我不知如何回答哥哥的問題，那一瞬間我不知道哥哥是問我有沒有用在我身上、還是我有沒有用過，但哥哥好像沒在期待我回答一樣。

士憲哥用嘴咬著粉紅色包裝紙，看了我一眼後，隨即抓住包裝紙下方拆開保險套，安靜的車裡響起拆封聲，我好像看到不該看的情欲場面，整張臉紅得像猴子一樣。

用嘴拆開保險套之前，那對我來說就是個放雜物的好地方，可哥哥將拆封的保險套包裝紙隨意丟在原本應該是杯架的地方，然後抽出保險套。

我像是被火燒到似的瑟縮了一下肩膀，草莓香味的包裝內有個滑溜的東西，理論上來說我知道那是什麼東西。

「要這樣……輕輕扭轉前端的小袋，將空氣排出。」

士憲哥就像我爸媽一樣用著老師的口吻一一說明著，我的臉已經不知道紅到哪邊去了。

在任何人都可以看到的車裡，做這種事情對我來說真的太過於刺激了，我的腦袋好像要炸開一樣。

哥哥抓住我的右手，我吞了吞口水，喉嚨不停地上下抖動著，我看見哥哥嘴角上揚的表情。

「有用後面自慰過嗎？」

「……不是，不要說那種……」

「所以是第一次……那用兩個？」

馬上我就知道兩個是什麼，哥哥就像套住陰莖似的把我的食指跟中指併攏，緩緩套上保險套，可我完全無法去想被套住的手指頭是否被壓迫著，因為那伴隨而來的火熱感觸已經讓我頭暈目眩。

就這樣我喘著氣，照哥哥說的放鬆膝蓋的力量，不過士憲哥抓住我的肩膀靠在他身上，然後提高我的臀部。

在這刺激的情境下，我的陰莖早已勃起，急促的呼吸聲讓身體上下起伏著，觸碰到彼此的體溫炙熱，我感覺到哥哥的手移動著，拿出那個膠。

現在我已經熟悉那個黏稠稠的液體，哥哥用膠將自己的手弄得溼溼滑滑的，然後抓住我的右手腕拉往後面，火熱的屁股感覺到的手指觸感，令我起雞皮疙瘩。

「哥……好怪、不應該這……」

洞口的手指頭炙熱，跟平常不同的是手指上套著一層膜，那觸感說有多怪就有多怪，我咬著下嘴唇，以哀求的神情看著哥哥，但好像無效。

「青名，你要被罵了喔。」

「……不要亂說，是因為哥說想要看。」

「你真的長大了，現在都能看透了嗎？」

士憲哥調皮地笑著，明知卻又被弄成這樣的我，只能用銳利的眼神瞪著哥哥。

「一個人弄太那個的話，我幫你吸？」

不用問也能知道是吸什麼，讓我只能滿臉通紅的喘著大氣，手指頭拂過從來沒有探索過的區域，現在漸漸被插入。

嘴唇吻上我的臉，火紅的臉頰一次、鼻頭一次、嘴唇一次，哥哥開始進攻、探索著我的唇與嘴，不停掃過我喜悅的地方的舌頭，讓我不停發出呻吟。

就在我被溫甜蜜的吻攻陷的時候，士憲哥的左手順著我的右手臂往下滑，交疊在手背，讓我隨之一震。溼潤卻無法融化的手指稍微用力就輕易地進到裡面，那異物感讓我背脊僵硬。

「呃、呼嗚……呼……」

借助他人的力量讓原本只略為碰觸的手指完全插了進去，呼吸聲開始加劇，哥哥又連續給我好幾個輕吻，等待著我適應。

跟哥哥的陰莖相比，這幾根手指頭沒太大的感覺，但還是有異物感，只是跟平時的興奮感不同，就只是覺得有個東西在裡面的感覺。

我的嘴唇顫抖著，想快速呼吸，所以肩膀抖動了一下，額頭已然陷入哥哥的肩膀，溫柔的大手則是輕撫著我的後頸。

「很棒。」

從衣服、從皮膚可以感受到哥哥的味道，火熱的觸感讓我逐漸鎮定的呼吸又急促了起來，我閉上雙眼感覺到平時興奮的部位有手指在竄動。

那是我從來沒有想過會放什麼東西進去的地方，除了哥哥的陰莖外，就算進來的是我自己的手指頭也很怪，我緩緩地感覺到那套著一層薄膜的手指，在我內壁的觸感。火熱、因為膠而溼溼的感覺，各種奇怪的感受，我咬了咬嘴唇，又往更深處探索，這叫聲讓我感到害羞。

「嗚……啊呃……」

「哇！」

哥哥發出低沉的讚嘆聲，手指好像同時觸碰到難以找到的一處，我就像被電到一樣的抖動著身體，差點尖叫出聲，但因為我咬著嘴唇的關係，所以只能從雙唇縫隙中釋出。

「啊！呃嗚啊……！」

瞬間眼前閃過快感，手指插入的內壁緊縮，反過來說，因為這個感覺而點燃了我的興奮導火線。就像是開啟愉悅本能的我，緊抓著哥哥的衣角，想要延續這份感受。

內壁溼潤的膠發出的水聲與壓抑的呻吟聲，讓我喘息到無法振作精神。

「啊嗚、啊、呃啊、啊呃！」

「啊，呃呃、啊、呼啊、呃……！」

這比用陰莖自慰的感覺還棒，我好像到達了某個點，好像到了高潮、又好像不是，我的頭往後一仰，想冷卻一下內部燃燒的一切，但這還遠遠不夠。

「呃啊啊，哥、哥、哥，我……」

因為生理性淚水而用著模糊的視野看向哥哥的臉，士憲哥咬牙忍住的表情看著我，我閉上眼睛，手指使得內壁緊縮，淚水滑落。

「停、要停下來。」

「呃嗚，為什麼……？」

我的提問被毫無耐心的吻阻斷，後面完全無法滿足的部分，由親吻填滿，我們的舌頭交纏在一起，唾液弄髒了嘴角，我能聽到哥哥興奮的喘息聲，身體想要向後倒，不知不覺之中，我的背靠在儀表板上。

我已經不在乎掛在我腿上的褲子，聽到士憲哥三番兩次想要解開皮帶的聲音，我往後仰想要冷卻一下炙熱的情緒，感覺到頭頂碰到冰冷的窗戶，想起了這是車裡、這是誰都會經過的地下停車場。

但這一瞬間我的身體相當興奮，早就不知道將「怎麼辦」的想法拋到九層雲霄，在這個不知道會被誰發現的地方，反而激起強烈的興奮。衣服幾乎都還在身上，但這毫無防備的裝扮與過分的欲火，讓車裡的氧氣出現不足的情況。

即使只露出一點點，已然勃起的陰莖也能感受到熱氣，士憲哥一邊低聲咒罵、一邊拿起紫色保險套與膠，我的手背靠在儀表板上看著哥哥的動作。

我無法忍住喘息聲，另一隻手瞬間捂住嘴巴。顆粒狀保險套就真的是顆粒狀，突出在保險套外層的顆粒真的、真的不是平凡的東西，我用害怕的眼神看向哥哥，剛將保險套套上自己陰莖的哥哥，隨即又隨意的抓了一個保險套，套上我的陰莖。

「……啊！慢、慢一點，啊！」

已經勃起的陰莖因為他人的手而更加興奮，士憲哥不斷發出咒罵聲，在套上保險套的陰莖上撒上膠。

「拉起上衣，讓我看到乳頭。」

士憲哥用低沉的聲音命令著我，拉回我彎曲的腰身，我完全沒想到這個命令會令我羞愧，因為我已經喘不過氣了，準備雙手交叉拉起上衣。火熱的氣氛讓我全身滾燙，我努力要平復呼吸，但卻只能用充滿欲望的眼神看著哥哥，哥哥一側嘴角微微上揚。

「青名整個都是粉紅色的，臉頰也是、洞裡也是、奶頭也是，都是粉紅色。」

「不……」

「咬著這個。」

哥哥打斷我的話，將手中拉起的帽T放進我嘴裡，我用牙齒咬住，溼潤的呼吸聲讓我感受到衣服都溼了。

哥哥感嘆似的環住我的腰，那雙大手抓住我的兩側腰際，看著無法測量到的下腹部說：

「真的太瘦了，什麼時候會胖一點。」

「呃嗯、嗯嗚……」

「好，我知道，多喝點牛奶、快快長大，我的寶寶。」

士憲哥摟著我的腰，往他那邊靠進一點，勃起的陰莖好像碰到洞口，我的手搭上哥哥的肩膀，往後瞄了一眼，敏感而刺痛的洞口有股粗糙的觸感，但我不熟悉這個觸感。

又一次的觸碰讓陰莖很快地插入，但那是下面的事情、不是我。

「……嗚、呃嗯！」

我像魚叉上的魚一樣的不停扭動，眼前一片暈眩，興奮的哥哥在我耳邊吐出低沉的喘息聲，讓我更用力的咬著衣服，雙眼緊閉。顆粒型突起的觸感，掃過我的內壁，已經越來越敏感的裡面越來越難以承擔這刺激。

全身不停的抖動、淚水不停的話落，但哥哥沒有停下插入的動作，我擺動著身體想要刮除內壁的搔癢，抗拒這直入的刺激。

「呃、呼、呃呼、呃嗚……！」

還沒到高潮就往下滑落的快感，讓我不斷地擺動身體，難以承擔的快感讓我全身不停地抖動，早已鬆開咬著的衣服，毫不保留的大聲呻吟。

「啊、啊啊!不、不行!啊、啊呀!」

白色快感如潮水湧現，我張大嘴抖動著身體，感覺粗糙的陰毛碰觸到洞口。哥哥吸了一口氣後，突然往下一看，然後笑了出來。

「什麼啊，一放進去就射了，哈哈，你真的很敏感。」

哥哥好像笑著我，但我已經不是我自己了，在高潮的餘韻尚未散去之前，敏感又緊縮的內壁，被顆粒摩擦玩弄著。

「……啊、嗚嗚……」

我的手指甲陷入哥哥的肩膀裡，這是近乎痛苦的快感，在我即將到達高潮之前，又出現了另一個刺激，使我的腰不停顫抖，暴力又興奮的淚水不停往下流。

「哥、哥，我、呃、嗚呃!」

我嘗試抬高臀部想逃跑，但哥哥那根本就是凶器的陰莖又給我新的刺激，往更裡面挖掘，我的身體承受不了只能開始哭泣。

「好怪、這樣、好……好怪……哥、嗚嗚、哥……」

「噓，沒關係、沒關係。」

哥哥溫柔的手穩住我的腰後往下拉，原本在我帽T裡探索的大手，撫摸上我的後腰，已經過於敏感的身體再次面臨強大的刺激。

「很好，這樣很棒。」

「阿呼、呃啊……」

我緊緊閉上眼睛，眼角的淚水隨著雙眼閉上而掉落，全身滾燙的我連手指頭掃過都會不停顫抖。

我顧著哭而喘息不止時，士憲哥用另一隻手擦拭我的臉龐，溫柔地為我指引方向。

「吸氣，很好。」

深呼吸讓我肩膀上下起伏，陷落哥哥肩膀的指甲也更加用力，好像要抓出指印一樣，應該很痛才對，但哥哥依舊不斷安撫著我，等待我度過這段痛苦。

緊縮的內壁稍微放鬆了一下，但被填滿的感覺並沒有隨之消失。

「現在可以了嗎？」

「……拿……拿掉，顆粒，感覺好怪……」

我哭著抱怨，但哥哥只是小聲笑了一下，撫摸上我的後腦杓，哥哥那雙分別在我後腰跟後腦杓的手把我抱住。

「真的很怪嗎？」

我聽到滿是笑意的口吻，我全身僵硬地想脫離哥哥的懷抱，或許是被哥哥看透了，知道我無法否認這一情況，所以覺得有點丟臉、有點羞愧。

「喜歡就要說喜歡，要不然我會很難過的。」

哥哥刻意發出傷心的呢喃，不開心的臉蛋與低沉的聲音讓我瞬間覺得「真的是這樣？」的錯覺，但那只是短暫的，因為那填滿我體內的陰莖往內持續地挖掘，讓我好不容易平復的快感又再次被引爆。

「……啊！」

我全身不停顫抖，看到哥哥嘴角的微笑，還刻意壓低聲量的說：

「叫太大聲的話，路過的人可能會看到喔。」

耳朵異常滾燙，剛剛才平穩下來的身體，如今也隨之火熱，即使停車場很安靜、我們周圍沒有半台車，但我跟哥哥身處的環境就是個任何人都能進出的場合，這又讓我湧現新一波的快感。

「我的青名真的不太會忍住，一抽插就很開心的邊哭。」

「沒、沒，那個我……」

肚子附近覺得涼涼的，帽T再次被捲起塞進我的嘴裡，哥哥的眼神看向我的身體。士憲哥嘆了一口氣，依照平時哥哥的蠻橫舉動，我能預料到隨之而來會聽到什麼，但我羞愧到整張臉泛紅。

「沒有？所以不好？現在你是說你不要，是我強迫你被我插嗎？」

士憲哥抱著我的腰、悄聲的說著，不是那樣的。可我嘴裡咬著帽T，只能瘋狂的搖頭。

「是嗎？那你現在可以自己動嗎？」

自己動是什麼意思？我咬著帽T看向哥哥，士憲哥用更清楚的說法解決我的疑惑。

「腰要這樣搖動。」

我眼睛睜超大，抓著我兩側骨盤的哥哥在說明的同時轉動了一下他的腰，把我往上拉一點點後，啪的一聲又用力的深插到底。

快感像電流一樣襲擊著我，我緊抓著哥哥的手臂、緊咬著嘴裡的衣服，哥哥持續由下往上的抽插，拉起我的腰、又再次往下撞，每一回都插到深處。

「呃、嗚、呃啊、嗚……」

生理淚水不停的滑落，那強烈的快感是我從未有過的感受，這讓我處於想要持續這個動作、同時又想快點結束的矛盾情緒。

「就這樣上下、上下的動，腰、會嗎？」

那低沉的嗓音讓我毛骨悚然，我已經搞不清楚什麼是什麼的搖著頭，穩穩抓住我的手依舊不停移動，插得越深、越讓我瘋狂。

「……嗚、啊、啊嗚！啊呃、呃嗯……！」

我張大嘴巴，嘴裡的衣服再次滑落，但那已經不重要了。我用哥哥的手臂跟肩膀當支撐，照著哥哥說的上下扭動著腰，這會讓我全身顫抖，但這樣可以插得更深入，越來越敏感的內壁被顆粒掃過，我張嘴發出無可奈何的呻吟聲。

「啊……啊呃、哥，啊……」

「啊……喜歡嗎？」

「喜……喜、喜、喜歡，啊呃！」

驚人的是我吐出口的話，再次傳到我耳朵裡時，又會加深另一層次的快感，可能我真的是個有經驗的學生，所以我不僅能照著哥哥說的上下擺動，也可以前後扭動。在我體內的陰莖隨著我的扭動，讓我更加興奮。

「你真是個小野貓……」

士憲哥用低沉的聲音怒吼著，掀開我的上衣，接著我的胸部感覺到一股溼潤的觸感。

「啊呃！啊！哥，什麼、呃……」

我打著冷顫不停發抖，胸部傳來一陣截然不同的快感，哥哥就像孩子吸吮著乳房一樣不停的吸吮著我的胸部，腰間的抽插也沒有停過。我停下扭動的腰，因為我同時承受兩種興奮感，我縮起身體發出呻吟。

「啊嗚，啊、啊呃，哥、那裡，嗚！」

「喜歡我吸這邊嗎？」

「討……不，我、喜歡，啊！嗚啊！」

我習慣性地說出討厭的話語，士憲哥懲罰似的咬了我乳頭一口，我哭著纏上哥哥，吸吮我胸部的動作更加劇烈。

「腰，為什麼不動了？」

士憲哥在話語間不停的喘息，啾的一聲吸吮著我的乳頭，我抖動著屁股，但這快感讓我難以承受，原本只是張開腿猶豫著，卻發現哥哥又抽插得更深入了。

「啊！啊啊！呃……哥……不、不行……這太、呃啊、辛……」

膝蓋跟大腿附近麻麻的，哥哥看著我，不知為何那表情好像有點凶狠。

「我太不行？」

我是要說這太辛苦、太喘了，但我不知道哥哥會想成這樣，我沒有回答的力氣，只能不停的搖頭，但姿勢已經變了。凶器般的陰莖滑落，後腰靠在皮椅上，士憲哥好像抓到把柄似的看著我。

停車場的燈光是逆光，讓哥哥的臉看起來很可怕，哥哥把原本纏在我膝蓋跟附近的褲子跟內褲丟去後座，我聽到窸窸窣窣的聲音，看來我的褲子跟內褲掉落在不知道何時被放去後座的花上。

「再說一次看看，我不行？」

「不、不是……」

他明明有聽懂，卻故意這樣戲弄我。身體裡的膠陸續流出，這讓我臉頰又再度紅了起來，士憲哥看著我的下面說：

「明明水這麼多。」

「……啊呃！」

單次的抽插，士憲哥抓住我張開的膝蓋往兩側壓，讓抽插又更深一層。

可能因為換了個更容易扭動的姿勢，哥哥不斷在我裡面不規律的動著，粗粗的陰毛摩擦著我的屁股，每一回陰莖插到底都會出現肉體相碰的聲音。

每一次的抽插都讓顆粒不停的摩擦著內壁，讓我為之瘋狂，可能是因為心情的關係，好像也能聽到座椅的嘰嘰聲響。

「說說看，我要怎麼做才能讓你說你只有我？」

「啊啊，啊、呃、哥！慢、慢點，呃啊！」

「慢慢來？」

原本不停作響的粗獷啪啪聲慢了下來，只要插入深處，轉動腰際，就會有觸電般的快感。但不是說扭動變慢就能降低興奮程度，反而會更顯濃烈。與自己用手自慰時，所能感受到的快感相似，有種直接命中的感覺，讓我發出了哭吼聲。

「啊呃嗚、嗚、啊呃……哥……」

呻吟聲被嘴堵住，士憲哥不停的親吻、吸吮著我，同時不停地扭動著腰，我的大腦好像不停釋放著五彩煙火的快感。心情真好，但張開的雙腿感到有點痛，所以繞上哥哥的腰，哥哥繼續用力抽插，動作還算是溫柔。

哥哥又一次輕啄了我一下，然後拉開距離，讓我發現我跟哥哥根本就是交疊在一起，哥哥又一次給我輕吻後說：

「喜歡這樣嗎？」

「呼呃、嗯、呼呃、喜……啊！喜歡……」

「真可愛，喜歡嗎？」

輕笑出聲的哥哥撥開我的瀏海，親吻我的額頭，但沒有抽出陰莖悄聲說著：

「怎麼可以表現得這麼可愛。」

寵愛的話語讓我的眼睛又充滿淚水，士憲哥又一次親吻我的臉頰、我的唇，讓我腦中的煙火繼續燦爛的綻放，好像快要到達高潮，但好像不只我有這種感覺。

哥哥的溫柔持續著，但腰部的扭動也持續強力抽插挖掘著，可這一次只有感覺到快感，我毫無保留的搖晃著，接受哥哥的一切。

「啊！啊呃、啊！啊呃呃！」

陰莖又一次射出精液，保險套已經裝著上一次射出來的精液，所以無法發揮他正常的功能，不透明的精液不斷地流出。

我先到達高潮的這段時間，咬牙又抽插多次的哥哥發出低沉的怒吼聲後停了下來，臉埋在我的脖子處，讓我感受到哥哥的喘息聲。原本填滿我裡面的力量鬆懈了下來，我幾乎是癱軟在座椅上，士憲哥似乎有所迷戀，在射精之後依然緩緩扭動著腰。

「啊……哥，停……」

我無力的呢喃著，哥哥的唇貼上我的眼皮，不停的親吻著我，我內心被無法言喻的情緒填得滿滿的，額頭、眼皮、鼻頭、臉頰不斷地被哥哥親吻著、吸吮著。

「喜歡嗎？」

「嗯……我喜歡、喜歡、我喜歡……」

我用無力的聲音呢喃著，讓士憲哥笑了，我抬頭看著哥哥笑的模樣，哥哥的眼窩好深，我偷偷的親吻一下哥哥臉上的酒窩。我聽到不論何時聽到都會讓我心情極好的笑聲，哥哥就像回禮似的依序送出他的吻，然後偷偷咬著我的耳朵說。

「我也喜歡。」

再次親吻我耳朵的哥哥拔出他的陰莖，那帶有顆粒的保險套一抽出，讓我不禁又發出微弱的呻吟聲。

哥哥將自己用的保險套綁好放在杯架上，然後開始處理套在我陰莖上的保險套，用手擦拭外溢出保險套的精液，然後變換一下身體的姿勢，坐回座椅上，我就像隻無尾熊一樣的纏在哥哥身上。

手可以方便轉動的哥哥伸向前方置物櫃，拿出旅行用的溼紙巾。

哥哥仔細的幫我擦拭陰莖周邊的精液跟膠，然後小心翼翼地將紙巾放在剛剛丟入保險套的杯架，將沾在衣服上的精液也擦拭完畢的哥哥心滿意足地說：

「現在真的在車上幹過一次了，真爽。」

該不會，我只是假設，該不會哥哥真的要保留這個東西吧？我想像想著哥哥保留著這個東西的樣子，正常人應該不會這樣做，但哥哥是奇怪的變態，所以我帶著忐忑不安的心囑咐著：

「哥你該不會……不可以保留才行……要丟掉才行……」

「你是把我當成什麼啊！」

當成變態。我斜眼看著哥哥，但隨即被咬了一口鼻頭，哥哥輕輕拍打著我的鼻頭，滿意地吐了一口氣後，緊緊的摟著我的腰，然後用嚴厲的口吻說：

「你現在還會胡思亂想了，真的長大了！嗯？」

我喜歡被緊緊摟抱的感覺，跟哥哥發生關係後，滿足的癱軟總是悄悄的支配著我的身體，在車上雖然不太舒服，但我好想就這樣抱著就好。

「該回家了，如果想繼續的話。」

我聽到哥哥好像有跟我相同的念頭，他用溫柔的大手觸碰我的頭髮，為了整理我散亂的頭髮，我喜歡。

「繼續這樣下去會睡著，不行，要找個可以激勵你的事情！」

士憲哥低沉的喃喃自語，我抬頭看向哥哥，哥哥輕撫著我因為淚水而泛紅的眼角。

「回家的話……」

拇指為我拭去水氣，因為被哥哥抱在懷裡，所以可以感覺到哥哥心臟快速地跳動著。

「……要從親吻你開始。」

士憲哥表現出一副危險的姿態，慵懶的預告讓我窒息。

「我也想看看你熄燈後的樣子。」

＊＊＊

一進家門，哥哥果然如剛剛預告般的用深吻淹沒我，哐的一聲，我的身體撞到鞋櫃，完全不記得我是怎麼來到床上。

脫掉在車上好不容易穿上的衣服，像發情野獸般的做了三次，是哥哥射精的次數，不是我的。

比哥哥更敏感、更容易火燒全身的我，已經射不出精液，突然覺得可能會像上次那樣尿出來，再這樣下去可能真的會失誤尿出來，所以在我的哀求哭泣之下，才結束這一回合的做愛。

我全身除了骨頭之外，好像都被拆解入肚的感覺，精疲力盡的我幾乎是昏厥地倒在床上，卻看著哥哥想要他就這樣抱緊我。

兩個裸身的人相互觸碰到彼此的體溫，真是一件令人開心的事情，將我擁入懷中的哥哥，也開心地不斷送出飛吻。我略微生澀地學著哥哥的動作親吻著哥哥，可突然好像聽到震動的聲音，探出了頭。

眼角因此碰到哥哥的唇，讓我微微皺了一下眉頭，但還是想找出震動聲的來源，找著找著發現來自床下。

「好像有電話。」

「等等再看。」

「如果是哥的怎麼辦?如果是公司?」

哥哥不滿意的皺起眉頭。但我好像曾經聽過如果沒有接航空公司的急call的話，會被要求寫報告，所以很不安心。

原本抱著我肩膀的手滑落到腰間，尚有迷戀的手撫摸著我的下腹，我鬆了一口氣，悄悄的移開哥哥的手，想要下床。但無力的我連腳都沒有什麼力氣，就像剛出身的小狗一樣搖搖晃晃的站在地上，然後摸索著震動聲音，最後發現震動聲是來自我的牛仔褲口袋。

當我發現是崔賢吾打來的時候，震動聲就停止了，我知道哥哥討厭崔賢吾，所以現在狀態好像有點緊張。

「誰?」

「……朋友。」

「朋友誰?崔賢石?」

「就……哥你等等。」

支支吾吾的我，讓哥哥瞇起了眼睛，我盡可能地不讓哥哥疑心的行動，這時崔賢吾的訊息到達。

「喂喂喂，青名。你下週日要幹嘛？？？

你有時間的話，申明女大，舞蹈系的女生……」

「李青名。」

「是。」

我嚇了一跳的回應，然後轉身，士憲哥用手肘枕著頭看著我，用慵懶的聲音說：

「手機拿著過來。」

剛剛只看到女大舞蹈系的我，還想偷偷的看剩下來的內容，但剛剛已經按了Home鍵、解鎖成功，所以已經看不到訊息內容，如果說是崔賢吾傳的訊息的話，哥哥應該不會喜歡，讓我有點擔心。

最後我只好起身再次走向床，膝蓋先爬上床，然後兩手恭敬地送上我的手機，用右手接過手機的哥哥，向我伸出左手手臂。

我再次回到哥哥的懷裡，哥哥為了讓我也能看到手機，調整好姿勢，然後進去未接來電目錄。

「……是崔賢吾？」

「嗯……」

「他為什麼週末也找你？」

「應該是……有急事吧。」

「星期一也會見到面，看來你跟賢石連週末都會聯絡？」

這是一場不是審問的審問，哥哥確認了剛剛來電的人是誰，接著又往下滑看到崔賢吾傳來的訊息，讓哥哥瞇著眼呢喃著：

「申明女大舞蹈系，系聯誼？」

我睜大眼睛看著訊息，因為是一連串的訊息，所以為了不漏看，我一一滑著視窗。

「舞蹈系的女生，聯誼要不要？

說是系聯誼，但就是我們兩個的聯誼？

法文系男生就你跟我而已QQ，就我們兩個要到。

其實我們是被帶去的，剛剛體育系的朋友拜託我的QQ可以嗎？」

士憲哥看似無心的瞄過訊息，內心不安的我想著怎麼會剛好在這個時候傳訊息過來，內心不停地埋怨著崔賢吾。

「哥要回嗎？」

「什麼？」

士憲哥在我還沒說什麼之前就進入訊息頁面，深呼一口氣之後，用我的口吻開始打訊息：

「我哥很嚴格，應該不行，他說我如果外遇的話不會放過我。」

「哥！」

「不，不要說我，就說爸媽很嚴好了，說在朝鮮時代的正祖時期就有訂下了婚約。」

哥哥不知道在說真的、還是胡扯的奇怪言論，讓我啼笑皆非的看著哥哥，但看到哥哥動著手指要寫新的回應時，我急忙地阻止。

「不、不要，我來，我會拒絕。」

「『對不起，那天有事，所以沒辦法。』這樣可以嗎？」

哥哥說出口的話真像是辯解，最後我只能看著哥哥傳出這封訊息，看著標示未讀的文字，哥哥好像不開心的說著：

「什麼狗屁對不起。」

奇怪的是，哥哥這個樣子燃起我內心深處的某個東西，因為哥哥現在這樣好像在展現他對我的占有欲一樣。

可能是我戴上有色眼鏡在找尋這次告白可能沒問題的證據，所以看見的世界盡是粉紅世界，我努力想要冷靜，不過突然想起一件事情。

「可是哥之前不是說可以去聯誼，只要不是校園戀愛就可以……申明女大的話，就不是校園戀愛啊……？」

哥哥用威嚴的眼神看著我，讓我無法繼續問下去，可我只是原原本本地說出之前跟我說過的話而已，但哥哥看起來很冷漠。

「……所以，你不但想去聯誼，也想要有校園戀愛？」

「沒有。」

「你已經被我逮住了，所以很抱歉，不行。」

「可哥那時……」

「那時是那時、現在是現在。」

哥哥輕捏了幾次我的鼻子，左右搖晃後放開，我用手指摸了摸發麻的鼻子，雖然沒照鏡子，但我想鼻子應該也紅了。

「以我現在的心情，根本不用浪費時間，可以直接打電話叫他不准這樣傳訊息給你。」

崔賢吾好像有回覆，因為我聽到幾聲短暫的震動，但士憲哥把我的手機放到床邊的桌子上，我的心開始不受控的狂跳起來。我決定要理智一點，想要第三者的角度，理智、冷靜的開始模擬整個情況。

人物有兩個，他們之間應該只有性愛的關係，但其中一個人暗戀另一個人，可是那個被暗戀的人，對另一個人有占有欲。

這可以往好的方面去解析嗎?雖然我很想這樣，但還是咬著嘴唇，想要抑制我的內心的喜悅。

客觀說來，換作是其他人應該也會承受不了哥哥的攻勢，而這個結論讓我的臉又紅了起來，為了掩飾我的臉紅，所以我又更進一步往哥哥的懷裡鑽。

我整個人被哥哥身體的味道跟香水環繞，溫和的肌膚觸感讓我想大口吸下哥哥的味道，我歸結出的想法讓我不禁又一次縮起嘴唇。但為什麼哥哥就是沒說我們交往呢？

原本上揚的嘴角又垂下去，看來他果真是不想發展進一步的關係，只想要、只喜歡我的身體嗎？我把額頭靠在哥哥的胸口，企圖想要抹去逐步陷入負面思考的念頭。

告白我來就行，我已經找到了告白也不會有問題的幾項證據，應該沒問題，只要我確信不會失敗，那時我就會先……

「……哥。」

我沒有忍住的呼喚著哥哥，然後快速在腦中整理著我的提問，士憲哥不曾有過校園戀情嗎？我好像知道答案。

「我怎樣？」

「沒事。只是……哥大學時應該也有聯誼，或是有過……」

士憲哥小聲地笑著，然後輕撫我的後腦杓。

「那時我根本被關在鄉下地方，你是當時還小，所以不記得了嗎？」

我記得當時哥哥的飛行場在忠清南道的鄉村一帶，但我總覺得哥哥是在迴避我的提問，自小我就能看到許多證明，但當時的我都選擇忽略不看，這應該是理所當然的事情，但我卻有種間接證實這件事情的噁心感。

我躲在哥哥的懷裡，掩飾著我不自然的表情，但哥哥可能以為我是在撒嬌吧，所以邊笑著、邊撫摸著我的後腦杓，那雙手真的很溫柔。

我知道哥哥有過很多女朋友，但是有多少呢？有像我這樣只有做愛的關係嗎？還是有已經動了結婚念頭的關係呢？我想知道、卻又不想知道，這矛盾的心態不停在我腦中拉鋸。

我好像觸碰到禁果，明知道不能問，但我又很想知道，最後我忍不住我的疑惑，已略為乾澀的口吻追問：「所以是有、還是沒有？」

士憲哥露出略微難堪的笑臉，我知道答案是肯定的，這讓我內心猶如烈火燃燒一樣的猛烈，而當我明白那就是嫉妒時，已經是之後的事情了。

「回答我。」

「……有是有過。」

想隱瞞卻沒有成功的哥哥，在我的逼問之下慌亂解釋著：

「可是沒有多久，就是新生的時候開始，不到一百天就分了。」

「幾年前的事情都還記得？連日子都記得？」

「嗯……我再想了一下，應該不到一星期，就只是短暫的……」

「一星期？怎麼可以那樣？交往的時候要以結婚為前提，一星期是怎樣？」

哥哥閉上嘴，我好像動了想要把哥哥做的事情通通攤出來的奇怪念頭，所以我氣呼呼的不停追問著：

「所以是校園戀愛嗎？」

「呃……」

這一刻的哥哥一點都不像哥哥，但對催促著哥哥回答的我來說，是無比漫長的等待。

「我問是不是校園戀愛？」

「……就同校的航空服務系……」

「所以是空服員？一定很漂亮？」

用這種態度面對著一個根本不知道是誰的女性，讓我感到很抱歉，但一想到他跟哥哥交往過，我就不覺得抱歉了。我用滿是嫉妒的眼神瞪著哥哥，又想到哥哥工作的地方就是航空公司，更是讓我無比憤怒。

「大學的時候只有交一個女朋友？」

我不知道我的憤怒情緒如此龐大，對於我瘋狂的追問，哥哥只是默默地承擔著，我想知道哥哥是不是有好好反省他這一路來的紊亂。

「怎麼開始的？」

「就自然而然……自然的。」

哥哥好像很明白在這種時刻不回答、或是說什麼我有只有你一個，企圖躲過的話，可能會讓我更生氣一樣，果真是有經驗的人，知道適當的隱瞞才是對的樣子，讓我的嫉妒更加旺盛。

「自然而然？你是說自然而然的就告白、就交往？」

可為什麼對我就不是自然的告白、自然的開始交往？我硬生生吞下差點脫口而出的提問，然後從哥哥的懷裡站起來。

「我就只有你一個，但哥哥你有過校園戀愛、去過聯誼、還交過女朋友。」

我拿走哥哥那一側桌上的我的手機，然後腳踩在地上，哥哥急忙起身的問：

「你要去哪裡？」

「我要回我房間，以後就各睡各的，不要來吵我。」

我盡量冷冷的說著，不顯露嫉妒情緒，但總覺得要捶打什麼才能緩解我的憤怒，突然眼前閃過剛剛我躺的枕頭，接著我就把白色的枕頭丟向哥哥，發出碰撞聲。

士憲哥發出小小聲的呻吟聲，我正中哥哥的臉，雖然有點抱歉，但這時的我完全不想理會哥哥會不會痛。

我撿起地上的衣服後隨即逃回房間，而哥哥身上只穿著內衣褲的跟在我後面追趕著，並傳來慌亂的呼喊聲。

「青名，等等、等等我。」

「不要跟過來！」

「等等，給我一秒鐘，拜託，看看我。」

就在我進到房間之際，哥哥抓住我的手腕，我倒吸一口氣用衣服遮住我的身體，因為剛剛才辦過事，所以哥哥在我身上留下的精液就這樣從我大腿滴落，這讓我又丟臉又慌張，哥哥看到我漲紅的臉跟又慌張的表現，說出簡單的指示：「你先坐下來。」

哥哥的話語中有不容拒絕的氣勢，不知該如何是好的我就先依照哥哥的指示坐下，總覺得哥哥可能具有某種領導能力，我想若是在飛行途中遇到緊急事件，哥哥應該能夠不慌不忙的協助飛機上的慌亂乘客。

只穿著內褲的哥哥，就好像內衣廣告的模特兒一樣。若是平常，哥哥應該會自然吐出淫穢的話，但現在的哥哥卻很真心的說：

「我去拿毛巾過來，你等等。」

我口乾舌燥，搖搖晃晃的看向地板，哥哥走出我的房間。用衣服遮住身體的我，想著至少要套上上衣，所以套上了帽T。但結果讓我看起來很可笑，我想把黑色帽T往下拉，遮住大腿上的痕跡。

去廁所的哥哥帶著沾上熱水的毛巾走了回來，我抬頭看著哥哥的表情，不經意的與哥哥四眼相對，覺得哥哥好像在忍著什麼一樣，但那好像是我的錯覺，因為哥哥的臉上有著擔心。他緩緩的跪了下來，看著我說：

「可以張開腿嗎？」

低沉的呢喃聲，聽起來很情色，卻帶著安撫的口吻。應該是我想歪了，哥哥的手碰到我的腿，那溫暖的手掌讓我肌膚又一次火熱。

我看著哥哥抓住我的小腿，打開我併攏的雙腿，然後又一次與哥哥相視，哥哥有著一股魔力，每一個動作對哥來說應該不算什麼，卻有著能讓人想歪的能力。

我靠躺在床邊，覺得丟臉的轉過頭去，然後那溫熱的觸感消失，哥哥的手悄悄爬上我的小腿。

哥哥的手順勢往我膝蓋後方前進，溫柔地拉一下我的膝蓋後方，讓我的腿自然的放鬆，然後哥哥的手又一次回到小腿處，但這一回的終點站是哥哥的肩膀，哥哥把我的腳跨在他的肩膀上。

哥哥用沾了熱水的毛巾擦拭著我大腿內側，溼溼粗粗的觸感，我為了不叫出聲，而用力的咬著我的嘴內肉。我吞了一口口水，乾脆直接把頭轉一邊，仔細擦拭著我大腿內側的那雙手，好像沒有要拿開的意思，不知不覺之下，哥哥的手就已經放在我腰部兩側，乘載著我的重量。

「不處理的話，明天又會肚子痛了。」

「……我自己會弄。」

氣鼓鼓的聲音脫口而出，士憲哥好像刻意忍住不笑的人一樣，極力的壓住自己。

「我幫你弄比較好。」

「不用管我。」

我不知不覺地睜大眼睛，但這個狀態下我沒有勇氣看向哥哥，只能看向空氣，我感覺到好像有東西靠向我，然後在太陽穴落下一個吻。

然後又在我的眼角落下一吻，讓我幾乎呈現躺下的狀態，士憲哥擺出一副憂鬱的表情說：

「怎麼可以這樣。」

哥哥總是有辦法親吻著我，好像被一隻大狗狗抱著撒嬌，哥哥一副黯然神傷的表情，繼續說著甜言蜜語。

「你這麼想要聯誼跟校園戀愛嗎？」

「嗯，我要做所有哥哥做過的事情。」

我說著根本沒想過的謊言，推開哥哥放在我肩膀上的手，這讓哥哥不得不往後退，最後索性抱著我的頭躺了下來。

「啊……那可不行，怎麼辦？我應該再去唸一次青名的學校嗎？」

用低沉聲音自言自語的哥哥，在我下巴落下一個吻，我瞬間轉向另外一邊。

「不給我親嗎？」

「不給你親。」

「知道了。」

士憲哥拉長語尾，然後將自己的臉埋在我的肩膀，這讓我可以看清楚哥哥的背部肌肉，被重量覆蓋的我，不滿的自言自語說：

「走開，我不要跟你抱抱。」

但哥哥就像在撒嬌一樣，喃喃自語地搖頭，我的心為之震撼，平時難以見到的樣子讓我冷卻的心開始有點融化。

但我還是有著不開心的情緒，從小我眼裡只有哥哥，但哥哥不但有女朋友、還聯誼過、也約會過。

當然這我都可以理解，因為我還小，跟哥哥有十一歲的年齡差距，小孩根本不會、也不可能成為戀愛的對象，況且以哥哥的年紀來看，不可能完全沒有戀愛經驗。

我也很清楚我是在要求不可能的事情，但我的心就是過不去，再加上哥哥看來是喜歡那種自然而然就交往的情況，但這完全沒有出現在我跟哥哥的關係之間，讓我更是傷心。

我們之間該做的事情都做了，難道哥哥都不想跟我有進一步的關係嗎？士憲哥真的就滿意我們目前這樣的狀態嗎？突然之間想起不知何時做過的夢境，好像是我滿懷著對哥哥的心意，跟哥哥告白的夢境。

雖然姿勢有點不同，但當時哥哥將我抱在懷裡，對我說著甜言蜜語。這讓我更是氣鼓鼓的說出：「走開。」

「真的嗎？」

「真的，走開。」

「我明天凌晨要飛美國，真的要我走？」

哥哥問了好幾次，但沒有輕易說出要走，我知道我自己很極端，但我不想跟哥哥說話，可又希望哥哥繼續抓住我，這讓我覺得自己很壞。

「青名趕我走的話，我會很孤單、會想哭，你是說真的嗎？」

士憲哥繼續低聲地說著他不會做的事情，帶著濃厚的鼻音，好像要吸引我的目光，因為我的頭依然朝著另一個方向，哥哥的食指與中指快速的移動著，做著毫無意義的手勢，像是比出手指愛心。

這令我很無言，也差點害我笑出來，但我有忍住。但哥哥還是能看到我的側臉，也能看到抖動的嘴角。

士憲哥小聲地笑了出來，那個笑聲對我來說，總是能夠讓我開心，然後哥哥在我閉上眼睛處不斷地親吻著我，用著比剛剛還要撒嬌的聲音叫著我。

「小可愛、青名，可以看我一眼嗎？」

哥哥在詞彙之間不斷落下親吻，看到我眼皮抖動著，接著用更慵懶低沉的聲音呼喚著我。

「寶貝。」又親吻我一下，那雙抱著我的頭的大手，輕撫著我的頭髮。

「親愛的。」

那好像安撫著我的暱稱，就好像是在稱呼戀人一樣，我的內心好像飛過上千萬蝴蝶一樣，嗚起一陣心癢的汽笛聲，甜言蜜語好像波浪襲擊我混亂的心，這真的不難想像。

「那個時候青名還太小，如果我早知道的話，我一定會等你的，對不對？」

這是一句溫柔的話語，不知不覺之中，我的眼神看向哥哥，哥哥溫柔的笑著。

「現在願意看我了嗎？」

哥哥的眼睛有著漂亮的弧度，就像隻狐狸，輕易就能吸走我的魂魄，趁我不備之時攻克了我。

在我還沒能分辨我的心之前，哥哥再次不斷落下親吻，以及說著甜蜜話語。太棒了、但還是不可以去聯誼，為了不讓別人碰你，我要做點什麼，但聯誼就真的不行……

那些讓我失魂的話語與親吻，讓我想要更正一下我被狐狸吸走魂魄的說法，那不是狐狸，那是有九條尾巴的九尾狐。

我們沒有和好，也不是說沒有，就是處於曖昧的情況下，時間來到隔天我醒來的那一刻。士憲哥是飛凌晨的飛機，當我醒來時，面對的就是空無一人的家。

我就在沒有哥哥的情況下度過這個週末，士憲哥說他星期一晚上的飛機回來，所以我就靜靜的算著哥哥回來的時間，一個人享受著安穩的孤獨。

安穩的孤獨夾雜著私人的情緒，主要的焦點依然是士憲哥，細部的內容就是這回告白也不會失敗的關鍵證據。

但不論我怎麼思量都無法確認，是在交往，還是沒有，告白好、還是不告白好，哥哥有想要持續跟我發展關係嗎？還是沒有？

我從很久以前就喜歡哥哥，也因為被甩過一次的記憶太過於鮮明，所以無法輕易做出判斷，不知所措的情緒也無法輕易平復。

我在昏亂的思緒中度過一個週末，星期一一早，我一如往常的準備去學校，搭上跟崔賢吾同一班公車，今天公車來得有點晚，所以我們急急忙忙地跑進教室，差一點就要遲到，然後上著課，接著一起迎接午餐時間。

道真哥剛好星期一有空堂，所以我們三個人一起吃午餐，也因此知道了說要聯誼的人是誰。

「青名，你為什麼不能來聯誼？」

吃著美乃滋炸雞便當的道真哥意外的蹦出一句話，讓我眼睛睜得大大的看向崔賢吾，崔賢吾才解釋說：

「……是他找我的。」

「是因為有約嗎？是幾點的約？」

我陷入不知道該如何回答的情境，只能尷尬的點點頭。

「嗯……有事啊，也是，畢竟是聯誼，再怎麼樣都是想找一段交往關係……」

又挖了幾口美乃滋炸雞便當，嘴巴不斷蠕動的道真哥小心翼翼的問：

「聯誼是聯誼……又不是什麼相親，青名，就當成是去交朋友，況且你又不是朝鮮時代的人。」

看起來說服我的焦點是擺在「聯誼不是要去找一段交往關係」，而不是「我那天有約」的樣子。

我沒有辦法輕易的回應，只能不停拌攪著美乃滋，看著我保持沉默，道真哥又更積極地說服著我。

「喂，青名，我們講好他們六個人、我們六個人，現在少一個人，拜託啦，就當作是去幫忙的就好。」

就算是這樣要求著我，但我內心大喊著交往真的不是那麼簡單的一件事情啊，然後道真哥瞇著眼看著我。

「有女朋友？」

「……沒有……」

「那有喜歡的人？」

我閉嘴不說話，就算我藉口說有約，但看來道真哥已經看透我的心。碰，桌子震了一下，原來是道真哥輕拍了一下桌子。果然是體育系的學生，就算只是輕敲一下，那力道也不小。

「所以是這個原因？如何？漂亮嗎？」

「你就不要追問了。」

崔賢吾神經質的介入這段對話，但是道真哥裝作沒聽到，而我想著士憲哥是否漂亮這個問題，然後點了點頭。

「喜歡多久了？」

「……很久。」

「哇，所以、所以，關係到哪裡了？」

突然之間道真哥不再關心聯誼，而是聊起我喜歡的人。我知道暗戀的故事總是能吸引著關注，崔賢吾不是很開心的刻意咳了一下，然後開始灌起冰水。

臉龐相當火熱的我沒有回話，但道真哥好像光看我的表情，就能讀出我的心。他奸笑的說：

「我還以為你很純潔，原來該做的都做了，那馬上就要交往啦，何時要告白？還是已經告白了？」

「沒有這回事。」

我憂鬱地呢喃著，發現我說出口了，這讓道真哥很意外地問：

「都已經發生關係了，為什麼不交往？」

就是說啊，我內心同意這句話。該做的都已經做了，為什麼士憲哥跟我還沒有交往呢？士憲哥不想以結婚為前提交往嗎？好想找到原因的我，自然而然地想起週末發生的事情。

我憂鬱的想著，內心十分悵然。

「你太像孩子了。」

「被吃完就丟了。」

「……被吃完就丟了。」

「嗯……吃完就丟了。」

道真哥、崔賢吾，然後道真哥一句說出明確的答案，我無力地幾乎要放下手中的塑膠湯匙，想起這兩個人說過不要被吃乾抹淨了，又被拋棄的事情。

我不是被吃乾抹淨，而是付出了我的心跟我的身體吧？但我依然帶著粉紅濾鏡，想要否認這兩個人的說詞。

「才沒有……被吃完就丟，他很善良……」

「喂！青名，哪有善良的人會只發生關係而已啦。」

道真哥不虧是崔賢吾的朋友，講出口的話一模一樣，我腦海中飄過這段時間以來跟士憲哥之間的所有事情，在他人的眼裡我跟士憲哥的關係就是真的是這樣嗎？我陷入煩惱當中。

崔賢吾搖頭嘆氣，道真哥根本忘記要吃飯的不斷關注著我的暗戀情事。

「還有什麼，他還有什麼，都說說看。」

「嗯……對我很好。」

「怎麼對你好？」

我無力的將手中的湯匙放在便當上，士憲哥無論主客觀來說都對我很好，但要用言語來形容，我還真的不知道該怎麼說明，導致結結巴巴地說出口：

「很溫柔……很善良……」

士憲哥整個人就在我的心裡，圓滑的、搔癢的，只要一想起就會不自覺露出微笑的糖果般的甜蜜男子。

但這我不知道該怎麼以言語說明，不知道道真哥是怎麼看待我的沉默，但他開始說著：

「有一種人，因為知道有人喜歡自己而利用那個人，牽手、親親、抱抱，要買什麼、要吃什麼，說要約會……」

道真哥又敲了一下桌子，比剛剛更大力，讓我的便當略微移位，我趕緊將我的便當移往安全一點的內側，然後說：

「可是……」

「可是你們知道他會怎麼說嗎？我們是朋友以上、戀人未滿，你們說這是什麼鬼話！」對戀愛有一定見解的道真哥的話，讓我有點動搖，朋友以上、戀人未滿，我跟士憲哥不是朋友，只是弟弟以上、戀人未滿，這應該就是我們之間目前的關係定義。

感覺是痛很久的牙齒掉了一樣，我想要用手捂著微開的嘴，但隨即驚覺不可以這樣，所以只能握拳放在大腿上，安靜地聽著道真哥說話。

「朋友以上、戀人未滿根本屁話，什麼跟什麼啊，根本就是在說，我們像戀人一樣做盡了所以戀人之間可以做的事情，但不交往的意思。」

年長者說出口的解答，讓我不禁想要點頭，國小、國中、高中階段，就算說有喜歡的人，只要說「比我大」、「是大學生」，或是「去留學」，就會獲得要我加油的回應。這還是第一次有人給我戀愛意見，真的可說是搔到我的癢處。

「約會伴侶，朋友以上、戀人未滿，辦公室老公、老婆這種話，都能讓人感受到曖昧的滋味，但都不想負責任不是嗎？這樣就只是說得很冠冕堂皇的王八蛋！」

說得口乾舌燥的道真哥咕嚕咕嚕灌下冰水，呼了一口氣後擦了擦嘴巴的道真哥，用著略微冷靜的口吻繼續說著：

「就算是兩個人協議說要這樣……好！如果是兩個想法相同的人，我也不會阻擋，但問題就是出在利用另一個人暗戀自己的那種人。」

我的拳頭越捏越緊，青筋都冒出來了。我放鬆一點力道，用食指撫摸著手上冒出的青筋。

「因為他知道那人喜歡自己，所以擁有主導權，只要像對待戀人一樣的對待那個人，就能融化那個人的心，這樣一來自己所有要求的都會如願，而那個人就會心甘情願的送上自己身心……」

我低下頭，道真哥的話越聽越覺得正確。一旦出現負面的想法，不知不覺就會覺得自己想得對。

「我……我有看過他之前交往的對象。」

我不是刻意要挑剔什麼，但出現了可以讓我戀愛諮商的人，他說的話又都好像是對的情況下，不知不覺就說出內心想說的話。道真哥誇張地皺眉說：

「那就不是被吃完就丟了的程度，是垃圾了啊，你放棄吧。」

「喂！你夠了喔，他都要哭了。」

越來越掩飾不住心碎的表情，讓崔賢吾不得不介入這場對話，道真哥一臉好像還有很多話想說的表情，但還是閉上了嘴，隨意拿起剛剛放下的塑膠湯匙，用大口地吃便當來表示不滿的情緒。

「你說喜歡很久了，所以那之後有告白過嗎？」

看似很成熟的崔賢吾的語調很溫柔，關心的看著我，我倒吸了一口氣後點了點頭。

「以前有告白過……但是被甩了。」

「咦？被甩了的話，一般都不會再見面了不是嗎？但為什麼說該發生的事情都發生了？」

嘴裡塞滿食物，塞到整張臉都變成倉鼠的道真哥問，崔賢吾也是一張意外的臉。

「因為那時候還沒成年……還很小……然後再次見面之後，不知道為什麼就變成這樣了……」

我支支吾吾的說著，兩人表情很微妙的嗯了一聲，然後道真哥小心翼翼的問道：

「所以總結來說，以前因為喜歡，所以在成年前告白過被甩，成年之後再次見面，然後該做的事都做了，但沒有說要交往，對吧？」

很確實的總結，我默默地認同，崔賢吾挑眉的說：

「這、該說是有概念的垃圾？」

「不是有那種人嗎？在幼稚園前吸菸，然後把菸蒂放入攜帶式菸灰缸的人。」

道真哥同意崔賢吾的話，突然之間士憲哥變成有義氣的廢棄物，讓我覺得有點不知所措。

「說是垃圾……」

「所以，你成年後沒有告白過囉？」

我緩緩的轉動眼神，點了點頭，崔賢吾就像大人一樣的口吻，輕聲細語的說：

「之前我不是跟你說，就趁著氣氛告白嗎？」

「……有嗎？」

「學期初在我家喝啤酒的時候。」

我想起喝酒的那天，崔賢吾建議說就這樣發生關係的事情。我想要掩飾逐漸泛紅的臉，但道真哥不停地嘆氣，已放棄的口吻說：

「唉～如果真的那麼喜歡的話，那就再告白一次，那種女的放棄也不會怎樣……但如果可以往好的方向走……也不是不行。」

一瞬間就塞完最後一口便當的道真哥，拿起便當盒起身說：

「我還有課，你們只有上午有課對吧？我先走啦。」

「嗯，拜拜。」

「青名，要我說的話，那女的不是什麼好人，你再好好想想看。」

然後道真哥搶走崔賢吾的水喝了一口，崔賢吾大喊：

「喂，你這王八蛋！幹嘛隨便喝我的水！」

崔賢吾威脅式的亮起拳頭，而道真哥快速背起包包，走出便當店，我看著還剩一半的美乃滋炸雞便當，而崔賢吾也已經清空了便當，我背起包包說：

「我們也走吧。」

「為什麼？你還沒吃完！」

「不、我吃飽了。」

我把便當盒丟進垃圾桶，崔賢吾也起身一同整理好桌面後，我們就走往公車站牌。

可能是午餐結束的時段，所以站牌人不多，電子看板顯示還有三分鐘車會到站。

突然吹來一陣暖風，越接近四月，天氣就越來越暖和，現在路上穿夾克的人多過於穿羽絨外套的人。

「別太在意柳道真說的話。」

崔賢吾突然冒出一句話，讓我轉頭看向他，他盯著路邊的下水道口說道：

「就……看情況可以的話，自然的告白，自然的。最近沒有人準備什麼蠟燭玫瑰告白的。」

原來是延續午餐時的話題，崔賢吾把雙手放進夾克口袋後說：

「因為是很喜歡的人，所以再試一次看看，如果又被甩，他就真的是垃圾，就忘了他，然後再找新的人，會珍惜你的人。」

我略微驚訝的看著崔賢吾，崔賢吾側眼看向我，然後嘴角露出微笑。

就在我覺得今天的崔賢吾不太一樣時，公車到站了。但這好像是我的錯覺，因為坐在公車上的崔賢吾依舊跟平時一樣，下課回家路上還是會嘰嘰喳喳地亂聊著，反而跟平時不同的人是我。

我不記得跟崔賢吾聊些什麼，因為我腦中只想著一件事情。

因為今天是搭快速直行公車，短短十五分鐘內就到達了目的地，偶然之下發現公車站牌上有個飛機標誌，跟哥哥一起住一段時間了，但我卻一直忽略這個標誌。

我看向電子看板，白底藍色的飛機標誌，自然的讓我聯想到士憲哥。哥哥說今天幾點回來呢？我努力的回想在被又吸又咬到無力招架時，哥哥說五點到的飛機，大約七點到家。

我掏出手機確認了一下手機，兩點三十六分，瞬間又跳到七分，然後抬頭看向遠方的家。突然之間內心燃起一股衝動，我往後退了幾步，然後加快腳步往前走。

熟悉的上坡路讓我腳步越來越快，最後幾乎是用跑的，經過熟悉的停車場與大門後，進到熟悉的家門，我衝進了房間。

最先做的事情就是將衣櫃裡我最愛的衣服拿出來，雖然是黑色牛仔褲與黑色T，但這是我最愛的衣服，從衣櫃抽屜拿出內褲，快速地衝去浴室洗澡。

仔細洗好澡之後穿上最適合我的衣服，然後跑去士憲哥的房間借用化妝台。吹好頭髮、塗上乳液，還偷噴了哥哥的香水，熟悉的哥哥香味讓我心跳加速，手腕內側也噴上一點香水，然後稍微碰一下脖子，最後照了照鏡子，看著自己。

我想找尋跟哥哥告白也不會被甩的證據，但我主觀的情緒讓我無法確認我手中的各種證據。但若無法確認的話，就應該要先詢問確認而不是告白才對。不是「喜歡哥哥」，而是哥哥把我當成什麼、對我的想法是什麼，以及想要我怎麼做。

我必須先消滅長期以來的不安，才有辦法進展到告白，這很簡單，但卻是我找了許久的解決對策，我吞了一口口水，檢視鏡中的我，鏡中那個男人帶著深邃的眼窩。

嘴巴緊閉的我看了看時間，我很想再快一點，但時間已經來到三點三十分。

士憲哥的車鑰匙在化妝台上，我一把抓起鑰匙，鑰匙在手掌心中，感覺到金屬的觸感。看著鏡子裡的自己一段時間，然後緩緩起身，該怎麼辦呢？如果、萬一，真的萬一哥哥、萬一、萬一……

光想都覺得呼吸急促，接著我深呼吸了幾口，緩慢移動的我看著哥哥床邊的桌子，我自然地聯想到這個桌子的抽屜裡放有保險套跟抽插用的膠等等的物品。

萬一哥哥給我肯定的答案……哥哥的話一定會……

「……要先塗一點……在裡面……再去……？」

我暫時收拾起怪異的煩惱，放入內心深處，搖著頭想要拭去剛剛的想像，呼的吐出一口熱氣，隱隱約約感覺到我的臉頰泛紅。

我覺得應該不需要先塗一點在裡面，就算哥哥跟發情的野獸一樣不看時間跟地點，反正車裡也會有，瞬間我好像被抓到做了不該做的事情的一樣，肩膀瑟縮了一下。

不知從何時開始，我的腦袋裝滿了這些淫亂的想像，這讓我不禁加大搖頭的力道，我手裡拿著鑰匙，每移動一步，家裡的溫暖空氣就會與我擦肩而過。

然而勇氣只有在安全的場所才存在，我一走出溫暖的家，就開始與外面的冷空氣抗衡，內心開始出現意義不明的痛苦。莫名的波動席捲全身，我用顫抖的手按下電梯按鈕，在七樓的電梯馬上到達我所在的樓層。

叮的一聲，電梯門開了，我全身都在顫抖，不是因為冷。我大大的吸了幾口氣後，誇張的吐氣，然後進到電梯裡。我按下電梯按鈕後靠在電梯牆面上，略微轉頭看向電梯鏡子裡的我。印有紅色刺繡字母黑色T恤與沒有任何紋路的黑色褲子，雖然是我最喜歡的衣服，但在這個天氣看來好像還是穿太少了。

就在這個想法冒出之際，電梯已經到達地下二樓，噹的一聲電梯門打開，這時我才想到應該要加件外套，但如果現在又跑回家一趟的話，好不容易提起的勇氣會不會改變就很難說了。

我握著拳頭、瞇著眼看向停車場入口，腳步有點艱難，又好像有人在後面推著一樣，差點就要跌倒了。

當我進入停在角落的車裡時，好像完成了一件大事一樣的再一次吐了口氣，車子的空氣相當冰冷，我趕緊發動車子、打開暖氣。

繫上安全帶、手機放在已經清理乾淨的杯架上，手握著還很冰冷的方向盤，然後小聲的激勵自己說：「李青名可以的……李青名……你沒問題的，可以、可以……」

當手握的方向盤逐漸變熱之後，我確認了一下時間，下午快四點，我記得哥哥說過從仁川機場到我們家大約一小時，所以時間有點緊迫。

我轉動著方向盤，車子開始前進，車子發動的那一刻猶如猛獸怒吼，而現在則是安靜地運轉著。緩緩開出停車場，來到大馬路的我，在停等紅綠燈時設定了導航，預定到達機場的時間是一小時十五分鐘，我用焦慮的眼神再一次確認時間。

到機場是一小時十五分鐘的話，加上停好車到入境大廳大約需要一個半小時，如果在這段時間哥哥就離開機場的話，該怎麼辦呢？

突然之間擔心起這一回衝動的決定，我想這應該就是衝動的代價，只是一旦出現這一想法，大腦就不斷冒出負面的想法。哥哥如果先走掉了怎麼辦？如果去了卻問不出口怎麼辦？提起勇氣開口，卻沒能獲得確信的話該怎麼辦……

明明是要去終結長久以來的不安，但長久以來的不安卻依舊困擾著我。

要是聽不到哥哥正向的回答，要是他說我就只是很親的弟弟，如果回到十七歲告白時的那個尷尬氛圍的話……

一旦打開各種想像的可能，就無法停止。綠燈亮起，我的手自然的轉動起方向盤，但陰沉的臉卻沒有舒緩的跡象，我想盡辦法讓自己換一個想法。

去機場接哥哥會發生什麼事情？可能會有許多身著相同制服的人，但我一定可以一眼就看到哥哥，首先要問飛行有沒有很順利、累不累、聽他說這一路的事情……然後自然的開車兜風，自然的……

……然後自然的會想到哥哥前女友們的事情，這讓我握住方向盤的手更是用力，都要捏出青筋了。

航空服務系、空服員、漂亮的前女友們，哥哥說交往不到一百天，但根據哥哥現在的年紀算，不難猜出到底交往過幾個女朋友，我知道我嫉妒根本沒見過面的人，還是很久以前交往的人很好笑，但我沒辦法控制。

我在金浦機場前轉向前往仁川機場方向的系統交流道，做了一個大大的深呼吸，高速道路就在我眼前，提高速度的我，努力地想正面思考。

照哥哥的說法是自然而然就交往，代表哥哥的戀愛風格是自然相遇型，這應該也代表哥哥交往過的女朋友也會跟我有相同的煩惱。

就跟我現在的情況一樣，會親親、會深吻，但沒有說要交往，所以可能也會跟我一樣會想要個確信；也可能是相處到一半，哥哥突然想交往而提出也說不一定。

哥哥喜歡自然的交往，那我也這樣可以嗎？

可能是我的觀念是交往必須以結婚為前提，必須要有真心的態度，所以真的難以理解哥哥的想法。我內心的另一個我怒吼著「男女都要懂得適可而止」，但我就是不懂士憲哥。

我看向遠方的大海，又再一次確認時間，但距離目的地大約還有三十分鐘左右。終於提起勇氣打算告白，希望這份心意不會落空的想法，讓我十分不安。

我在不違反交通規則的前提下快速地奔馳著，走在這條新開通的道路上，可以看到遠方的飛機跑道。那是飛機一台台著陸的跑道，我一邊開車、一邊覺得神奇的看著前方，那是讓飛機可以短時間內起降的遼闊空間。

不知不覺我的心開始瘋狂跳動，耳朵都好像可以聽到自己的心跳聲，連吞口水的或轉動方向盤的聲音都相當大聲。

明明耗費了許多時間，但感覺卻是一眨眼，機場就這樣出現在我眼前，我的喉結不停上下抖動著，準備停車的雙手也不停的顫抖。

將車子停在靠近機場的停車場，然後再次確認現在的時間，下午五點，嗯，剛剛好，但不知道會不會太晚，我關上車門後開始奔跑。

我一點都不覺得冷，進到機場後只是東張西望的找尋要往哪邊走，可能是我太過於急急忙忙，所以完全沒有注意到旁邊女性在說什麼。

我看到不遠處有個電子看板，於是急忙地跑了過去，哥哥是說這次是飛亞特蘭大，所以亞特蘭大的飛機……快速地掃過一列列的飛機時刻表，發現了從亞特蘭大飛來的飛機，是哥哥服務的航空公司，這一刻電子看板上的著陸文字瞬間改成到達。

應該還不晚，我喘著氣、撫著胸口，確認著其他的訊息，嗯！運氣不錯，哥哥會從我現在所在的這個出口出來。

我努力地安撫我的氣息，想起曾經跟爸爸一起來接哥哥的回憶，跟當時相比，現在的我更緊張，一個人要承擔這個壓力，真的不簡單。

但是飛機都已經標示到達了，哥哥卻還沒有出來，從五點五分左右到現在，都已經五點十三分了，原本氣喘吁吁的氣息已經平穩。不停跺著腳步移動的我，不知道該如何是好，只好選擇坐在椅子上，但依然無效，每一回自動門開啟，我都好像偷藏食物的松鼠一樣頻頻伸頭探看。

當時間走到五點三十分時，我選擇站了起來，因為我椅子前方湧現人群，讓我看不到出境口，我想要哥哥一出來就能看見我，所以鑽進人潮中。

「不好意思……」我走到欄杆處，眼睛直盯著入境口看，穿著制服的人很多，但就是沒有看見士憲哥。

我不停咬著嘴裡肉，又抬頭確認一次時間，巨大的電子看板上顯示的時間是五點四十三分，然後我再次看回入境口，遠處出現了熟悉的臉龐。

我睜大眼睛想要再次確認我有沒有認錯，一個人的哥哥臉上沒有微笑、沒有任何表情，就只是專心地走路。

無表情的臉龐、穿著制服以及有稜角的帽子，這樣的哥哥真的很帥，擁有著令人難以靠近的領袖魅力，哥哥很高，所以從遠處就能輕易發現，我就被這樣的哥哥吸引著，不行！我迅速打起精神、撥開人群往哥哥的方向跑。

「哥！哥！士憲哥！」

我用著不大不小的聲音喊著哥哥，原本默默往前走的哥哥聽到自己的名字後停了下來，左右張望著，我就在欄杆的盡頭跟與我相距七步的哥哥相視著對方。

那一瞬間，原本沒有表情的哥哥出現了變化，略微張嘴的哥哥有點恍神的眨了眨眼睛，放開手中的行李箱快步的走了過來。

「青……」

突然之間，我被緊緊的抱著，士憲哥身上那異國的飛機味道與香水味同時向我襲來，哥哥低下頭把額頭埋在我肩上，緊抱著我讓我快要不能呼吸。

「……名……」

這是熟悉的擁抱，那一瞬間彷彿時間停止，再也聽不到任何聲音，偌大的機場好像只剩下我跟哥哥兩個人。

在這個人來人往之處，兩個成年男性相擁在一起的事情，似乎不值得大眾關注，但我心跳依然瘋狂跳動著，被哥哥擁入懷裡的我，聽到輕吻的聲音，讓我幾乎要停止呼吸。

不是哥哥的嘴親上我的耳朵，而是哥哥的嘴靠近我的耳朵，發出輕啄的聲音，就像真的親吻一樣，讓我相當緊張，接著耳邊接著傳來哥哥的聲音。

「……因為這裡不能真的吻你。」

哥哥低聲地吐露著，讓我內心好像出現了變化，但是身旁的聲音打破了只有我們兩個人的世界，破壞了我們安全的孤獨之處。

「啊哈！副機長！怎麼可以丟下我們就走呢！」

「怎麼這麼開心啊？」

後方傳來咯咯笑的提問，言語中充滿了撒嬌與親暱的口吻，好像從我頭上澆下冷水一樣，讓我瞬間回到現實。我緩緩從哥哥的懷裡離開，士憲哥吸了一口氣，戴上微笑的面具轉頭說：

「因為開心啊。」

離開哥哥懷裡後，我看到跟我們搭話的人究竟是誰，是跟哥哥穿相同制服的空服員，看到他們就自然想到哥哥的女朋友。她們很開心的與我們搭話。

「您好！這是您弟弟嗎？長得好帥，果真血緣是騙不了人的。」

「呃……不是我親弟弟，是隔壁家的弟弟。」

哥哥難為情地回應著，拖著兩個行李箱的空服員走了過來，把哥哥的行李推給哥哥，哥哥沒有拉起行李箱，而是用他的大手撫摸著我的後腦杓，大家紛紛表達出驚訝的說：

「真的嗎？好像是什麼十年不見的戀人一樣，我還以為是親弟弟。」

「我哥也不會對親弟弟這樣，這幾乎是戀人水準吧！」

「可是這位弟弟真的很帥！」

「我還以為是演員，真的超帥的！」

空服員們紛紛看向我，這讓我有點害羞的看向哥哥，而士憲哥以微笑掩飾著為難的表情。

「我家孩子是真的漂亮。」

原本撫摸著我後腦杓的哥哥的手，攬住了我的肩膀，我聽到「哎唷~」的聲音夾帶著「孩子、他說孩子」的竊竊私語。

「副機長本來就很溫柔，這應該是權機長限定的吧。」

說出這句話的空服員戳了一下身旁的同事，想要尋求同事們的認同，極為柔聲的一句話，但我已經被那句「本來就很溫柔」的話語吸走。

「對弟弟都那樣好，那對女朋友應該更好，真羨慕副機長的女朋友，真的！」

「喔！副機長有女朋友？」

「你不知道嗎？我有看到副機長皮夾裡有女友小時候的照片，副機長還邊看邊笑，我問副機長在笑什麼，他還給我看、問我是不是很可愛！而且這次不是飛亞特蘭大嗎……」

「噓！」

士憲哥急忙阻止，但女友炸彈不斷爆開，哥哥攬住我的手力道不斷加大，因為這樣讓我能打起精神，默默的看著哥哥，哥哥的臉色有點慌亂。

我的心不安地跳了起來，就在我想要問個確信之前，聽到這樣的事情，讓我很想叫那些人住嘴，但這場對話依舊持續進行著。

「你說差幾歲？好像是差九歲對吧？」

「……差不多。」

士憲哥回答得很尷尬，頓時我有種被從後腦杓打一拳的感覺，頭痛的感覺湧現。

「九歲的話，不就快要一輪了！」

「真的是戀愛高手、戀愛高手啊！」

「副機長，沒想到你是這樣的人……」

她們不斷地咯咯笑著，好像覺得這樣戲弄哥哥很有趣，士憲哥雖然覺得很難為情，但還是溫和的回覆著：

「別鬧了，戀愛高手會一起生活的。」

最後他們不知道在笑著什麼的對著哥哥發出戲弄的尖叫聲，但我已經因為這場衝擊而渾然不知發生了什麼事情，這下覺得很多事情都說得出原因了。

親親、深吻、發生關係，找尋可以告白的證據……但這只不過是個從一開始就錯誤的假設。

哥哥有女朋友了。我們一開始就不可能，從一開始就已經被孤立的這一事實，讓我眼角一熱。

九歲差距、皮夾裡有照片、會讓哥哥露出幸福的微笑的女朋友、能跟空服員同事炫耀的那個人，被同事說是戀愛高手的溫柔的哥哥的樣子。

「哇！他說戀愛高手會一起生活，天啊天啊！」

「我都不知道副機長是這種人……你的良心放到中東了嗎？」

「你不知道嗎？上次去阿布達比時就沒帶回來啦。」

哥哥毫無根據的話語讓大家笑得亂七八糟的，士憲哥的聲音感覺好不真實，我呆滯的看著哥哥的下顎，可能是眼角開始發熱的關係，哥哥的臉看起來也不具真實性。

最後我的眼神終於跟哥哥交會，我顫抖著想要露出微笑，但反而出現的是防禦的動作。

剛好有一位空服員的男友出現，大家就自然而然地散去，笑著一一打招呼道別的哥哥，在大家都離開之後顯露出疲憊的眼神，嘆了一口氣。

「呼，超累。」

原本攬住我的肩膀的手離開了，但餘韻依然留存著，我撫摸著哥哥在我身上留下的溫度，但哥哥好像在阻礙著我的行動一樣，脫下他的機師帽放在行李箱上，拉著行李箱跟我的手臂往前走。

如果是平時的話，這好像戀人般的行為會讓我怦然心動，但現在的我沒有這種感覺，因為我腦海中就只有哥哥有女朋友這一事實。

「青名來讓我好開心。」

「……嗯……」

「是要來接我的嗎？真棒！怎麼會想到要來接我呢？」

哥哥放開拖著行李箱的手，撥亂我的頭髮，我原本想阻止，但只能呆呆地、不發一言的整理我的頭髮，士憲哥好像沒有察覺我的怪異。

「飛回來之後能馬上看到我的小可愛真是太好了，啊！那邊有咖啡廳，要去買餅乾給你嗎？」

這聲音毫無現實感，而士憲哥輕搖我的手臂，好像在催促著我回應。

「不用，沒關係。」

這句話從我口中說出，又傳回我的耳朵，感覺就很有氣無力，哥哥好像也發現這個狀況，伸手摸了摸我的額頭，稍微彎腰的看著我。

「哪裡不舒服嗎？沒有發燒啊。」

那溫柔的茶色瞳孔，讓我只能含糊的搖著頭，看見哥哥的臉蛋，又讓我複雜的大腦更加複雜。

士憲哥有女朋友的話，那我是什麼？就只是做愛的對象嗎？在我沒有發現的情況下，有了女朋友嗎？在有女朋友的情況下，又有做愛對象，這像話嗎？所以我跟哥哥是不倫外遇嗎？

我小聲的哼了一下，馬上閉上嘴，一瞬間就成了小三的我，用混亂的眼神看著哥哥。

「怎麼了？」

哥哥語氣輕快地提出疑問，而在不知不覺中被背叛的我，只能傻傻地說：「沒……沒事。」

哥哥懷疑地看著我的臉。士憲哥從小就能從我的表情讀出我的想法，所以我轉頭試著改變話題。

「我把車停在短期停車場那邊。」

「很好。」

「……但我沒有帶錢包。」

士憲哥大笑出聲，尷尬地轉移話題的我看著哥哥的臉色，雖然我就像是被勾了魂一樣的跑來機場，連錢包什麼都沒有帶，這跟我想要的方向完全不同。

「沒關係，很好！我們快走吧！」

我內心受著良心的指責，知道哥哥有女朋友就不能這樣，我內心不斷地吶喊著，但卻無法控制自己的身體。

走出機場後因為沒有穿外套，而能感受到冷風，套著一件夾克的哥哥冷得瑟縮起肩膀說：

「好冷，你不冷嗎？」

「沒關係。」

其實是我專注在想其他事情，根本就感覺不到會冷，大腦只有一件事情、只想著這件事情、只被一個詞彙塞滿了。

女朋友、哥哥的女朋友。

我想要找出讓自己可以安心告白的證據這件事情，真是太可笑了。什麼證據，從一開始的假設就錯了。

我在上車後、繫上安全帶的這段時間持續想著，接著開始假設哥哥為什麼會做出這種選擇。目前為止我所認識的哥哥不是那種人，就算在交往上不是很認真，但我也從未想過哥哥可以一次跟兩個不同人發生性關係，再加上對方是女朋友的話，那我是什麼？

把行李箱丟到後座，坐上副駕的哥哥看起來跟平常一樣，我又一次打開暖氣，想要溫暖一下已經變冷的車內。

「可你怎麼知道我回來的班機？一直在那邊等嗎？」

「哥你之前說過，飛亞特蘭大。」

「是嗎？啊！對了，這週五權彩憲要過來，喊著要過來、要過來，還真的要來。」

哥哥回溯著回憶，然後滴滴咕咕的說著彩憲哥要來的事情。我沉默地轉動著方向盤，若是平常的話，我會發現哥哥話語中的不開心。

哥哥不記得跟我說過要飛亞特蘭大？所以是把我跟誰搞混了？一旦有所疑心，就會聯想到奇怪的地方，我看著哥哥玩手機的樣子，是在跟誰聯絡呢？我看著哥哥身上的制服，剛剛跟那些空服員聊天的樣子也很可疑。

哥哥究竟是什麼時候開始有女朋友的呢？我沒有印象哥哥跟誰約會過，而且休息時也都待在家裡。

我還以為跟哥哥有關的事情我都會發現，但好像不是。我憂鬱地接過哥哥遞來的錢，付好停車場的費用。車窗關上後，車子充滿溫暖的空氣，突然哥哥給我一個突襲吻，我挑眉看著哥哥，哥哥露出調皮的微笑悄聲說著：

「我好想你。」

我呆滯了一會兒，之後聽到叭叭的喇叭聲，我才急忙踩下油門，原本靠向駕駛座的哥哥，回到副駕駛坐的位置坐正。

要是平常，這是會讓我臉紅心跳的行為，但我起了疑心之後，就覺得這是風流鬼的慣行。但這也是暫時的，因為我整個人已經沒有多餘的力氣了，我就只是暗戀哥哥的人，跟哥哥沒有任何關係。嫉妒真的讓我變得很可笑。

突然，我意識到我眼角湧上熱氣，我趕緊瞇一瞇眼睛，不自覺地揉著眼角，揉到痛了之後，又嘆了一口長長的氣。我還以為這一回成功的機率很大，但也有點慶幸在告白之前就被甩了。

我在回家的路上都只是簡短地回應哥哥的嘰嘰喳喳，機械式的回應，士憲哥不可能沒發現。士憲哥漸漸安靜下來，但我不太可能主動說話，所以我們就處於奇怪的沉默之中。

當我開進大樓找車位的時候，原本安靜的哥哥開口問道：

「是哪裡不舒服嗎？還是發生了什麼事情？」

正中要害的一句話，我極力地想要像平時一樣笑著回答。

「沒事，就剛剛吃得有點多，很想睡而已。」

「是嗎……」

士憲哥一臉不信的樣子，但我還是敷衍了過去。走回家的路上我們都沒有說話，如果沒有行李箱的輪子聲的話，一定會更加安靜。進到玄關後，放好行李箱的哥哥照舊把脫下的衣服亂丟，機師帽也還掛在行李箱把手上，脫下的夾克也隨意丟在沙發上，然後說：

「我先去洗澡，本來想一起吃個飯，但既然你吃飽了，那我等等洗完就睡。」

「不，一起吃飯吧。」

想到哥哥會因為我的謊言而餓著肚子，讓我急忙跟著哥哥走進房間說要一起吃飯，不過哥哥笑著打開衣櫃拿出摺好衣服。

「總之我先去洗澡。」

接著哥哥就走進浴室，走進浴室的哥哥，眉頭皺得緊緊的。

我呆呆的看著過哥哥走進浴室、關上浴室門後，我就把臉埋在手上，不斷地磨蹭著臉，從手指縫隙中看向哥哥房間裡的浴室。

一旦空間只剩下我一個人，就再也無法控制情感。手指搓揉著發燙的眼角，但淚水依舊不受控的流了下來。不過可能是剛剛的努力有效，所以只有流下一點點淚水，我憂鬱地坐在哥哥的床上，浴室裡可能剛打開了蓮蓬頭，開始出現流水聲。

士憲哥有女朋友這件事情對我的衝擊，還遠不及一件事情，那就是我還像個傻瓜一樣的喜歡哥哥，明明知道不能這樣，但我就是喜歡哥哥。

熟悉的空間讓我能平心靜氣地分析。這回我決心要找到可以安心跟哥哥告白的證據，雖然無法確認，但我確定了幾項不知道對不對的假設。

不過對於哥哥有戀人的想法，可以分成兩個情況，第一，是我誤會了哥哥的溫柔，第二……

我朦朧的視線看往床邊的桌子，正確的說，是那個桌子的抽屜，看著桌子的我伸手去打開抽屜，那裡面放有我能猜到是什麼的東西。我用略微顫抖的拿起罐子……第二，是「我太不懂事了」的假設。

高中時期只要聽到有人說出「太被動會很無聊的」、「在床上積極的人才會得人疼」的話語時，我總是會在私下無人時皺起眉頭，但這一刻我覺得這些話好像是對的。

我聽見水聲、望向浴室，然後我咬著我的下嘴唇，準備要脫下上衣，就算這一刻只有我一個人，但要脫掉衣服依然需要偌大的勇氣。脫掉上衣、褲子，只著內衣、內褲的我覺得空氣有點冷，身上都起雞皮疙瘩了，但我就只是看著傳出水聲的浴室。

已經洗過一次澡的身體依然留有沐浴乳的香味，我鼓起剩餘不多的勇氣脫下內衣、內褲，雖然沒有人會看到，但我依然紅了臉。

打開如今已經熟悉的膠，擠到手上搓揉，原以為我不會再臉紅，但沒想到還是臉紅了，把這個膠塗抹到後面這個動作，比想像還要簡單，我好像已經很熟悉了。

在士憲哥的房間裡做出這種行為，就算沒有看著鏡子也能知道自己的臉早已紅透，可以感受到臉上的熱氣。

我站在浴室門前，舉起手想要敲門，但隨即換了個想法，決定直接轉動門把走進去。突然之間浴室門被打開，讓哥哥嚇得倒吸一口氣。看著哥哥睜大雙眼，我們之間出現了奇妙的沉默氣流。

門是打開了，但是卻不知道要說什麼，看士憲哥的樣子，應該是洗得差不多了，而我在剛剛去機場前就洗好了。

「……哥、哥……」

呼喊哥哥的語調有點奇怪，我的喉嚨不斷地抖動，雖然我不主動，也有點乏味，但我帶著急迫的心情說出：

「一起……洗嗎……？」

什麼誘惑，根本就是社區小孩喊著要一起玩的那種樣子，原本有點慌張的哥哥笑著問：

「什麼一起？」

在流水聲中，聲音變得軟弱無力，在充滿溼氣的空間中，哥哥的聲音讓我吞了吞口水，說出看起來略為主動的話語。

「呃……」

可是我想不到有什麼積極主動的話語，士憲哥的微笑又讓我更顯得焦慮緊張，不過還是說出了。

「可、可以、摸胸部……嗎？」

我超想打開門逃跑的，可士憲哥嘴角露出笑容，然後門牙輕咬著下嘴唇。我一眼就看出哥哥調皮的表情，我稍微把門闔上，往後退了一點點，都不知道自己怎麼會有這樣的勇氣，我深深覺得可能是「我不懂做愛，所以哥哥才會有女朋友」。

「過來這邊。」

哥哥聲音混雜著水聲，柔聲下達指示，我稍微往門縫一鑽，然後乖乖的關上門，浴室裡面的溼氣讓我難以呼吸。

我畏畏縮縮地朝著哥哥走了過去，哥哥就像捕捉到獵物般的把我的擁入懷中，水氣讓兩個溼溼的身體貼得更緊，熱水間接的潑灑在我身上，哥哥攬著我的腰，在我的唇上方輕輕的吻了我一下，然後額頭貼上我的額頭，噗哧的笑著說：

「為什麼突然下了決心要這樣誘惑我呢？我的小可愛。」

哥哥好像讚賞我般的，調皮的親吻了一下我的鼻子，蓮蓬頭噴出的水讓我眼前一片霧濛濛。

「哥……」

雖然有了女朋友，但我卻出現了如果我做得更好，是不是還會有可能的垃圾想法。雖然在道德上是不對的行為，我的良心很不安。

「我怎麼樣？我沒有生氣。」

士憲哥說著意義不明的話語，然後又一次親上我的鼻子，之後我才發現這話前後不太一致，水弄溼了我的身體，觸碰到彼此溫暖的身體，感覺到滑滑的、奇妙的觸感。

「反而是我覺得你在生我的氣。」

被猜中心思的我找不到可以說的話，哥哥說得對，對於身旁總是有漂亮空服員圍繞的哥哥，我的心就是不安，也嫉妒著根本不知道長怎樣的哥哥的女朋友。哥哥在我唇在落下一吻，然後可憐兮兮的說：

「不是嗎？是我想錯了嗎？不是就好……」

哥哥語尾拉長，用傷心的眼神看著我，溼漉漉的頭髮與溼氣讓皮膚的輪廓顯得亮澤。把臉埋在我脖子裡的哥哥，就像隻大型犬，邊撒嬌邊搖著頭說：

「……如果摸胸部的話，會更好。」

哥哥的視線自然往下看，受體溫影響越來越熱的敏感部位，更是爬滿熱氣，士憲哥依然用可憐兮兮的口吻說著：

「要試試看嗎？」

士憲哥用他的大手抓住肋骨附近，順著水氣滑過，想抓起沒有肉的部位，卻失敗了，當然一定抓不起來，但哥哥瞇起了眼。手指溫柔地撫摸著肋骨處，但不是用拇指，而是在身上以一定的速度輕撫著，然後我發出奇怪的、淫亂的聲吟聲。

「呃……」

良心的指責不斷襲來，不倫、外遇的字眼讓我相當恐懼，身體更因為這不能做的壞事而感到顫抖。

不過，我喜歡的更久、我愛得更久，腦海中閃過那個不知道是誰、不知道長怎樣的哥哥的女朋友。我咬著牙、閉上眼。

「啊、啊呃……」

我吐出一口熱氣，將溼掉的瀏海往後撥，可能是水很熱、或是這淫穢的行動，讓我的臉頰整個紅了起來，哥哥調皮的不斷親吻著我露出來的額頭，還有我的脖子。連續不斷的親吻聲依稀夾雜著水聲，順著前頸來到鎖骨上方輕輕的給我一個吻，然後往粉紅色的地方前進，含上我那敏感部位，我咬著嘴唇發出呻吟聲。

「呃，呼呃，啊……！」

我的指甲陷入哥哥的肩膀，但又怕哥哥受傷，所以快速收起手指，因為水氣的關係，吸吮著乳頭的聲音更加潮溼。

我的身體像是淋了雨一般的溼透，舌頭含著乳頭，溫柔的撥弄著，就像是孩子一樣發出吸吮的聲音，讓我從內而外的發燙，半勃起的陰莖碰到哥哥的大腿，哥哥的大腿在我兩腿之間，輕輕地移動著。

「啊，呃、呃啊、嗚、呃……！」

就連鼻音也相當清晰，我感覺我的雙腳無力、腰部在顫抖著，但舌頭隨之又貼了上來。

「不……呃……」

我好像習慣性地想說不，想說我難以承擔這樣的快感，但突然之間我咬牙忍住了，因為我就是做得不夠好，事情才會變成那樣。呻吟聲從我的雙唇中洩出，我扭動著腰，表現出已經難以撐下去的意思。

「還……還要，哥，我還……」

我以焦急的眼神看著哥哥，哥哥閉上雙眼往後一仰，這讓我清楚看到哥哥的下巴線條，不斷發出聲響、不斷往後仰的哥哥好像頭暈撞的用手掌碰了一下額頭說：

「現在是我在做夢嗎？這個年紀了居然還會夢遺……是夢遺嗎？媽的！」

士憲哥用奇怪的詞彙飆罵，按在胸膛上的手也漸漸加大力道，雖然有點大力，但我能同時感覺到快感與痛苦。

「呃、呃呼……」

拇指與食指輕輕一捏，讓我跳了起來，我叫了一聲，士憲哥就這樣看著我的反應。

「你可以嗎？」

帶著明確欲望的低沉聲音，我想著我沒有辦法，但我咬著下嘴唇，原本抱著哥哥肩膀的手漸漸往下滑。眼角好像出泛淚，這是良心指責、還是害羞，還是自己覺得自己的處境相當悲慘呢？我不是很清楚。

我發出啜泣聲，抓住沒有什麼肉的胸膛，照哥哥剛剛示範的做，讓士憲哥發出低沉的呼吸聲。

「啊……」

我的耳朵紅了，往下看了一下，緩緩地按著乳頭，但跟哥哥剛剛弄的感覺不太一樣，我的雙腿之間有哥哥的大腿，而現在哥哥那已然完全勃起的陰莖，輕輕觸碰著我。

不是直接刺激，而是間接的刺激反而更顯淫穢刺激，我閉上雙眼想要忍住不發出呻吟聲，但又再次浮現被動這個詞彙，讓我選擇毫無保留的發出呻吟聲，好害羞。

「呃、啊呃呃、啊嗚、喜……喜歡、呃、嗚……」

喃喃自語的吼出髒話的哥哥，給我一個深吻，唾液交換發出的聲響相當曖昧，我跟哥哥之間毫無空隙，哥哥的手沿著背脊往下滑，然後抓起了我的屁股。

「啊、呃、哥……」

哥哥自然地撫摸著我的祕境，鼻子靠在我的肩膀上，深深的吸了一口氣後說：

「我的青名好香，這是什麼香味？」

「那是……啊……我擦了……身體乳液。」

「……我不是問那個……」

哥哥嘆了一口氣，手指也因為我誠實的回應而停了下來，修長的手指再一次確認般的撫摸著我隱密部位。

「……青名……」

我以為那是要我停下來的訊號，所以急忙地想要說些什麼，但講出口的話卻顫抖無比。

「對不起……快，哥……還……還要……」

「不是……」哥哥迷迷糊糊的呢喃著，然後又吐出一口熱氣。「我今天是在做夢嗎？還是真的……」

哥哥甚至於還想要打自己的臉，我急忙地搖頭抱著哥哥的脖子，雖然不想讓哥哥看到我羞愧的臉，不過他還是果斷地拉開我。是發現了我內心不道德的想法了嗎？但這想法也只持續了一瞬間，隨即我的嘴就襲來一陣深吻。

美好的感覺不斷襲來，哥哥的親吻讓我不斷向後仰，為了找尋安全感，我將手靠在洗臉台上，然後就像被老虎追趕似的，緊抓著一根救命繩。

在祕境附近的手往內探索，黏稠的液體碰到了水卻沒有消散。

「呃……呃呼、啊……嗚……哥……」

士憲哥的手指往我事先塗上膠的地方探入，手指觸碰到某一點，讓我腳趾不自覺得蜷曲，我用腳環繞著哥哥的腳。

「青名。」

低沉卻帶著調皮的聲音讓我耳朵發癢，我感覺到有點搔癢，所以肩膀瑟縮了一下，士憲哥輕咬著我的耳朵，戲弄似的用舌頭舔了一下，讓我不知不覺地發出呻吟聲。

「啊，呃、嗚、嗯嗯……哥……」

「你這裡為什麼溼溼的？」

這充滿情緒的聲音，感覺是在詢問，又好像已經知道我的企圖，而故意戲弄我一樣。

就像哥哥說的那樣，我已經在裡面塗上了膠才走進來，不知為何這讓我很害羞，我跟哥哥的身體在流水沖刷的情況下，依然可以聽見內壁傳來的水聲，讓我腳指蜷曲得更用力。

士憲哥就像是慫恿著我回答般的加大力道撫摸著我，讓我只能更靠近哥哥的身體、更用力地抱著他。我知道我唯一能做的事情就是誠實的回答。

「哥……想著哥……的關係……啊嗚！」

我眼前一片灰暗，因為那一點都不溫柔的動作，我幾乎是哭著纏上哥哥，哥哥發出粗獷的呼吸聲。我的身體瞬間被轉向，原本抓住洗臉台的手頓時失去支撐，急忙想要抓住什麼，水聲停止，關掉水龍頭的士憲哥從後方緊緊抓住我的腰。

充滿霧氣的鏡子裡，很難看到自己的樣子。我整個人貼在洗臉台上，我的喉結不停抖動。

「抓這裡，腳再打開一點點。」

哥哥只要一興奮就會用不容質疑的聲音下達命令，我用紅紅的眼睛看向後方，哥哥的大手環著我的腰，柔情的安撫催促著我，我依照哥哥的指示把雙腳再打開一點點。喘著氣，在充滿霧氣的鏡子裡看著自己，抓著我屁股的哥哥，用手撥開我的雙臀，然後呢喃著：

「該死，你怎麼連這裡都這麼漂亮！」

我瞬間就理解哥哥說的是哪裡，臉頰超級紅、超級熱，士憲哥慢慢地跪在浴室地板，而我感覺到下面的熱氣，輕巧的舌頭幾乎是同時貼上我的祕境。

「……啊！啊！……啊嗚！」

我的腳瞬間無力，差點要癱軟下來，哥哥撥開我的屁股，舌頭自然的舔著我的祕境往內挖掘。

我只想到那裡很髒，可是快感瞬間融化了所有思緒，那瞬間血液直衝的感覺，讓我只能緊緊抓住洗臉台，感覺好像隨時都要昏倒一樣。

「呃啊……啊！哥，不、不，啊呃，不行……！」

已經塗在裡面的液體好像隨著體溫流出大半，可能因為這樣而讓舌頭舔著裡面的聲音更加淫穢。

鏡子裡面的我不停扭動著腰，承受著難以承擔的快感，我咬著舌頭、忍住呻吟聲，閉上雙眼，生理淚水順著臉頰而下。

「……嗯……嗯啊……哥……拜託……啊！哥……髒、髒……啊呃……」

我哭著求饒，卻不是很清楚自己到底要求饒什麼。哥哥輕吻了一下又說：「連這裡都是粉紅色的，我的青名。」

「啊，啊嗚嗚……」

「不過你剛剛說什麼？」

士憲哥又一次調皮的用舌頭舔了一下我的祕境，那顫抖與敏感的感覺，是我從未體驗過的感覺，我眼淚直流的求饒著說：

「那個、髒、不……」

我差點要說出不要這樣，整個人倒吸一口氣的把原本要脫口而出的話吞下去，只能不斷地發出呻吟聲，但這個行為好像是要求著說我還要的感覺，這真的很奇怪。

「什麼髒？那是青名的淫水，怎麼會髒？」

「……呃啊，哥……那種話……別的……呃啊……」

「別的什麼?你要什麼?」

士憲哥輕輕的親吻著我屁股上的小小酒窩，然後又移往別處的親啄一下，好像在催促著我回覆，我覺得淚水讓我眼角都紅了起來，我轉頭想看著哥哥，但我只能看到哥哥部分的膝蓋。

我稍微扭動被哥哥抓住的腰，他抓住我的手就這樣放開。而我全身無力差點要跪下來的時候，抓住了哥哥的肩膀，將嘴唇貼到哥哥的雙唇上。溫暖的嘴唇令我著迷，然後我學著哥哥將舌頭放進哥哥的嘴裡，四處探索哥哥的一切。

哥哥的手自然的從我後腰往下滑，一隻手緊緊的抱著我，另一隻手則是托著我的後腦杓。在冰冷浴室地板的這一場吻，瞬間驅逐了我們身上的寒氣，輕輕的摩擦著對方的唇，然後結束這一吻的哥哥嘴角上揚笑著說：

「別的，這個喜歡嗎?」

「嗯……喜歡。」

我擔心著自己到現在才主動會不會太晚了，所以我再次獻上輕吻，小心翼翼的看著哥哥，士憲哥眨了眨眼睛嘆了一口氣問：

「今天的你怎麼這麼可愛，是想殺了我嗎?」

我表情變得很難堪，我想要讓哥哥看見我在做愛時的主動，但對哥哥來說卻只是可愛，所以士憲哥有女朋友的原因，該不會就是「哥哥只把我當隔壁鄰家弟弟」?這負面想法深深的籠罩著我。

「哥，我、我來。」

我聽到低沉的笑聲，耳朵逐漸發燙，我看到哥哥已經勃起的陰莖，而哥哥就斜躺靠在門上，一副等著看的表情。

我雙手扶著哥哥的骨盤保持平衡，這姿勢就好像我撲過去一樣，緩慢的、小心地送上輕吻的我，學著哥哥從脖子開始親吻，一路往下滑，哥哥發出呻吟聲。

哥哥的反應給了我勇氣，讓我吸吮著哥哥的脖子，弄出泛紅的吻痕，就好像我的胸部與大腿內側出現的紅色吻痕一樣。看著好像被蚊子咬到的紅色痕跡，又一次貼上我的唇繼續吸咬著，哥哥邊發出呻吟聲，邊說出：

「……那邊的話……會被看見的……」

「……啊，對不起。」

我急急忙忙地停止吸吮，但紅色吻痕已然出現，我想用食指抹去那個痕跡，但哥哥笑著拿開我的手說：「沒關係。」

「沒關係？」

我小心翼翼地詢問，但我獲得的反應是笑聲，這讓我又更加謹慎的動著，略過已經有吻痕的脖子，接著是鎖骨，然後我吸上哥哥的乳頭，卻感覺不太對的猶豫著。我的稍微猶豫讓哥哥把手覆蓋在我頭頂，我順著哥哥輕壓的手勢往下到達哥哥的腰部，眼前出現哥哥龐大的陰莖，我小心翼翼地含上在日光燈下更顯清晰的龜頭。

雖然哥哥的陰莖塞滿我的嘴，但我又更深入的含住哥哥的陰莖，瞬間張大的嘴巴有點麻，有點害怕哥哥會不會像上次一樣深入我的喉嚨。我往上看著哥哥，低聲呻吟加上極力忍著的哥哥真的好性感。我盡量的不讓牙齒碰到，緩緩的前後動著。

「……啊，呃啊……」

哥哥好像在忍耐著什麼一樣的吐出長長的一口氣，我慢慢地含進咽喉處，突然冒出一股氣，讓我好想咳嗽，但我忍了下來，緩緩地動著。

「青名。」

哥哥用他溼溼的手撥弄著我的頭髮，我加快我的速度，好像不想聽到哥哥說什麼一樣，搖著頭持續的前後動著。

「啊！啊！這孩子，媽的，啊……」

哥哥揉著他的眼睛，把頭髮往後撥，哥哥的陰莖直入我的喉嚨深處，然後我就被嗆到瘋狂咳嗽，聲音響透整整間浴室。

咳到眼淚都快掉出來，然後我用手背稍微擦掉我的淚水，再次用同一姿勢，左手抓著哥哥的陰莖，但聽到哥哥擔心的口吻說：

「不繼續也沒關係。」

「不，我想做……」

我用依然想要咳嗽的聲音說出這句話，士憲哥眉頭皺了一下，我急忙地彎腰含著哥哥的陰莖，但有著我口水的陰莖開始出現奇怪的味道。

「李青名。」

傳來哥哥嚴厲的聲音，被我含在嘴裡的陰莖已經很大了，但我好像鼓起臉頰，舔著甜蜜。哥哥的手碰著我的後腦杓，我下意識擔心起哥哥會瞬間插入我的咽喉，這讓我的肩膀瞬間抖動了一下。

「青名，看著我。」

但哥哥的聲音很溫柔，溫柔的大手撥弄著我的頭髮，最後我發出聲音吸了一下哥哥的陰莖，然後退了出來，嘴巴麻麻的，抬頭看向哥哥。

「發生什麼事情了？」

士憲哥直視我的眼睛，依舊溫柔地撫摸著我的頭髮、詢問著我。溫柔的舉動觸動著我內心某種委屈，我閉上嘴緩緩地搖頭。

「是嗎？那為什麼突然要這樣？」

哥哥的問句依然很溫柔，但我內心的委屈猛然湧現，我認真的覺得，哥哥就是覺得跟我做愛很無趣，所以才會有女朋友。明明就是我先喜歡哥哥的，這次連哥哥身旁的位置都被搶走了。但如果說跟之前有所不同的話，那就是我還能繼續跟哥哥發生性關係。

若是這樣的話，我可以暫時推開「我在犯罪」的恐懼，我再次搖頭想要擺脫良心不安的情緒，緩緩的回覆：

「沒事……就只是……喜歡……」

話講到一半有點想咳嗽，我咳了一聲，努力的想要遏止著想哭的情緒，沒有看向哥哥，小聲的說著：「很喜歡哥哥……」

我真的太喜歡士憲哥，因為喜歡士憲哥，所以明知道這是不對的行為，但我還是想用身體誘惑哥哥。如果我在性關係中表現得好的話，我也會有機會才對？

「我喜歡跟哥哥做……我想要……」

我小聲地說完後，眉頭緊皺忍住眼淚，反而顯現出一副渴求的臉，但從結果看來應該是沒問題。哥哥的大手撫上我的雙頰，為我帶來溫暖氣息，輕輕磨蹭著我臉頰的哥哥，似乎失去耐心地說：

「真的嗎？」

士憲哥好像再次檢視我的心意，認真的詢問我，在慎重的詢問之下我點了點頭，深呼了一口氣的哥哥好像安撫著我說：

「我也很喜歡青名。」

突然我的身體被拉了起來，哥哥不斷地吻我，讓我幾乎無法呼吸，被吻得亂七八糟的我振作了起來，輕輕的扭動腰際想要刺激哥哥的陰莖，哥哥沒有忍住的發出呻吟聲。

就像上次那樣，前後扭動我的腰，我閉上眼睛、手伸到後面抓著哥哥的陰莖，我的手就這樣抓著哥哥巨大的陰莖，接著想要將哥哥的龜頭往我的洞口帶，但試了半天，卻不如預期。

「真是讓我瘋狂，真的是！」

原本撫著我的臉、瘋狂親吻我的哥哥自然的將手從我脖子後方下滑到骨盤處，幫著找尋對的插入點。龜頭就這樣緩緩地進入我的身體，我咬牙呻吟著，接受著哥哥的陰莖。雖然動作很熟悉，但這戰慄的快感，好像碰到水的水彩畫一般蔓延開來。

「啊，啊嗚……呃……」

「浴室的隔音效果不好……」

「……呃，哥……那，啊！」

「腳環上我的腰。」

哥哥的陰莖完全進到我裡面，讓我裡面有種要爆開的感覺，我閉上眼睛照著哥哥指示將腳環上哥哥的腰，哥哥抱著我的腰後，然後突然起身。

身體上下的抖動著讓我小聲的發出叫聲，又一次讓我的腳更用力地繞著哥哥的腰，因為哥哥起身的動作，讓原本就已經插得很深的陰莖，插得更深入，我的大腿不停發抖，哀求著說：

「哥、哥，這、太深了……呃啊，啊嗚！」

哥哥邁開步伐，導致陰莖又更深入的探入，但我們的目的地並不遠，一走出浴室，把我弄上床的哥哥又一次深入的抽插著我。

「啊！啊呃，哥，啊嗚！」

歷經幾次巨大的推送後，哥哥開始緩緩地動著，一碰觸到敏感部位，就會發出呻吟聲，士憲哥邊動邊問著：

「到底是發生了什麼事情啊，我的小可愛。」

我好像迴避著這個問題的發出連續的鼻音，環上哥哥腰際的腳更加用力，讓我著迷的哥哥，又一次用我喜歡的速度與力道侵犯著我的裡面。

「啊，啊呃嗯、呃，啊啊……」

「是想讓我擔心嗎？」

「沒有，呃啊，啊！」

相較於用力插抽，我更喜歡哥哥用探入的速度不斷刺激著我，讓我有感的持續不停地鑽入。

「這是什麼時候弄的？」

突然傳來一句語意不明的問話，我張開眼睛轉向哥哥，但上下扭動的我看不太清楚哥哥的臉。

哥哥的手摸著我乳頭附近，哥哥指的地方跟我留在哥哥脖子上的那個相同，但不是新鮮的吻痕，我承受的刺激的快感，找尋著何時的印象，然後試著回答：

「呃，呼啊，之前……」

「之前何時？」

「哥、哥像變態一樣的那時……」

哥哥大笑出聲，那低沉的笑聲我好喜歡，士憲哥停下動作大笑著。

「原來你這樣看待我？」

「啊嗚！」

毫無預告的往深處插，我閉上眼睛享受著空白的快感，不停扭動著腰。

「這又是什麼時候弄的？」

這次是指著鎖骨附近的吻痕，我正因為哥哥的攻勢而享受著腦袋空白的快感不停發出呻吟聲。

「啊，啊呃、啊嗚！慢、慢，不……還要……呃！」

「我問是什麼時候？」

「在車上，呃、嗯啊！」

「那這個呢？」

士憲哥好像一一確認著我身上每一個紅色吻痕，有段時間的吻痕、新刻下的吻痕，所有他留在我身上的吻痕。

「不、知，啊，嗯啊，嗚！」

甜蜜的親吻隨之而來，哥哥再次放慢速度，是我喜歡的速度，不停地挖掘我的內壁，讓我好像流出甜蜜的淚水，親吻的動作讓我的快感迅速提升。

「是吧，都不知道是什麼時候的了，都是我弄的對吧？」

「嗯。呃啊，啊呃呃！」

「很好，呼……所以隨時都要跟我說，對吧？」

總覺得前後語境不太一致，但那不重要，這戰慄的快感讓我很想逃，我更加蜷曲起我的腳指，陰莖越來越深入，我習慣性的搖著頭，又急忙閉上眼睛換成點頭動作。

「啊！啊嗚、嗯、啊呃，啊！啊啊！」

漸漸湧現的快感讓我大腦炸裂，迎向高潮的我，又動了幾下之後，哥哥也到達高潮。那一瞬間，我的感覺相當渙散。歡愉與後悔同時湧現，瞬間理解我闖的禍與自己的處境，眼角的熱氣瞬間變成淚水。心情從因為很喜歡哥哥而願意這樣做轉變成備受打擊，又委屈的狀態。

「等等，你在哭？」

原本滿足的情緒完全消失，士憲哥緊張的問著，哥哥快速拔出他的陰莖，然後更靠近我一步，但淚水一旦奪眶而出，就難以停止。

哥哥是有過多少人才能這麼熟練，這次我會被搶走喜歡的位置嗎？我就這麼喜歡哥哥，喜歡到願意違背良心跟哥哥發生這樣的關係嗎？可是就算我良心如此不安，我還是喜歡跟哥哥發生關係。

「怎麼了？為什麼這樣？到底是發生了什麼事情，為什麼不肯跟我說……」

「我喜歡……喜歡哥哥，好喜歡……」

我開始啜泣的纏上哥哥，淚水、鼻涕蜂擁而上，整張臉都變了樣，完全不遮掩的直接想起十六歲與十七歲之間的那個冬天，委屈到淚水瘋狂滴落，哥哥被突然告白又狂哭的我嚇到。

「我也喜歡青名。」

哥哥慌張的說著，哥哥安撫著我、拍著我的手臂，溫柔的話語讓我的淚水逐漸加重，哥哥更顯慌張的說：

「我說我喜歡你啊，先起來，不要躺著哭。」

我連話都說不出口，只能帶著委屈的心情不斷哭泣，士憲哥快速地扶起我的背，讓我半坐著。哥哥說得對，原本因為熱氣與淚水而難以呼吸的我，現在呼吸順暢了許多。

我邊咳嗽、邊倒吸鼻涕，熱淚讓我眼前一片模糊，必須數度用手背拭去我臉上的淚水，臉上的熱氣與淚水讓我整張臉泛紅。

士憲哥彎下腰想要看著我的眼睛，我看得出哥哥的眼神很擔心，手好像想要為我撫去熱氣而撥開我的瀏海，但總是徒勞無功。

小時候哭泣時、或是發燒時，哥哥總是會這樣幫我撫去熱氣，熟悉的感覺讓我閉上雙眼，又一次感受到我們就是脫離不了鄰家哥哥與弟弟的關係，我又覺得更加委屈。

「為什麼突然哭?真的發生了什麼事情嗎?」

突然覺得哥哥對任何人都是這樣親切，所以我就算良心備受譴責卻還是做出這種垃圾舉動，這無法否認的事實讓我忍不住恐懼。

「青名，看著我、看著我！」

這一次溫柔的手來到我的肩膀，撫摸著我的背、輕撫我的腰，我好像被抓到做壞事的人一樣，肩膀不停的顫抖著。

就算無法告白，但我還是想要滿足於這種情欲關係。心裡的欲望與良心衝突讓我覺得又心痛又難過，我咬著嘴唇、忍住呼吸，閉上眼睛抖動著身軀，試圖想要忍住淚水。但已經大哭過一次的我，累到只能被哥哥抱在懷裡。

「到底發生什麼事情，你為什麼要這樣？」

士憲哥抱著我，讓我靠在床頭。我幾乎是無意識的搖了搖頭，士憲哥擔心的問著：

「是有不想跟我說的話嗎？」

在哥哥眼裡，我依舊是孩子的樣子，我明明知道事實，卻裝作不知道，這讓我好丟臉，也讓我全身泛紅，淚水展現出我的本意，也展現出這段時間我隱藏的真心。

希望哥哥不要對別人溫柔，只對我一個人溫柔就好，只抱我、只親我、只跟我發生關係就好，就只看著我一個人就好。不敢展現的真心讓我抬不起頭來，我嗚嗚地啜泣，不敢看著哥哥的說：

「……哥，我喜歡你……真的很喜歡你，真的、真的……」

「我也很喜歡青名，但為什麼要哭要跟我說啊……」

「……我們好像不能這樣，我們結束吧。」

空氣突然凝結，哥哥彎著腰，所以我看不到哥哥的表情，但應該是無言、或是被背叛的臉色吧？這讓我更沒有勇氣抬頭。

沉默維持好一段時間，如果不是我不時會吸鼻子，這個房間就會完全沒有聲音。在我往下的視線裡看得到哥哥手臂上凸起的青筋，哥哥不斷捏起拳頭、又鬆開拳頭。

「……你……」

原本安靜的空間出現波動，哥哥用略微顫抖的口吻說著，停頓一下後再次道出：

「是什麼事情？為什麼突然說出那種話？」

好像在安撫著我，卻又有點在生氣的感覺，我不停的玩著手指頭，持續保持沉默，等不到我回應的哥哥又再次嘆了一口氣。

「嗯？為什麼這樣？寶貝，我到底做錯什麼？」

做錯事。對我來說是做錯了，但對哥哥來說是不是做錯了，沒有明確的界線，士憲哥可能不那麼覺得。但我要是真的說出口，可能會被笑也說不一定。

我能輕易想像哥哥在有女朋友的情況下，還跟其他人，或許可能是其他「人們」有不正常性關係的樣子，但因為這錯誤關係而覺得良心備受譴責的人是我，所以我只能緩緩地搖頭。

「那為什麼要這樣？」

士憲哥聽起來溫柔，但其實口氣卻是相當憂鬱。我在啜泣吸鼻子的這段時間，突然冒出了一個之前從未想過的假設，那就是我情願自己是個女生。這樣說不定哥哥就會毫不猶豫地跟我告白。

「看著我，李青名。」

哥哥的手輕抓起我的下巴，溫和的力道，我亂七八糟的臉就這樣呈現在哥哥眼前，他溫柔的拭去我臉上殘餘的淚水。

「要跟我說啊。」

哥哥的聲音很溫柔，但其中帶有不容抗拒的命令口吻，我又吸了一次鼻子，用尖銳的聲音說著：「……都說對了。」

「什麼都對？」

士憲哥順著我的話問道，我吞下滾燙的唾液，喉嚨麻麻的，我小心謹慎地說：「就……全部……」

「全部？這全部？哪一個？就這全部都是？」

哥哥好像越說越生氣地反問，我眼神朝下，滾燙的淚水不停滑落到哥哥抓住我下巴的手上。

聽到哥哥這樣說，我頓時真的覺得自己已經可以面對這關係從一開始就是錯的事實。就算我再怎麼喜歡哥哥、就算有再多的例外情況，一開始不可以的事情，就不應該發生才對。

我以沉默代表肯定，士憲哥卻極力壓低聲音，不耐煩地追問著：

「現在你是說，我跟你一路以來做的所有事情都是錯的？」

哥哥咬牙切齒地問著，但驚人的是，士憲哥的話中就有著正確答案，我不發一語喘著氣，又吸了一次鼻子。

連哥哥都知道正確答案了。這讓我越來越無法承擔，這是代表哥哥知道只能跟女朋友發生性關係、還是刻意裝作不知道，或者是根本無所謂？我不知道，我只知道我內心湧現委屈的情緒。

「回答我？是這樣嗎？」

殺氣騰騰的聲音讓我閉上眼睛點了點頭。哥哥抓住我下巴的力道突然加重，但那只是短暫的，士憲哥放開原本撫摸我的臉的手，不停的撥弄他自己的頭髮，發出極度煩躁的聲音。

「……嗯？理由說來聽聽啊，你不是說你喜歡我、說你喜歡我，我也喜歡你、我也是喜歡你，這有什麼問題？為什麼突然這樣？」

完全單刀直入的問法，我突然感覺到一股難以承受的悲傷，士憲哥知道我喜歡他。因為知道我喜歡他，所以才能這樣隨心所欲嗎？我想起跟崔賢吾之間的對話，他說一旦露出你喜歡他的樣子，就只能被拉著走，接著就會被吃乾抹淨後拋棄。

我睜開眼睛想用全身的力氣瞪哥哥，但淚水再次奪眶而出，根本就瞪不了哥哥。

「我們，我們不應該這樣。」

我喘著氣，竭盡全力地說出我能說的話，但哭聲卻完全掩蓋不住，士憲哥好像隱忍住憤怒的說：

「……不應該這樣？你在開玩笑嗎？哪個部分？」

快速低語詢問的哥哥，嘆了口氣，又一次壓抑著他的怒氣，這些話相當殘忍。

「所以你現在是說，跟鄰家哥哥帶大的弟弟這樣做是不對的？」

士憲哥壓抑情緒的說著，接著又不斷搓揉臉部的哥哥以疲累的聲音繼續問道：

「還是，你不想要，但是我強迫你的？目前為止的每一次？」

「不、不是……不是這樣的。」

「那不然是什麼？給我說清楚。」

少見哥哥如此生氣的樣子，這讓我相當害怕，總是親切的哥哥，確實有可能會有這一面，但對於明明知道我喜歡他，卻沒有想要進一步跟我發展持續關係的哥哥，我有很多話想說。

淒涼的淚水不斷滑落，士憲哥以錯綜複雜的表情，雙臂交叉在前，這是很顯而易見的事情，但面對不再溫柔抱著我的哥哥，我內心越來越傷感。但還是坐起身，跪在床墊上用已經漉漉的手背拭去臉上的淚水，盡力不哭的說清楚，我的口吻相當沉重。

「我、我，因為我很喜歡哥哥，所以一開始就不應該做的事情……就這樣做了。」

我看到哥哥眉角扭曲，現在士憲哥好像不想再隱藏自己的焦慮不安，我不斷地咬著嘴裡肉，想要忍住不落淚。

「對不起……我、是我的欲望才會……可是我真的很喜歡哥哥，所以就算只是這種關係，我也滿足、滿足……」

我喘著氣想要說完，但就像壞掉的收音機一樣，根本無法把話說完整，眼淚再度狂流，哥哥依舊深深皺著眉頭，但似乎好像帶著一絲疑惑。

「……滿足，因為這樣而滿足……」

我乾脆把手背貼上眼角，企圖抑制淚水，但吸著鼻子的我最後還是挪開了手，眼前不斷閃爍著。

「哥哥像對待戀人一樣的對我，所以我真的好喜歡……好喜歡，所以明知道不可以……只有性關係……哥哥也有女朋友……這樣的話、這樣的話不可……」

「……等等。」

「這樣的話，就是不、不倫，嗚啊，哥……不能死……」

我完全不知道自己在說什麼，就開始哭了出來，原本帶著疑惑的哥哥的表情，逐漸出現很荒謬的神情，但我的眼前一片迷茫，根本無法確定我看到了什麼。

「我、我太不會做愛了，才會，嗚嗚，如果我努力、努力地學會的話，嗚嗚，我不喜歡哥哥跟其他人約會……我從以前就很喜歡、嗚、喜歡……因為喜歡所以對不起……」

最終我還是開始嚎啕大哭，原本想要忍住的情緒，在不知不覺之中累積，更加深了委屈的心。

內心不斷湧現著後悔，如果一開始沒有允許例外的話、如果可以消除想交往的心的話、如果沒有那麼喜歡哥哥的話，不！如果一開始沒有在半推半就的情況下跟哥哥一起住的話……

我一一回想著到目前為止的各個關鍵，這又一次讓我感到淒涼，我究竟是怎麼開始喜歡士憲哥的呢？為什麼在告白被拒絕後，依舊沒有死心呢？如果我能擊退私心、如果我可以公私分明，不斷湧上的後悔，讓我又一次的需要拭去我的淚水。

「……這……又是……什麼？」

我聽到哥哥啼笑皆非的聲音，所以我完全沒有勇氣抬頭看向哥哥，只敢邊拭淚，邊從手指縫隙中偷看著哥哥。

士憲哥的嘴巴略微張開，然後以呆楞的表情反問我：「……我們不是在交往嗎？」

吸著鼻子、臉頰發麻的我失神的看向哥哥，因為我完全無法理解哥哥在說什麼。

交往？誰？我們？

「……交往？誰……？」我用模糊不清的聲音問著，聲帶還充滿水氣，腦中冒出許許多多的問號。

我跟哥哥在交往？這是什麼意思？我眼角帶淚、呆呆地望向哥哥，哥哥皺起眉頭、一眼眉頭上揚的說：「還有誰，就你跟我啊。」

我睜大紅腫的眼睛，哥哥原本徘徊在空中的手不斷地撥弄著他的頭髮，露出錯綜複雜的神情。

我跟哥哥正在交往的這個消息，讓我驚訝的睜大雙眼，什麼時候開始的？而士憲哥的表情也跟我差不多。

「你該不會，到現在……都還不知道……」

「……不是……可是……」

「真的假的！」

士憲哥提高音量，我就像做錯事情的人一樣瑟縮著肩膀，兩隻手自然的擺放在膝上，士憲哥原本靠在床頭，現在已經完全坐直，用驚訝的口吻反應：

「是真的嗎？」

聽起來是語帶絕望的口吻，我無法抬起頭來，內心不斷想著究竟是什麼時候開始跟哥哥交往的。

但不管我怎麼想，在我記憶中都沒有這一部分，我持續保持沉默，而士憲哥慌亂的說著：

「現在的孩子好像都會過紀念日，我想想我們到今天是第幾天……不過，李青名你！」

語畢，哥哥嘆了一口氣。哥哥每一次嘆氣，都讓我有種要看他臉色的感覺，我悄悄的看著哥哥，哥哥完全沒有掩飾他的情感，看著我的眼睛後又一次嘆氣，不安感讓我心跳加速。

「從說要分手開始，我就聽不懂你說什麼，什麼不倫、女朋友的……」

哭笑不得的哥哥繼續說著，越說越小聲，最後變成嘆了一口氣，總感覺我好像需要說對不起，但我也有話要說。

「可是哥你又沒有跟我說我們交往吧。」

「你有告白！」

哥哥提高音量讓我又一次瑟縮起肩膀，哥哥咬牙降低音量說：

「你光是告白就告白了好多次，說你喜歡我。」

我呆呆的張著嘴，告白很多次的話讓我更是混亂，除了十六歲與十七歲之間的那年冬天外，我完全沒有印象。

「……什麼時候？」

士憲哥好像被人從後方襲擊一樣的整個人呆掉，幾次想要開口說話卻沒有說出口，然後整個人好像發現自己處境絕望一樣的發出啊啊的叫聲，然後用棉被蓋住自己的頭。我只能不安的看著哥哥。

「真的假的！真的沒有印象？我居然活到這個年紀，還自以為在交往……」

「不、不，不是……」

「哇……所以李青名你現在是跟沒有交往的人發生性關係？你……你到底把我當成什麼？嗯？你這流氓、小流氓！」

不知該如何是好的我，說出口的話反而沒能讓哥哥鎮定下來，一次的怒火好像導火線一樣的變成炸彈。

「你小時候告白過一次、長大後你喝了酒，要我抓住你、不停誘惑我，我好不容易都忍住了，但第三次完全粉碎我的理智，說喜歡我、愛我，我也是喜歡你、愛你，結果現在跟我說你不知道有在交往？」

「那個……」

「不、不對，就算你不知道這是交往，我明明一直說我喜歡你、說你很棒，你就完全看不出來我喜歡你？」

「那個……」

「等等！你看不出來，該不會是因為你周圍跟你說喜歡你的人很多？是崔賢吾？崔賢吾也說你很棒嗎？」

士憲哥開始胡亂猜測，我快速的不斷搖頭。哥哥好像一直會把我視為朋友的崔賢吾拿出來質問。

「不是、沒有……對不起。可是……我真的沒有印象……」

這次換哥哥說不出話來，突然之間周遭安靜了下來，我沒有放過這一瞬間的安靜，快速地說出辯解的話語。

「高中我告白過……那次被甩了，然後就……就時光飛逝，沒有跟我說交往，也沒有說今天就是第一天……只有不斷發生的性關係……」

我說出覺得不舒服的點，卻也讓我開始覺得不開心。我沒有跟哥哥告白的印象，但如果我真的跟哥哥告白的話，那之後也可以給我一點暗示才對啊。

我鼓著一張臉看著哥哥，士憲哥用他的大手按壓我兩側臉頰，讓我不得不嘟起我的嘴巴，然後玩弄一段時間後，哥哥也鼓起他的臉，臉上沒有了玩笑的表情。

「青名。」

哥哥抹去了玩笑的表情，滿臉真誠的態度，略微低頭看著我的哥哥很踏實、懇切地說：

「我跟從小帶大的孩子發生這種關係，你覺得我完全沒有苦惱過嗎？你到底把我當成什麼？」

這是我無法處理的核彈級訊息，可說真的，我也知道這種情況完全不像話。我反抗似的嘟嘴瞪向哥哥，原本抓著我的臉的哥哥輕輕地搖晃著我。

「你把我當成什麼？是當成垃圾嗎？」

我的頭依舊被左右晃動著，不知道我內心真正想法的哥哥，嘴角揚起微笑，我搖頭搖到他滿意為止，才繼續追問：「還是，把我當男朋友？」

這次哥哥的手轉了個方向，換成上下狀，就好像點頭一樣，讓我想要反抗。

「不呀遮呀，討呀。（不要這樣，討厭。）」

因為我的嘴被士憲哥緊住的關係，發音也變得亂七八糟的。我瞪向哥哥，但哥哥嘴角揚起調皮的微笑。

突然我的身體往後倒，士憲哥奇襲式的抱住我，把我放倒在床上，我整個人就這樣躺在哥哥身下，心臟因為突然其來的攻勢而加速跳動。士憲哥穩穩地支撐著我，因為逆光的關係，我明確地看見哥哥的眼神，讓我不禁開始全身泛紅。

「所以你，不知道是不是正在跟我交往，還認為我有女朋友？自己正在當小三？」

然而我的表情一看就知道是肯定的答案，士憲哥笑了出來，哥哥親吻了一下我因為淚水而泛紅的眼角。

「嗯？」

「……剛剛去機場接你時……你說有差九歲的女朋友啊！」

我依然氣呼呼地說著，士憲哥完全哭笑不得的看著我，不斷地搖頭，然後無力的說著：

「我真的是……我只是不太敢說我跟小我十一歲的孩子交往，所以稍微少說個幾歲，沒想到居然會這樣。」

被哥哥觸碰的皮膚相當火熱，士憲哥撥開我的瀏海，在我額頭上落下一吻，我生氣的抓著哥哥的話柄問：

「為什麼不老實說！」

「對不起，我以後會跟大家說，我正在跟一個我帶大，今年剛好二十歲的孩子談戀愛，然後我肯定會被罵一輪的。」

哥哥輕輕的捏起我的鼻子，讓我眉頭輕皺，看著我的哥哥嘴角揚起一抹微笑，我依然沒有放鬆心情，用略帶鼻音的聲音，懷疑的追問：

「……哥你，真的沒有女朋友？」

「沒有，我真的沒有，我就只有你而已。」

哥哥果斷的回應讓我的心隨風搖曳，讓我想揮旗吶喊。但隨即又想到不能太過明顯，只好刻意壓抑住自己歡喜的情緒，變成冷冷的態度。

「沒有腳踏兩條船？」

「沒有，為什麼一直要懷疑我？真想罵你。」

士憲哥聲音逐漸變得嚴厲，原本捏著我的鼻子的手也放開，手撫上我的臉。

「我要親你，閉上眼睛。」

理所當然的預告，以及緩慢落下的親吻，我的唇明確的感受到哥哥像蓋章般的緩慢親吻，然後又調皮的親啄了一兩下。可我從一開始到最後始終瞪大著雙眼，哥哥發現之後笑著說：

「吼，你不聽話。」

「……我也要罵哥哥。」

「嗯？我？」

「沒有跟我說要交往、也完全沒有說今天是正式交往第一天、還謊稱有小九歲的女朋友，一直以來也都很淫亂，所以我才會誤會！」

我依然氣呼呼的說著，哥哥就是很懂才會覺得正在跟我交往。這也讓我想起自己之前還試圖要找出可以安心告白的證據，真是太無言了。士憲哥的鼻子碰著我的，微笑地回答說：「就是啊，是我錯了。」

「對吧？」

「那青名也用吻處罰我吧。」

不知道為什麼結論都是往哥哥喜歡的方向走，但因為我很喜歡跟哥哥親親，所以順從的親吻著哥哥，還能隱隱約約聽到吸吮唾液的聲音。

幾回的親吻過後，就是深情的深吻，我們溫柔綿密的探索著彼此。我閉上眼想要忍住呻吟聲，如今我已經習慣了舌頭交疊的感受，但這種行為總是能不斷激發出曖昧的快感。現在的我已經可以跟上哥哥的動作，有點意猶未盡的看著拉開距離的哥哥。

「寶貝。」光聽都能讓人失去免疫力的癱軟暱稱，我扭曲著表情想要掩蓋害躁的情緒。

「我……」

那低沉的聲音，讓我後頸癢癢地，不明原因的粗獷呼吸聲輕觸我的皮膚，士憲哥笑的說：

「我還以為你是因為那封訊息才這樣，讓我一直很不安。」

「訊息？」

「看來是不知道，不知道就好。」

哥哥好像刻意截斷我的回應的又給我一個吻，但我沒有放棄的在哥哥的親吻之後又再次追問：

「是什麼訊息？」

「希望你一輩子都不知道的訊息，現在不要追問了，我們來親親吧，嘴巴張開！」

一直以來我都乖乖聽哥哥的話，所以我不知不覺地張開嘴巴，在我還沒有意識到我的行動之前，哥哥咧嘴笑了笑。

「舌頭也……要吸嗎？」

但哥哥在我還沒開始遵行指示之前，就再次親吻著我，讓我們周遭的空氣持續加溫，是我喜歡的柔情深吻，然後哥哥硬是吞下呻吟聲，用力的吸吮我的舌頭後，離開我的唇。

「啊……」

突然哥哥深呼一口氣，我瞇著眼睛往下看，又再次看向哥哥。

「……那我們就以今天為交往第一天，是我的錯，我一直忘記青名你還只是個孩子，跟孩子交往的話我就……媽的。」

語無倫次的哥哥看著很容易臉紅的我，最終又開始咒罵了起來。

士憲哥感覺不太像平常的他一樣，臉也略紅，我知道哥哥會這樣的原因，嗯，因為不好意思而拉長語尾的我終於忍不住而小聲說：

「嗯……哥，可是，你站……起來了……？」

「沒有。」

士憲哥快速否認，但姿勢已經有點不同，大腿附近的異物感消失，但熱氣依然存在，我用越來越紅的臉呆呆地看向哥哥，哥哥怒吼著不停地撥著自己的頭髮。

「啊，媽的……」

哥哥又一次重壓在我唇上，重壓到放開，反覆了三次後開口說：

「是你真的太性感了才會讓我這樣，總之……不要在意，不！只要在意我就好。」

士憲哥好像不知道他自己在說些什麼，我很少看到哥哥這樣慌張的樣子，稀有的情況讓我忘記自己處於何種狀態的嘴角抽動。

「你在笑？」

我的鼻子又被哥哥捏了一下，最終我沒有忍住的大笑出聲，臉紅歸臉紅，但真的就是笑出聲，甚至笑到眼淚都要飆出來了。

「你在笑？還笑！李青名！」

「我喜歡哥哥。」

不斷喘著氣、瘋狂吻著我的哥哥，慢慢地停下親吻我的動作，不知不覺地說出我的真心，然後快速的閉上嘴，士憲哥緩緩抬頭看著我。

我內心深處不停顫抖，儘管我已經在內心說過數千次、數萬次，但在哥哥面前表露真心，這是第二次，我輕咬著我的嘴唇，想等一個明確的答案，所以又一次沉默。

「……真的，很喜歡哥哥。」

哥哥頓時嘴角失守，以一副無可奈何的表情與一抹微笑小聲的說：

「我也喜歡你。」

就好像令人戰慄的電流般，瞬間在我大腦中炸開，那溫柔的話語讓我滾燙的心有點刺痛，瞬間眼淚奪眶而出。就連我都覺得自己太誇張了，只好急忙地想要轉頭，但士憲哥已經看到我的淚水。

「啊，真的是……青名！」

哥哥抬起我的臉。我笑中帶淚，表情相當奇怪。我看了哥哥一眼，士憲哥則是一臉不知所措。

「青名為什麼哭？」

「我不哭了。」

「不哭了？」

「就……就很開心……」

我不停嘀咕著猶如檸檬外皮的甜言蜜語，清新又略帶點苦澀。士憲哥微笑著，那溫柔的眼神讓我的心微微刺痛，應該是說讓我無法置信的酥麻。

「我的天啊……我該拿你怎麼辦，怎麼這麼可愛。」

我說出自己的真心，卻被當成可愛的孩子，這讓我不是很開心：「不要這樣。」

士憲哥以笑聲回應，然後又親了我幾下，一邊笑著、一邊落下親吻洗禮的哥哥，接著撒嬌說道：

「怎麼辦，我真的太喜歡青名了，喜歡到除了說喜歡，不知道該怎麼做，真的很對不起。」

我內心的某一處，快速地被填滿，哥哥用拇指溫柔地為我拭去臉上的淚水。

「我是不是要明白表示出我有多喜歡你，這樣你才會相信我？」

「就……」

「可是你明明喜歡我，卻完全看不出來我喜歡你，真是小笨蛋！」

「不是，那是……因為哥哥，哥哥沒有跟我說……不，就……」

我小心翼翼地說著，哥哥則是靜靜地看著我，等著我繼續說下去。

「可以跟我說……愛我……嗎？」

士憲哥大笑出聲，覺很丟臉的我只能用紅腫的眼睛瞪向哥哥。笑到眼睛睜不開的哥哥，捏著我的嘴巴落下了一個親吻。

「我愛你、我愛你，青名。」

我的心情就好像數千隻蝴蝶飛過一樣的輕快，不安的心已經全數消散。

那個位置上取而代之的是一灘融化的冰水，情感的堤防嘩啦嘩啦的好像要溢出來，長久以來的暗戀情緒，逐漸變成令人心安的淚水。

已經泛紅的眼角，再次潰堤，但這一刻，我才真的能微笑。

＊＊＊

墜入愛河。

不，要修正一下，是獲得無限的愛，並不會在朝夕之間就改變這個世界，不會像純情漫畫中的場景那樣，有鐘聲在耳邊響起、青鳥飛過，或是天空看見粉紅色畫面。

但在內心某一個地方，確實會出現鮮艷的彩虹。肉眼看不見的信任感讓我一整天都充滿笑容。

我跟士憲哥在交往。

很簡單的一句話，但隱藏的重量卻一點都不簡單，讓我喜歡士憲哥的心越加強大。

我好喜歡哥哥，如果可以的話，真希望一整天都跟哥在一起，牽著手、親吻，想念那只有我能看的性感臉蛋。

我不想士憲哥被別人搶走，我想要一輩子都擁有士憲哥，只對我說愛我、只對我說喜歡我，只跟我親親，哥哥的全身上下都是我的。

我期盼已久的事情，終於成真了嗎？我一整天都想著那個我自小就深愛的人，就連早起吃哥哥做的吐司，跟崔賢吾一起到學校上課、吃飯這些平凡的日常，都讓我覺得特別。

還有跟哥哥互傳的訊息更是讓我帶著甜蜜的氣氛，讓我的心在空中飛舞，真不敢相信我之前居然都沒有發現那些溫柔的訊息，如今更是讓我蜜糖滿溢。

「我的寶貝♥ 有好好的吃飯飯嗎？♥♥」

「在看什麼？」

我一邊想著這甜蜜訊息，一邊急急忙忙地收起手機，吃完午餐在教室等待上課的我驚慌地搖頭。

「沒有，什麼都沒有。」

「沒事怎麼會臉紅？」

崔賢吾疑心的看著我，讓我的臉又逐漸泛紅，口袋裡的手機不斷震動，一定是哥哥傳來的訊息，這又讓我的臉更紅。

「你真是不會看狀況，崔賢吾。」

坐在崔賢吾前面，正在聊著新美甲的申智幼插話說著，她摸了她那漂亮的粉紅色指甲說：

「一看就知道啦，就是有女朋友了！」

雖然不是女朋友，但就是類似的情況。我忍不住睜大眼睛，不知道她怎麼猜到的，但崔賢吾隨即以尖銳的聲音打破我的思緒。

「什麼?女朋友?」

發現自己喊太大聲的崔賢吾隨即閉上嘴，但整個教室的同學都聽到了，大家紛紛開始竊竊私語，我不安的看著周遭。上課時間還沒到，所以教室的同學不多，但他們一個個都擺出驚訝的表情，雖然不知道為什麼，但他們紛紛低聲談論著這件事情。

然而崔賢吾好像沒有注意到這一情況，壓低聲量的問我：

「你有女朋友了?」

「……嗯?嗯……嗯嗯……」

我曖昧的承認，看到我回應的崔賢吾眉毛上揚，假意咳了一下後就開始恭喜我。

「恭喜啊，喂!是之前說的那個嗎?告白之後……很順利的樣子?」

「……是啊，就是這樣……」

「什麼時候……開始交往?」

「昨天開始……」

照士憲哥的說法，之前就已經在交往了，但從昨天才決定要好好開始計算天數。我光想起昨晚的事情就覺得臉紅，不斷說著愛我、不斷親吻我的哥哥真的很溫柔。用大手搔著臉，將視線轉向天空的崔賢吾的聲音聽起來有點空洞。

「太好了，我還以為你被……還有點擔心，是不錯的人吧？」

我聽出崔賢吾沒有說出口的話，於是點點頭。一臉興致盎然看著我跟崔賢吾的申智幼與金瑞希小聲的「喔～」了一聲。

「很好，你喜歡就好。」

話說得含含糊糊的崔賢吾看到申智幼嚴厲的眼神後，不禁揚起他的眉毛，而申智幼壓低聲音的問：「嫉妒嗎？」

「什麼？」

「青名先交了女朋友，你嫉妒嗎？」

「我才沒有」。

崔賢吾正色地否認，金瑞希在旁邊「喔～」了一聲，陷入困境的崔賢吾急忙揮手否認。

「我就說沒有，真的是，什麼都不知道就安靜點。」

帶著不平與不滿的情緒叨念著的崔賢吾，跟我對看一眼後就皺起眉頭。正當我開始覺得申智幼的話說不定有道理時，崔賢吾就戳了一下我的背。雖然是不會痛，看來只是他在鬧我，但其中又帶了一點傷感的味道。不過崔賢吾隨即撥了撥他的頭髮，想要改變話題。

「那我要跟柳道真說，你跟我都不能去。」

我知道崔賢吾在說什麼，應該就是之前跟舞蹈系女同學聯誼的事情。

「你也不去？」

在確認跟士憲哥交往前我就沒有想去的念頭，可我這才發現崔賢吾說他不去，崔賢吾聳肩說：

「你不去的話，我為什麼要去，而且那天我本來就有事，只是柳道真要我去充人數，總之太好了。很好，恭喜你啦。」

崔賢吾胡亂說一通之後皺起眉頭，眉頭深鎖的樣子讓我開始覺得申智幼說的話好像是對的，但我想應該只是錯覺，因為崔賢吾又恢復原本的樣子。

嘴角帶著苦澀、微微上揚的崔賢吾一安靜下來，反而讓申智幼跟金瑞希逮到機會，兩人閃爍的眼神不斷追問我士憲哥的事情。

「是昨天開始交往嗎？所以今天是第二天囉！」

「哇！太讚了，漂亮嗎？」

「是我們學校嗎？還是其他學校？」

「是上班族。」

我小聲的回應，不知不覺有臉紅的感覺，我不太敢跟同學說士憲哥就是我的戀人，總覺得會很害羞。

「哇！天啊，說是上班族，該說是青名厲害、還是那個姊姊厲害……」

「漂亮嗎？差幾歲？」

這一刻我終於理解為什麼士憲哥會謊稱我們差九歲，因為我也想蒙混這個問題。

「就是，姊……姊、姊姊。」

「說是姊姊，天啊，那個姊姊真棒。」

金瑞希叫了出來，申智幼也面帶陰險笑容，這讓覺得害羞的我只能轉開視線，而金希瑞說：「他應該還好吧。」

「喂喂，青名有女朋友了，噓！總之昨天開始交往的話，正是甜蜜期，約會要去哪邊？」

「約會……？」

一聽到約會就讓我思緒飄散，想像跟哥哥約會的樣子並不容易，當我陷入煩惱時，那兩個人開始推薦起場所。

「學校前面新開了一間蛤蜊店，很好吃。」

「約會去什麼蛤蜊店，要去吃義大利麵！義大利麵！」

「可上班族應該不會來學校附近，應該會選擇去江南、或是清潭洞附近不是嗎？」

「就是說啊……青名你怎麼想？」

「嗯……想是有想過。」

我臉整個紅了起來，而申智幼跟金瑞希看到如此害羞的我，瘋狂大笑出聲，我害羞地吞下原本想說的話。

對於認定交往一定要很認真的我，最先想做的事情就是好好計劃我跟士憲哥的未來。

也就是說，現在剩下的事情就只有結婚。

當然不是說現在、馬上就要結婚，畢竟我也還不到結婚的年紀，以現在的基準來看，士憲哥也還不到結婚的年紀。

大概幾年後，等士憲哥覺得自己到了該結婚的年紀，而我也有了穩定的工作的話，那時候應該就可以。我一幕幕不斷地想像著，甚至想像著幾年之後的我跟士憲哥。

我以前總是茫然地想說要當公務員或是上班族，但最近突然覺得跟隨哥哥的腳步當個空服員也不錯，可以穿相同制服一起上下班。

充滿異國風味的飛機、不是在陸地上而是在天空，穿著機長服飾的哥哥與穿著同一家航空公司空服員制服的我，在偌大的機場裡拖著行李箱往前走的樣子。

想像哥哥比現在還要大幾歲的樣子，讓我不禁心跳加速，如果到那個時候，我跟哥哥還在一起……這不僅僅是我自己下定的決心，而是宣言。我握緊拳頭表示出自己的幹勁。

畢竟這段時間以來，哥哥對於戀人都不太真誠。

我從小就看到好幾位哥哥的女朋友，我不想成為其中一個，我不想錯過好不容易得來的機會。雖然我還沒辦法理解不以結婚為前提就交往的想法，但現在在交往這件事情上，哥哥已經跟我達成一致的協議。

「江南的話，有很多可以選的，應該不難吧？」

「也不一定，上班族應該不喜歡人多的地方，乾脆在家附近的咖啡廳一起度過也不錯。」

「第一次約會要來家附近好像有點……」

「可能也離那個姊姊的公司很遠？」

申智幼跟金瑞希在我面前熱烈的討論著第一次約會要去哪邊，而我滿腦都是粉紅泡泡。我跟哥哥都是男生，所以在韓國不可能結婚，但至少可以在幾位友人的祝福與認可之下，確認事實婚的關係吧？

情侶戒指要何時、求婚要何時、幾歲結婚，甚至於想到要有幾個孩子……突然之間我覺得我有點自作多情，所以默默開始臉紅。

什麼小孩，我一定是受到哥哥之前說什麼避孕藥、什麼可以懷孕的奇怪思想影響，就在我臉紅地急忙抹去沒有人發現我的尷尬情緒後，修正了一下我的假設。

我們兩個雖然不可能有小孩，但是一想到有個跟哥哥一樣的可愛寶寶，心情都覺得飄飄浮浮的，開心到嘴角都上揚了起來。這時崔賢吾突然想到：

「可是青名有女朋友的話，我們作業怎麼辦？」

「……作業？」

「我週末打給你就是要說這件事情……總之就是我們星期四的通識課啊。」

崔賢吾說的課我知道，但作業什麼的我還是第一次聽說，我有點疑惑的問：

「有作業？」

「啊，教授是還沒說，但你也知道柳道真是助教，說這週會公布……」

崔賢吾語無倫次地比出奇怪的手勢，就是出現意料之外的情況時，會出現的那種慌張手勢，我睜大眼睛看著崔賢吾，到底是什麼作業讓崔賢吾如此慌張，而隨後我就知道他這樣的原因。

「取代期中考要交的作業是跟自己的夥伴計畫約會路線與執行……」

「那有什麼問題？就算你們都是男生，但反正是作業啊？」

認真聽我們之間對話的申智幼冷冷的插進來一句話，崔賢吾洩氣的說：

「是嗎……？聽他說四月開始就要交作業，所以想要快點做完，但青名有女朋友的話，就有點……那個，沒事沒事，那麼……」

崔賢吾似乎覺得有點不好意思笑了一下，然後露出調皮的表情，拍了我的背一下。

「那我們何時開始要約會？」

「就是啊……」

說真的，就算是上課要求，我也很懷疑我能不能這樣輕易就假裝約會，所以我選擇給一個模稜兩可的答案。但畢竟是學校課程，所以當崔賢吾提及「作業」這一個詞彙時，我腦海中士憲哥的比重開始降低，眉頭緊皺地開始消化這個作業主題。

「跟想告白的人的約會路線」，這看起來很簡單但我的腦袋卻無法有任何想法，崔賢吾輕快的下了個結論。

「這週正式公佈主題之後，下週左右就去約會好嗎？反正時間也很多。」

「好。」

既然有了緩衝時間，我也沒什麼異議。既然決定了要做的事情，就能暫時可以從壓迫感中解放。我自然而然地就再次開始描繪剛剛中斷的結婚後的生活。

一起吃飯、一起去買菜、一起睡覺，訂出一個甜蜜的暱稱，約會到半夜……「約會」，這樣一想才發現我跟哥哥沒有過像樣的約會。這麼一想，在那段我不知道我們正在交往的時間裡，我們從來沒在外面見過面。

受到衝擊的我突然發現我跟崔賢吾的約會路線一點都不重要，反而是申智幼跟金瑞希剛才說的約會路線才是重點。我還沒決定我真正的約會路線，就算是作業，也不能領先我真正的約會。

在計劃跟崔賢吾的約會作業時，我完全沒有靈感。但一想到是跟士憲哥的約會，腦袋就冒出許多想法，光想像都讓我心情好到要炸掉一樣。

最後我整堂課都在講義的角落寫下我想跟哥哥一起做的事情，不過大喇喇地寫出結婚讓我覺得很害羞，所以我都用「♥」取代，下方再仔細寫下約會時想做的事情，這讓我更害躁。

還好我的字很醜，不僅又小又黏在一起，所以不好辨識我究竟寫了什麼。但這樣也讓我覺得很害羞了，所以又只好將字一個個塗黑，又在下面繼續寫著重覆的內容。

好不容易寫下「牽手去看電影」後，我做了一個深呼吸，光看到字都覺得雙頰漲紅，我只不過是寫下想跟士憲哥一起做的事情而已，就如此心跳加速。

我鼓起勇氣不將字塗黑，心臟噗通噗通的跳著。然後我又鼓起勇氣寫下「喝一瓶可樂」，我好像中毒一般想個不停，然後追加一個括號寫著「（共用一根吸管）」。

我將全部的心思都放在我寫的東西上，雖然沒有認真上課讓我稍微出現一點罪惡感，但我一樣接著一樣，不斷地想像這些甜蜜情景到無法自拔的地步。

我一定要提出約會要求，不是大費周章地邀約，而是自然而然地。就像詢問今天天氣如何一樣的順其自然，就像要求理所當然的權利一樣，配合士憲哥的休息的日子決定約會的日子，像個大人一樣的帶領……

時間就在我陷入甜蜜想像的過程中流逝，等到我發現時這堂課已經快要結束了，我的臉又不自覺得紅了起來。學生時期的我每一堂課都專心聽講，但成為大學生之後好像都忘記要讀書這件事情，這讓我短暫出現了自責感。無法公私分明的感覺有點奇怪，但喜歡就是喜歡。在歷經比他人多了幾回的臉紅後，我為了確認這不是夢境，伸手捏了自己的臉頰一下，好痛。

「在幹嘛？」

我看到崔賢吾詫異的眼神，讓我趕緊將寫下想跟哥哥一起做的事情的講義對折放進包包裡，急忙地否認說：「沒事。」

「真冷淡……走吧。」

崔賢吾把課本掃進包包後，單肩揹起。我先邁開腳步，崔賢吾緊跟在後，跟幾個比較熟的同學簡單的打聲招呼後，就走出教室。我們自然地朝著相同的方向，跟平常一樣無聊的走著路，但我腦海中就只有想著一件事情，那就是跟士憲哥的約會。

該如何提出要約會呢？要從哪邊開始呢？士憲哥應該會認同並一起制定我們的結婚計畫，就在我想著這些事情的時候，崔賢吾突然冒出一句話，讓我一下就慌了手腳。

「說到我們的約會啊。」

「……什麼！」

「幹嘛嚇成這樣，我是在說我們的作業啊，反正我們星期四通識課後也沒課，就去咖啡廳計畫一下，然後下星期左右約一次會，這樣到下下週為止，就有充裕的時間可以寫報告，如何？」

好像不錯，崔賢吾的計畫沒有問題，就通識課來說時間分配也合理，我一邊安撫自己嚇一跳的情緒、一邊點頭。

「好，就這樣！」

「好，那我們星期四就各提出一個想法，照柳道真的說法是只要拍出像是在約會的五張照片、隨意說明一下三張就能拿到A。不過好像是真的，好像有人上過那課，說只要有目錄、緒論、照片，就能拿到A。」

我因為崔賢吾說出口的那些的玩笑而大笑出聲，然後突然睜大眼鏡，因為看到大門前方有一台很熟悉的車子，白色的車體加上車牌號碼，我認識的車子中只有那一台。

「但我們還是要有良心一點，至少要去一個地方，你跟你哥說因為要做作業，所以要在外面住一晚吧，哪裡好？江南？弘大？明洞？」

崔賢吾的話我是一耳進、一耳出，是我看錯了嗎？我揉了揉眼睛後，發現那台車依舊停在哪邊，這讓我睜大眼睛停下腳步。多走了兩步的崔賢吾發現我突然停了下來，疑惑地看著我，然後揚起眉毛走了過來。

「青名，怎麼了？」

太不現實了，所以我又捏了自己的臉一下。總覺得我捏紅了自己的臉，好痛，還麻麻的。因為我沒有回答，崔賢吾又再問了一次。

「怎麼了？怎麼突然停下來？」

「……好像沾了什麼東西一樣……」

「沾了東西？我看看。」

又更進一步靠向我的崔賢吾用食指碰了碰我的臉，也因為這樣我的視野完全被遮住了，擔心的看著我的崔賢吾低頭摸了摸剛剛被我自己捏紅的臉頰。在我出現又痛又麻的感覺之前，遠方響起了「叭」的一聲。崔賢吾被突如其來的巨大聲響嚇得肩膀瑟縮了一下，瞪向那台白色的車子。

我也挑眉的看向那台車的駕駛座，崔賢吾為了掩飾自己被嚇到的情況而生氣的說：

「媽的！嚇死我了，幹嘛突然按那麼大聲，哪個瘋子會開車來學校附近，到底是什麼樣的瘋子啊！」

雖然我覺得他說得沒錯，但過了一下子我才好不容易開口說：「是我哥……」

短暫沉默的崔賢吾柔聲說著：「……你應該知道媽的只是感嘆詞而已吧？」

在崔賢吾慌忙辯解的時候，那台車緩緩靠向我們，就現在的情況而言，不可能只載我一個。所以可能會形成三者對峙的狀態，這讓我隱隱約約覺得會發生什麼事情。

不安感讓我整個人更不舒服，總覺得好像是暴風雨前的寧靜，我悄悄地偷瞄車裡的哥哥與身旁的崔賢吾。副駕駛座的窗戶往下降，士憲哥朝我們笑了一下，就好像航空公司模特兒的招牌微笑一樣。

「現在下課嗎？時間剛剛好。賢吾同學好久不見，那之後這是第一次吧？」

哥哥帶著爽朗的笑容與充滿好感的溫柔口吻說著，我本以為他們一見面就算不會到口出惡言，也不可能這樣和平。現在這樣著實讓我內心嚇了一跳。

「青名，快上車！啊，賢吾也是同一個方向吧？我載你。」

「謝謝。」

我看到崔賢吾低著頭打招呼，可能是因為剛剛不知道是士憲哥而開口咒罵的關係，讓他的臉有點紅。我準備打開副駕駛座的門，正將手放在把手上時，看到一臉驚訝表情的崔賢吾用嘴型說：

「不是要一起坐後面嗎？我會怕。」

我笑了一下看了一眼哥哥，車裡的哥哥不知道發生什麼事情，就只是催促著上車。

「快上車，這裡停超過五分鐘會被罰錢，賢吾就坐後面。」

最後我坐進副駕駛座，我們上車後哥哥就關上車窗，開始往前開，熱鬧的街道無法開得太快，所以我們的車緩緩前進著。

車子裡瀰漫著一股尷尬的沉默，從後照鏡看到崔賢吾雙手乖巧地併攏放在膝上，開車的哥哥穿著襯衫與暗色褲子，明明是休假日，應該要穿更舒服一點的衣服才對。就在我擔心氣氛不太好時，崔賢吾開口打破尷尬：「謝謝您載我回家。」

「不用客氣，畢竟你是青名的朋友。」

士憲哥在「朋友」這個詞彙上加重語氣，右手摸了摸我的膝蓋，這是個簡單的肢體接觸，但卻讓我肩膀一顫，接著才意識到後座有人，還好崔賢吾沒有察覺到異樣。

「真的很謝謝您。」

崔賢吾又一次說感謝，態度相當恭敬，士憲哥笑了一下，卻以銳利的眼神透過後照鏡看著崔賢吾，這讓我不知不覺得緊張了起來。

「這是應該的。」

這句話聽起來不太友善的態度，我不禁吞了吞口水，車子開上大馬路，速度比剛剛快的哥哥沒有理會崔賢吾，直接問我：「今天在學校做什麼？」

「就……上課，很平凡的一天。」

「很好。」

士憲哥好像要摸我頭髮似的再次舉起手，但我顧慮著後座有人，所以身體往車窗靠。士憲哥偷瞄了後座一眼，然後笑著握住方向盤。

車內再次回到沉默狀態，無端摸著手機的崔賢吾突然想起什麼似的，開口說道：「啊，對了，青名，我們約會的場所啊，去看櫻花如何？聽說下週開始櫻花就會開了？」

「約會？」

哥哥邊笑邊覆述崔賢吾的話，但我之後才知道哥哥不是真的在笑，崔賢吾聽到後，雖然有點尷尬，但也認真的說明：

「是的，大哥，因為學校作業的關係。」

「啊啊，是那個什麼戀愛課對吧？」

「對，因為要寫報告。對了大哥，那天青名可以在外面過夜嗎？」

崔賢吾語氣就好像在跟學長報告一樣。但很不幸的是，對於昨天才剛開始交往的我與士憲哥來說，這實在不是個很好的話題，我只好轉頭望向窗外，但覺得哥哥看著我的眼神相當嚴厲。

「在外面過夜？如果有需要的話，也不是不行，畢竟青名已經是大人了，雖然我算是青名的監護人，但他都已經二十歲了，該嘗試的事情當然都要去嘗試看看。」

哥哥慵懶的回答著，我的喉結不斷地上下抖動，崔賢吾聽到後小聲地拍手，好像在呼應哥哥的話。

「太棒了，大哥，真是明理，太謝謝您！青名，那我們就去看櫻花，然後那天晚上就去旅館寫報告？」

「嗯？喔喔，那、那樣好嗎……？」我含糊地回答著。

因為可以感覺到哥哥的眼光，讓我相當不安的玩起手指頭。這時，車子突然轉向，雖然是黃燈，但是哥哥還是有驚無險地順利左轉。

有繫安全帶的我只是稍微晃了一下，但崔賢吾就不是了，他的身體很大力的晃了一下，急忙地抓住座椅，可能因為有點過於驚嚇，所以一瞬間忘記自己要說什麼的樣子，士憲哥沒有放過機會的說：「那樣好嗎？」

聽起來像是許可，但我知道哥哥話中有話。要是我真的去了，他絕對不會放過我的。我只好輕咳了一下，悄悄轉移話題。

「呃……對了，賢吾，你跟道真說了我們不去聯誼了嗎？」

我小心翼翼地看著哥哥，哥哥好像很認真的在開車，不知道是不是快速察覺我的心思，崔賢吾馬上回答我說：

「嗯，可是他沒特別說什麼，就只有說知道了，叫我們星期四通識課結束後去他那邊喝酒。」

就像忘記有人在開車一樣，崔賢吾的聲音相當淡定，希望他到下車為止都不要再說什麼就好了。但崔賢吾又再次提起在外面過夜的事情。

「那天可以喝到很晚嗎？可以在柳道真家睡一晚再回去。」

「到了，這邊讓你下車就可以了嗎？」

士憲哥小聲提醒著自己的存在，崔賢吾馬上發現後揹起包包再次跟哥哥說：

「大哥謝謝您，我在這邊下車就可以了。青名，我走啦，再聯絡。」

「嗯。」

崔賢吾走下車之後，還再次回頭鞠躬道謝，但哥哥沒有反應的踩下油門，我從後視鏡看到崔賢吾已經走遠，接著士憲哥開口說的話，又讓我不自覺地縮起嘴唇。

「那傢伙！」

連稱呼都變了，原本還很親熱地叫「賢吾」的不是嗎？只見士憲哥繼續罵道：「就是個在夜店到處要女生電話的傢伙。」

這不像平常溫柔的哥哥會說出口的話，但我還是聰明的選擇不肯定、也不否定的回覆：

「那個……這我就不知道了，不要管他。」

「怎麼可能不管。」

就只是我的大學同學而已，真不知道為什麼士憲哥那麼在意，感覺就好像嫉妒一樣，充滿強烈的占有欲。

「居然說要在外面過夜？崔賢吾那傢伙……」

「哥你知道我只有你一個人啊……」

我急忙安撫哥哥，繼續放任不管的話，我想到家為止都得一直聽到哥哥罵著崔賢吾。沒想到哥哥竟然就沒有繼續罵了，我忍不住轉頭，小心翼翼地看著哥哥的表情。

從側面可以看到哥哥的嘴微微顫抖，就現在刻意抑制住上揚的嘴角一樣。士憲哥咳了一聲，以和緩的口氣說：

「你應該知道以監護人的身分，我是可以讓你在外面過夜沒關係，但以戀人的身分就不行。」

真是太棒了，我壓抑著嘴角的喜悅，習慣性的按壓自己的眼眶，盡量鎮定地說出：「……知道了，可是如果哥哥在外面過夜的話……」

我突然想起哥哥大學時晚歸的事情，我記得小時候曾經睡眼惺忪地在阿姨家等哥哥，但士憲哥直到隔天早上才回家。當時哥哥躡手躡腳地走進家門，然後被阿姨打了。我的話語逐漸模糊，哥哥笑著覆述我的話語。

「如果我在外面過夜的話？」

「我會殺了你。」

因為想起過去的事情，讓我不知不覺得激動地說著，士憲哥大笑出聲，表情好像聽到有趣的事情一樣的哥哥繼續追問：

「什麼？」

士憲哥噗哧的笑著，露出調皮的笑容。他又搖著頭說著：

「親愛的，我沒想到你有這一面，太讓我喜歡了。」

跟崔賢吾在車上時不同，哥哥的臉上洋溢著活力。鼓勵我繼續說下去的哥哥感覺就好像變態一樣。不過我，哥哥本來就是變態。

會喜歡那種話果然是有原因的，我悄悄看向哥哥，士憲哥則是微笑地繼續開車。沒辦法，這是我自己選的人，不過喜歡那樣的哥哥的我也是變態嗎？我只能不斷地玩手指。

「我剛剛在崔賢吾面前裝酷地擺出明理的樣子，畢竟是作業，我也不能擋。」

士憲哥自言自語著，我馬上就知道哥哥是說剛剛崔賢吾講的「約會作業」。

「要去看櫻花嗎？」

「我、我沒有說什麼，就只是聽著而已，我所有事情都只想跟哥哥一起做。」

我急忙的辯解。哥哥笑著伸出手，應該是想摸摸我的頭，這次我沒有閃躲，熟悉的大手環著我的頭頂。

「真乖。」

車子緩緩地在十字路口停下來，哥哥就只是輕輕地撥亂我的頭髮，但頭上還是能感覺到哥哥手的溫度，士憲哥就像在詢問今天天氣一般地開口問：

「看櫻花的話，應該就是去漢江，漢江那麼近，什麼在外面過夜，那個崔賢石。」

「就是說啊……」

「你長得太好看了，去哪邊都不能放鬆警戒。」

「也不是這樣。」

左轉燈亮起，士憲哥穩穩的轉彎，馬上就快到家了，車子緩緩開進停車場，為了找停車位的哥哥東張西望的，終於找到位置。

停車場有著莫名的寒氣，雖然我很想要立刻抓著哥哥的手，但還是觀察了一下周遭，確認沒有人之後才悄悄與哥哥十指相扣。哥哥的手好溫暖，我們在等待電梯到達時，哥哥再次開口確認。

「不要跟崔賢吾說你約會時想要做什麼！」

「我知道。」

「只能跟我一起，知道嗎？」

我點點頭，哥哥稱讚似的笑了一笑。他的笑聲總是讓我心動不已，哥哥加重了力道，讓我有點痛。但又馬上鬆開力道，搖晃著我的手說：

「那你想要跟我做什麼？」

我想起剛剛在學校時，最想跟哥哥一起做的事情就是計劃未來。哥哥突然這樣一問，求婚、結婚、約會等等的詞彙又重新湧上腦海，讓我臉又開始紅了，哥哥用怪異的眼神看著我說：

「是什麼？為什麼要臉紅？是在想什麼色色的事情嗎？」

「計劃，想一起計劃我們的未來……」

「這麼快？」

哥哥突然放聲大笑，讓我害躁的吞了吞口水，急忙的辯解說：

「不是，不是想要馬上結婚……」

「已經想到結婚了嗎？你到底都在想什麼啊，親愛的夫君。」

哥哥又用了另一個暱稱來調侃我，讓我更加焦慮不安。

「老公。」

「……哥，不要這……」

「親愛的、我的愛。」

哥哥在電梯門打開之前，只是不斷說著各種甜蜜的暱稱。真不知道為什麼今天的電梯會在頂樓，我超想捂住耳朵，但是哥哥抓著我的手不放。

「寶貝、青名、小可愛、小笨蛋、我的寶寶。」

「停、停！停下來！不要鬧了！」

最後還是因為我生氣的要追趕哥哥，哥哥才停下暱稱攻勢的笑著，我的臉好像要炸掉一樣。我就這樣紅著臉被哥哥拉進電梯，因為我整個人都熱呼呼的，只能用沒被抓著的另一隻手搧風。

幸好電梯到八樓開門時迎來了一陣冷風。我甩開哥哥的手不斷地按壓著泛紅的眼角，這讓我又一次聽到士憲哥低沉的笑聲。當然我最想跟哥哥一起做的第一件事情就是計劃未來，但他這樣戲弄我就是犯規。我跟在哥哥後頭走進家門，在後頭瞪著他高大的背影。

我跟哥哥不同，喜歡整理打掃。我略過哥哥直接走進我的房間放好包包，又想起包包裡面放了那張寫了甜蜜清單的紙。我深吸了一口氣，再次堅定自己的想法，然後走出房門。士憲哥正緩緩地朝我走來。

「我真的有最想先跟哥哥做的事情。」

「結婚？結吧！我們結婚！不過你現在還太小，可能要再多個十歲。」

「那到時候哥哥就老了啊！」

士憲哥正像對著孩子似的安撫著我，我卻說出如此粗暴的話。這不是我的本意，但士憲哥的表情好像挨了一記悶棍一樣。原本氣得脫口而出的我瞬間閉上嘴，小心翼翼地說對不起。

「對不起。」

「……沒、沒關係。」

士憲哥苦澀的回應著，臉上就好像被打了一拳一樣的痛苦，然後突然嘆了一口氣。那錯綜複雜的表情讓我覺得應該要再說一次對不起。

「對不……」

「不，要跟我自己帶大的孩子談戀愛的人是我。」

哥哥又嘆了長長一口氣後，開口問我：「你現在幾歲？」

「二十歲……」

「……好，那已經成年了，呃……我先……先去喝個水。」

「好。」

我後退一步靠在牆壁上，就這樣走進廚房的哥哥拿出冰水猛灌，不知道在想什麼的表情，看起來冷冰冰的。

靠在牆上的我焦慮地觀察著哥哥。他看起來像是在思考，但表情又是冷冰冰的，讓我湧現「該不會」的不安情緒。

士憲哥該不會突然改變心意說我們不要交往？會不會又跟我說：「我認真思考過後發現，你還太小，等你大一點在交往吧？」十六歲與十七歲之間的寒冷冬風瞬間環繞我全身，「你還太小」、「可能是錯覺」、「喜歡我對青名你來說太可惜了」……這些不安的猜測，不知為何感覺很符合目前的狀況。

我為了緩解內心不斷出現的不安感，下了個決心，那就是要轉換一下哥哥的思緒。但這種情況下我只學到可以用身體解決，所以我也不太確定這麼做到底對不對。

「那個……哥。」

我躡手躡腳地走向他，小心翼翼地叫了哥哥。感覺身後有人的哥哥轉過頭來，我馬上從後方抱著哥哥，手可以感覺到他腹部的肌肉、結實的腰身，我就這樣靠在哥哥寬廣的背上，士憲哥小聲地笑了一下。

哥哥每笑一下身體就會稍微震動，我不斷呼吸著哥哥身上的香味與體味，這讓我充滿安全感的味道，給了我些微的勇氣。

「哥你知道，我是真的很喜歡你的吧？」

我小心翼翼地說著，卻讓士憲哥笑得更大聲。大笑而產生的震動，好像在我腦中不斷迴響著，哥哥把他的手疊放在我手上，左右輕微的晃動著，然後敲敲我的手背。

「我想看你的臉。」

我聽了哥哥這樣說之後，隨即鬆開我的手，哥哥就拉著我的手轉身，一瞬間我就跟哥哥四眼相對，我的後腰則靠在廚房的中島上。

哥哥的眼神朝下，不斷地撫摸著我的手，一根一根的撫摸著我的手指，當哥哥用拇指撫摸到我拇指下方厚實的掌心時，哥哥開口說：

「想跟我結婚嗎？」

看著哥哥的我點了點頭，士憲哥嘴角上揚的笑著說：

「寶貝，我們昨天才交往，這麼快！」

「……哥不喜歡嗎……？」

我小心翼翼的問著，我認為交往的前提當然是結婚。雖然我可以給哥哥各種例外，但我沒想過連這件事也可能是例外。我不安的看著哥哥，哥哥又一次笑著說：

「這不是我喜不喜歡的問題，而是青名你怎麼想的。尤其是年紀小的一方，不應該那麼輕易就說要結婚，如果我起了壞心眼，把你拆解入肚怎麼辦！」

士憲哥很認真的回應著。但對於從小只看著一個人的我來說，這個回覆跟我提出的問題好像文部隊題，就在我還搞不清楚狀況時，哥哥突然一下子就把我抱進懷裡。

「不過，若是要結婚的關係的話，那應該要叫我老公才對。」

士憲哥把我嚇到魂魄都跑掉之後，又讓我整張臉紅了起來。幸好我整個人被哥哥抱在懷裡，他才沒有看到我臉紅的樣子。

「你說對不對，老公？」

哥哥把我抱得緊緊的，緊到難以呼吸。甚至輕輕將我抬離地面，讓我只能用腳指頭略微觸地，然後又被放了下來。接下來我泛紅的臉就被親了一下，可以感覺到親吻著我的哥哥嘴角上揚，然後又重重的親吻我一次後離開。我們貼在一起的胸膛，可以感覺到彼此的心跳聲。

露出調皮微笑的哥哥把臉埋在我肩膀。我聽到哥哥的呼吸聲，他親吻我著我敏感的耳朵，一次又一次的親吻，然後哥哥在我耳邊細語：

「寶貝，那我們就先……」

懶洋洋的聲音引出我的雞皮疙瘩，我瞬間的緊張神情讓哥哥忍不住低聲輕笑，在我耳邊的低語也比平時更具誘惑力。

「我們就先從戀人關係一步步往前走，或許你跟我談一段時間的戀愛之後，可能會討厭我也說不一定……雖然那樣我的心會很痛。總之，如果接下來你還是想跟我結婚的話……」

哥哥的說話聲、喘息聲、呼吸聲，都變成一種旋律，讓我心跳快速奔馳的旋律。

「到那個時候再決定好嗎?現在的你真的還太小。」

我吞了吞口水,喉結不斷上下抖動著,完全展現出緊張神情的我點了點頭,然後我才發現自己剛剛回答了什麼。

在我回覆後,哥哥才緩緩拉開我倆的距離,我感覺到殘存的體溫逐漸消失,士憲哥調皮的撥亂我的頭髮,同時也讓我可以看清楚哥哥的表情。

「好,那我們要先做什麼?不可以讓賢石搶走第一次約會,我們就先約會吧,就像一般情侶那樣?」

我聽到哥哥調皮的口吻,之後又幫我把撥亂的頭髮再次整理好之後才放下他的手。意料之外的一句話讓亦是還在朦朧的我迅速回答:「好、好啊……!」

「有想做什麼嗎?除了計劃未來之外。」

士憲哥玩笑似的補上後面那一句,但那已經不重要了。

我腦海中想著今天白天寫下的清單,卻沒有自信告訴哥哥。只好像個腦袋沒有任何想法的人一樣,尷尬地說出:

「呃……一起……買菜?」

「買菜?你想要一起買菜?」

「啊……但其實我只就只是想要哥哥在一起,所以才想到這個……或者是去遊樂場、公園散步之類的……?」

就像新婚夫妻那樣，啊！還要在那邊共用一根吸管喝可樂才行。支支吾吾的我沒有說出所有的話，但已經說出口的事情好像也沒什麼特別的。然而士憲哥卻好像聽到一個大計畫般的開心的說：

「好啊，什麼時候？今天就去的話，好像很沒有情調。」

士憲哥輕笑了一下，我咬著嘴唇不想讓自己嘴角過度上揚。突然，哥哥又開口說：「青名，我有想要一起做的事情。」

哥哥擺出略微苦惱般的表情，我不知道哥哥這是什麼意思，只能呆呆看著哥哥。

「我明天晚上要飛，所以應該不行，我這趟大約星期五凌晨回到家，那天晚餐權彩憲說好要來，所以我們一起去買菜、看個電影，回來的路上散個步？出去吃個好吃的，櫻花開了的話，就一起去看櫻花。」

我大笑出聲，明明那是我說過的話，怎麼哥哥就像是他自己想出來的一樣，真的很無言，哥哥真的好可愛。看櫻花應該是哥哥想要搶先崔賢吾的關係。第一次覺得自己這麼喜歡哥哥這樣的心眼。

「太好了。」

「是嗎？那就好！」

「好！對了，我看我們家前面好像都開花了，週末的話一定更漂亮。」

我想起放學回家路上看到含苞待放的櫻花樹，士憲哥用手撫上我的臉，我可以看到哥哥眼睫毛下方的陰影。

「已經開始期待那天了，逛街、吃好料，還有做愛。」

「……嗯？」

好像聽到什麼奇怪的話，讓我小心翼翼地反問，而士憲哥慵懶地笑道：

「本來約會的最後一個行程就是做愛啊，你不知道嗎？」

好像只有我會對這麼直接話語感到害羞。哥哥的手已經悄悄地從後頸往下滑，然後捏了一下我沒有什麼肉的胸部，我的肩膀跟著抖了一下。

「這個學校沒有教過嗎？」

士憲哥泰然自若的說著，低頭緩緩地靠了過來，我感覺到有一雙溫柔、溫暖的唇觸碰著我的唇。

哥哥的舌頭探進嘴裡，溫柔地翻動著我的舌頭，甜蜜的感覺讓我不自覺地發出呻吟。被玩弄的口腔與前戲般撫摸著我胸部的手，讓我更加沸騰。隨意探進我嘴裡的哥哥，則是小心翼翼的結束這個深吻，明顯地能夠聽到唾液接觸與分離掉落的聲音，我們的眼神十分火辣，緊抓著胸部的手也漸漸拿開。

「想要試著預演一下約會後的事情嗎？」

哥哥奸詐的笑了一下。我隨即閉上嘴巴，過了一會才發現哥哥突然說出口的這句話是什麼意思，我瞪著哥哥說：

「所以，這句話是說哥哥每一次約會後都會發生性關係嗎？」

「……你這孩子。」

「淫亂、變態！」

我的眼光看下哥哥的下面，左大腿附近好像有點腫，這讓我挑眉說著：

「明明都沒有跟我約會。」

哥哥困惑似的瞇起眼睛，感覺我好像說贏了哥哥。我又開始忌妒起已經被我遺忘的哥哥過往的戀人們，我悶悶不樂的說：

「照哥你那樣說的話，約會的最後一個行程是做愛，那我也要跟崔賢吾做嗎？」

「不可以。」

「為什麼不行，我也、也要這樣！」

「不可以！不、不行！青名啊啊啊啊。」

雖然我並不想這樣做，更覺得這個想法也很不像話，但哥哥好像在撒嬌一樣不斷大叫並抱緊了我。平常看起來那麼成熟，年紀還大我很多的哥哥出現這樣的動作，我卻不覺得怪異，反而覺得哥哥很可愛。內心填滿了那種言語無法形容的充足感，讓我不得不轉頭掩飾一下角嘴上揚的自己。

「對不起，我錯了。」

抱緊我不斷低聲呢喃的哥哥，好像要挽回局面一樣的瘋狂親吻著我的下巴，我閉上嘴轉過頭去想要忍住我的笑意，但士憲哥用可憐的眼神看著我說：

「快點給我親親。」

明明就是一句玩笑話，但看到哥哥好像被雨淋溼的大型犬一樣可憐的模樣，我心一軟就迅速地往哥哥的嘴唇上親了一下。但哥哥還是緊黏著我不放，所以我又親了一下，鼻子碰觸到對方，可以感覺到哥哥的嘴角上揚著，之後又感覺到哥哥溫暖的胸膛。

「剛剛的話我可以取消嗎？」

士憲哥不動聲色的問著，那柔和的聲音讓我的心癢癢的，我睜大眼睛看著哥哥。

「因為你還太小，所以結婚可以再等等的話。」

哥哥好像後悔般的說著，讓我的心莫名的懸在半空。哥哥的意思是，他後悔剛剛說過的話嗎？

「啊！真想快點結婚，這樣就沒有人能碰你了！」

哥哥不滿的緊緊盯著我，甚至還嘟起了嘴。但看在我眼裡，依舊覺得很可愛，本就抱著我的哥哥突然加大力道，然後小心地放開我說：

「可是……我不能太貪心。」

「我沒關……」我的話才剛到嘴邊，但士憲哥摸了摸我的頭，換了個話題說：

「果真十年的時間真的太久了，我們要不要先去實習一下蜜月旅行？跟我一起去旅行吧！」

我可以輕易想像著我跟士憲哥是在溫暖南方國家度假的樣子，藍色的大海、白色的沙灘、鹹鹹的海水、異國的空氣，就像是「真正」的戀人一樣的行為，讓我快速地點頭。

「好，我喜歡。」

「好，那我來看一下機票，等你暑假的時候我們就去玩，配合我的休假。」

「好！」

我可以聽到自己回覆的口吻非常開心。跟士憲哥去旅行、只有我們兩個的旅行、一起搭飛機，一起去機場吃好吃的東西、一起買免稅品，到了當地後，租車、開車，跟其他的情侶一樣，平凡又有趣……

我腦海裡的想法一個接著一個，但突然我「啊」的叫了一聲。一直說著好、說喜歡的我突然閉上嘴，更讓士憲哥投來疑惑的眼神。

「怎麼了？」

聽到哥哥的詢問，我則是一臉微妙的開口說：「呃……可是哥，我還沒有當兵，要出國旅行是不是要申請什麼才行……？」

「什麼？」

哥哥突然拉高音量的喊了一聲，嚇了我一大跳。他緊張地抓著我的肩膀，好痛，哥哥完全失去平日的自制能力，顯得異常的慌張。

「你還沒當過兵？你幾歲啊？你說過你二十對吧？你幾年生的？」

「二〇〇〇年……」

我支支吾吾地回應著，士憲哥的唇微微張開，顯示出士憲哥有多慌亂。

「什麼？是哪個時候出生的？不是剛出生嗎？不、不，你……該不會是身分證後面開頭的數字是三？[4]」

哥哥那驚慌失措的臉龐，讓我有點難為情，只能閉上嘴看著哥哥，可士憲哥早已獲得肯定的答案。哥哥好像被澆了一盆冷水一樣左右搖晃著，而且應該不只是冰水，而是還有冰塊的水。他的表情讓我也跟著緊張了起來。

「你、那……啊……」

哥哥完全失去說話能力的縮起肩膀，久久都沒有抬起頭來。一片沉默，哥哥就只是抱著自己的頭，沒有放鬆的意思，突然看到在自己面前展露出絕望神情的哥哥，讓我覺得好抱歉，過了許久之後，哥哥挫折的問：

「……那……是替代役這種……」

「一等體格。」

士憲哥又一次嘆了氣，身為大韓民國健康男性國民的我，現在也不知道該說些什麼才好。陷入絕望的哥哥又深深嘆了一口氣後，開始想要否認現實的說著：「爸媽中有一方是外國人……

4 譯註：韓國的身分證字號總共十三碼（前六後七），前六碼是西元出生年月日，後七碼一般來說會接一（男性）、二（女性）。不過二〇〇〇年之後的男性則是三、女生是四。

不可能，這我也很清楚，入伍令出來了嗎？還沒，對吧？」

看到哥哥這個樣子，我也只能靜靜地點頭，眉角緊皺的哥哥好像要哭了的樣子。

「家中有長輩是獨立運動家[5]或……」

士憲哥一一追問著家族的情況，企圖找尋一點點希望，讓正預備想去駐韓美軍基地、或是ROTC（後備軍訓練營）的我閉上嘴不敢說話。

士憲哥一定有看出我的表情，所以又一次深深的嘆息，然後再次抱著頭。沉默再一次襲來，我看著眼前十分絕望的戀人，無法馬上開口說出安慰的話語，畢竟昨天才剛交往，就馬上說要去當兵的事情。我想我可以理解哥哥的心情。

「……沒關係。」

哥哥突然低語著。他緩緩地抬起頭，眼神因為逆光而帶著一點瘋狂，就在我想著是到底是出了什麼事的時候，哥哥急忙地說：

「沒關係，你先脫掉衣服，快點！」

「呃？」

「快點！」

哥哥的命令有著不容違抗的威嚴。雖然我有點搞不清楚狀況，但還是乖乖照哥哥的命令準備脫掉上衣。可是，這裡是廚房，為什麼會突然叫我脫衣服？我氣呼呼地反問：「為什麼突然

5 譯註：指推動韓國獨立的有功者。

要脫衣服？」

「只要生三個就可以不用去當兵了，我們來製造小孩吧！」

「啊？」

「一次可以生三胞胎。」

認真說著這種話的哥哥好像真的瘋了。

我身上的衣服很快被脫掉，還被隨意地丟在後面。士賢哥開始用牙齒進攻我的脖子，一陣痛楚朝我襲來。

簡直就像是野獸在標示自家領土一樣的，裸著上身的我接觸到冰冷的空氣，就在快要起雞皮疙瘩之際，哥哥的手又急忙的伸到褲子的皮帶處，我掙扎的想要推開哥哥的手，急忙地喊著：

「哥、哥，等等！等等！」

我的身體被抱了起來，不安的我為了穩住自己的重心，只好快速的用雙腳環繞著哥哥的腰，我敲著毫不費吹灰之力就抱起我走路的哥哥後背。

「哥、哥！士憲哥！啊！」

被丟到床上的我本來想爬起來，但哥哥已經撲了上來。他的手在這時也解開了我的皮帶，堅韌的青色布料已經滑落，不知道被丟去哪邊了。

一瞬間就被脫去全身衣服的我，因為寒冷而發抖。哥哥瘋狂的眼神讓我想要努力拖延一點時間，讓他可以恢復一點理智。

「哥，我餓、我餓了，晚一點，你先冷靜一下……」

「所以現在正要吃啊。」

他到底是在說什麼啊！我內心不停地吶喊著，可士憲哥的手好像急忙的翻找著抽屜裡那罐幾乎快用完的膠，拿出來之後也沒有把抽屜關好。

明明到剛剛為止都還甜蜜的聊著去國外旅行的事，為什麼會突然會變成現在這個局面呢？我力挽狂瀾的想要阻止哥哥，抓住急忙撲向我的哥哥肩膀，急忙喊出：

「哥、哥哥啊！冷靜……呃啊！嗯！」

我的黑色內褲也被脫掉了。現在真的是呈現裸體狀態的我只能不停發抖，看來士憲哥沒有餘力脫掉他自己的衣服，就只有解開皮帶掏出他凶器般的陰莖，然後在上面胡亂的塗上膠，這讓我瞪大眼睛望著他。

「青名。」

低聲呼喚的聲音相當陰沉，接下來哥哥的行為就跟之前我經歷過的一樣。但今天哥哥怪異的樣子讓我很想逃跑。

「人為什麼會有進化呢？只要不用保險套，不斷地往裡面射，就有可能有所改變。」

我想逃跑，所以屁股不斷往後退，但在身體碰到一堵牆後，瞬間明白自己已經無處可逃了。說著莫名其妙話語的哥哥抓住我的腳踝。我叫了一聲，想要轉身用爬的逃開，但士憲哥動作更快地抓住我的腰。

「可以的！」

到底是在說什麼可以？只聽到士憲哥一直重覆著這句話。我的腰被抓住、腳被打開，姿勢就好像狗一樣，讓我覺得好害羞。接下來哥哥勃起的陰莖就插了進來。

「……啊、啊嗚！」

相較於瞬間就被陰莖插入的痛苦，我反而感受到更強烈的快感，沒有放鬆的內壁反而緊緊的咬著哥哥的碩大，深深沒入體內的陰莖，讓我更能感受到祕境周圍粗粗的陰毛。下腹還有點痛。

我好像要倒了下來，用手臂撐著床墊，平常跟哥哥發生關係時，哥哥總是會給我時間讓我先習慣陰莖的大小，但我很清楚現在的哥哥不會給我這樣的時間。哥哥幾乎要將陰莖整個抽離，卻又啪的一聲狠狠往內插，毛躁的動作讓我忍不住大叫。

「啊！啊嗚！哥，慢、慢、慢一點！啊呃！啊！」

我赤裸的身體感覺到被他人衣服掃過的觸感，這令我感到陌生。跟全裸的我不同，哥哥的衣服完整地穿在身上，襯衫的扣子掃過我的腰部附近，抓住我的兩腳毫無憐惜地衝撞著我。

就好像禽獸在交配一樣，就只有難以承擔的快感不斷湧現，這讓我又陌生、又恐懼，我抓緊床單、扭著腰。

「啊、啊，啊呃！啊嗚！」

「啊啊，親愛的！」

低沉的聲音很性感，不規律的抽插讓我的身體蜷曲，哥哥貼上我的背，身體的重量就這樣壓在我身上，然後插得更深入。

「啊！啊呃、呃、啊嗚！停、慢、慢一點，啊嗚！」

「每次跟你做的時候，都很怕這裡會裂開。」

哥哥摸的地方是我的下腹，我馬上知道哥哥在說什麼，臉頰瞬間漲紅。粗魯的抽插持續著，哥哥的陰莖填滿我的內壁，無情的抽插著讓我舒服的地方。從深處綻放的快感，瞬間使得身體滾燙不已，我啜泣著將臉埋在床墊裡，覺得快速湧現的快感很可怕，也覺得沒有給我一點時間熟悉就無情逼近的興奮十分嚇人。

「啊、啊呃、慢一點、呃啊、呼……哥、哥，不要、不要摸那邊，啊！啊呃……！」

儘管我哀求著，士憲哥的手依然撫上我的下腹，好像用手觸碰著我的陰莖。我的雙腳已經沒有力氣，但哥哥在我雙腿之間不斷地碰撞，我根本無路可逃。

「啊呃！呃！嗚啊！停、停、啊呃！拜託……！」

我的眼淚不斷掉落、腳指頭蜷曲著，緊縮的內壁帶來更劇烈的快感。我忍不住地射了出來，白色精液弄髒了床單跟肚子。我的雙腳完全無力、膝蓋不停發抖、幾乎要往前倒，士憲哥拔出他的陰莖後，輕輕的把我的身體轉了個方向，我筋疲力盡的靠在床上，不停喘著氣、用哭紅的雙眼看著哥哥。

哥哥的陰莖依然高挺，這讓我更加哭喪著一張臉。士憲哥抓住並打開我的雙腿，把我的腳踝放在他的肩膀上，然後又一次的插入我的內壁，因為方才高潮的餘韻尚未緩解的我，只能不斷地扭曲著身體。

「啊！啊呃！」

全身滾燙的欲望，哪怕只是輕掃而過都會轉化成熱氣，不停刺激著皮膚，此時感受到的衣服觸感相當奇妙，士憲哥的西裝襯衫與略為粗糙的褲子帶來的觸感，都讓我難以承受。

越來越敏感的內壁，被陰莖深插到底，過度的刺激讓我只好哭著開始求哥哥。

「哥，慢、慢，停、我、啊嗚，我錯了、原諒我，啊呃！嗚、啊嗚！」

我不斷地掉淚，抓著哥哥的脖子想要獲取一點緩衝，但士憲哥依舊呈現半瘋狂的狀態。

「抱歉了，我有點急！」

「啊嗚！啊呃、啊！嗚、啊啊！呃啊！」

「我帶大的漂亮寶貝，嗯？還有昨天才剛剛決定要交往的寶貝，說要去當兵了，我都這個年紀了還要等待當兵的情人……媽的！」

士憲哥好像生氣一樣狠狠地插入。跟平常進來的地方不太一樣，而是更深的地方，而且比任一個部位都還要敏感。我的腰腿不停的顫抖與瑟縮，雙腿不斷滑落。

「啊，啊嗚呃！呃、呼啊，不、不、不可以、不可以，啊呃嗚！」

「射在這裡就可以有孩子嗎？」

「那、那種話，嗯！啊！很怪、怪，啊呃！」

粗獷的陰毛弄痛了我的祕境，士憲哥不停往內深入，用他的陰莖無情的抽插著我。我的眼前冒出星星，這已經超越我熟悉的行為了。我全身被怪異又截然不同的快感支配著，淚水不停的滑落、嘴裡不斷發出奇怪的呻吟聲。

「啊！啊嗚！啊！啊呃啊！」

我的身體不斷顫抖著，想讓自己冷靜下來，但僵硬的肌肉卻只能不停地發抖。粗暴的抽插依舊持續著，我搖著頭不停哀求著哥哥停下來。

「停、拜託、拜託，哥……啊呃！啊！啊嗚嗚！」

已經到達高潮的身體很容易就射精了，又一次射出稀薄的精液。我推著哥哥的肩膀想要阻止他繼續抽插，但無力的雙手根本做不到。

「拜託、啊、啊嗚，不行、不、啊呃！不行了！」

「為什麼不行，三個！啊！媽的，我說可以！」

「不，啊呃、啊！我錯了，啊、啊嗚嗚！」

就算我已經射出來了，哥哥依舊不停地動作，讓我哭到幾乎要昏厥。我的頭隨著士賢哥的動作不斷撞到床頭，所以哥哥抓住我的腰往下拉，又更深入地被抽插。

「啊！啊呃！啊！啊呃嗚！」

我搖著頭不停的呻吟，深怕已經射精的我又會再射出什麼奇怪的東西。

「啊！啊啊！哥，啊！廁所、我想去，啊呃！」

「你說什麼，你是想逃去哪裡！」

低沉的怒吼聲，哥哥好像真的瘋了一樣，他咬著牙抓住床頭再次用力地抽插，內壁痙攣似的緊縮。我的全身都在發抖，環住哥哥腰部的腿也不停的滑落，每一回碰到哥哥，都引來極大的快感。

「啊、啊啊、啊！呃……嗚啊！！」

又陡又窄的敏感部位，除了哥哥的陰莖之外，好像有點熱熱的感覺，裡面被熱氣填滿的我，又一次到達高潮。強烈的快感與陰莖爆出的透明液體，我想忍，但已經來不及了，我張著嘴、身體不停地哆嗦，短暫又不規律的喘氣聲，好像喉嚨被掐住的感覺。

「啊、呼、科、呼嗚、啊……！嗚嗚！」

腦袋完全空白，身體一邊發抖、一邊看著哥哥身上的衣服被我噴出來的水弄溼，已經潰堤的眼角再次爆發。極度的虛脫與羞愧感同時湧現，羞愧與恥辱的感覺，讓我不敢抬頭，當我確認了哥哥白色襯衫上一塊一塊的斑點後，我開始嚎啕大哭。

「呼、呼啊……呼啊……、哥……、哥……」

我的眼前一片模糊，哥哥的陰莖依然在我裡面，然後往下看了一眼自己的衣服，接著用手隨意擦一下，但布料上的水痕早已留下淺淺的痕跡。

居然在跟哥哥做愛的途中又尿了出來，這真的很不像話，我潰堤的眼角充滿淚水，丟臉到根本無法止住哭聲。

「呼、呼呃，我要去、廁所……呼呃……」

我哭著辯解著，但即便如此也無法讓我的羞愧感消失，士憲哥緩緩拔出他的陰莖，瑟縮的內壁傳來刺痛的感覺。

「呼呃、啊嗚……」

我看到已經射過一次的哥哥那個，居然還如此生氣勃勃的半站立著，士憲哥開始解開溼掉的襯衫扣子。

「夾緊，不要讓他流出來。」

哥哥無意吐出的一句話，讓我耳朵滾燙，邊哭邊皺緊眉頭，可以感覺到自己臉頰又紅了起來。

扣子一顆顆解開，隱隱約約可以看到白色襯衫裡，那令人無法呼吸的結實腰身與腹肌，脫下溼溼的襯衫與褲子的哥哥，隨意的丟開後，奸笑的說：

「果真還是個孩子。」

「……呼，那種話……」

「下次想尿尿的話要說，我會幫你抓著你的小雞雞的。」

極度的羞愧讓我張大嘴巴，我倒吸了一口氣之後又開始鼻涕眼淚不分的大哭。但哥哥卻若無其事地大聲笑著，那雙溫柔的手扶起了我，卻讓我的身體又再次顫抖了起來。就算哥哥只是用手輕碰，都會讓我興奮的身體不停地哆嗦。

「啊唷~真是委屈、委屈的寶貝。」

哥哥靠在床頭，把我像小水獺一樣的抱在懷裡，擦拭我的眼淚。哥哥是又變回原本溫柔的哥哥了嗎?但原本在我後腰的手又一步步的往下探。

哥哥的手來到我顫慄的祕境，我瑟縮了一下肩膀，抱著哥哥的脖子。縮起身子的我感覺到洞口周圍流出精液，有點溼溼的感覺。哥哥溫柔的說著：

「可是寶貝，我剛剛是不是說過，要你夾緊。」

「……呼呃，哥……那種話……不要……」

「都流出來了啊，這樣怎麼有小孩？」

我用紅腫的眼睛瞪著哥哥，哥哥卻把手伸過我的腋下，輕輕把我抬起來，準備再次插入他半勃起的陰莖，我嚇得急忙往後退，看到只露出內褲外的陰莖。

「不行、不行……我好累……」

「要三次才行啊，最近要懷孕可不簡單！」

但不單單是我很累的問題，而是根本不可能。我瞪著哥哥一邊想要起身，但這讓原本在裡面的精液不停地順著大腿滴落，讓我又慌張又丟臉。士憲哥嘖嘖說著：

「都流出來啦，沒辦法，還要繼續才行。」

觸碰到洞口的龜頭讓我擺出害怕的模樣，瘋狂的搖頭。

「不行……哥，拜託，不行……！」

「好像在哪裡聽過，有容易懷孕的做愛體位。」

「啊！啊呃……！」

巨大的陰莖又一次緩緩插入，可能是剛剛哥哥留在裡面的精液，讓龐大的陰莖得以暢行無阻的進入。我依舊不停的搖頭，但身體卻不斷湧現驚人的快感。

「不過再仔細想想，好像不是騎乘體位，沒辦法，只好拔出來，換回正常體位。」

「啊、啊呃……！呃啊啊！」

我的腰完全無法直立，難以忍受的快感讓我握緊拳頭，士憲哥低沉的笑聲隨之而來，我只能閉上眼睛，任憑淚水滑落，眼角相當刺痛。

「喜歡嗎？」

士憲哥抓住我的手腕，由下而上的反覆舉起、放下，雖然動作相當緩慢，但這讓已經敏感發燙的內壁更加難以承擔，我被抓住的手也不斷隨著力道被拉伸。

「慢、慢一點……啊呃，哥……」

「慢一點？」

我邊哭邊搖頭，我是想要喊停，我的阻止好像產生了效果，抽插暫時停止，哥哥用他的大手溫柔撫摸著被他緊抓的手腕內側。

「我正慢慢來。」

我哭泣的臉又變得更加扭曲，只見哥哥擺出一副不知該如何是好的表情，但我可以看出表情中隱藏的笑意。

「怎麼辦才好？你要試著慢慢動看看嗎？」

充滿憐惜意味的低聲細語，讓我感覺到無比甜蜜。被抓住的手腕傳來了一陣用力後又再次放鬆了。至少、至少我現在有了選擇權，但怪異感越來越濃厚，我氣喘吁吁的哀求：「哥，這太、太……」

「太怎樣？太有感覺？」

正確答案一說出，帶著委屈的呻吟聲傾瀉而出，我掙扎著想要擺脫哥哥的手，但完全無力的我根本沒有辦法這樣做。大腿內側不停顫抖，肚子跟腰部痠痛到不行，但身體內部敏感難耐的快感，讓我很猶豫。

「啊、啊呃，不行、我好像不行……」

「再試試看，就照你想要的慢慢地動，還是你要我來？」

「不、不要……」

我狂掉淚、狂搖頭，光只是上下擺動腰身就能湧現極大的快感。我把額頭埋進哥哥的肩膀，逃避著難以承受的興奮。

「呃、呃嗚、哥、哥、我……」

「很好。」

「我、呃嗚、剛剛、到了……太……太累了，先休息、一下……」

根本說不出完整的一句話，士憲哥把被他緊抓的手拉到嘴邊親啄了一口，這比親吻我的雙唇還要刺激，我全身敏感火熱，好像全身都是敏感部位。

哥哥默默的親上我的脖子，親吻聲讓我倍感刺激，我哭喊著：「啊、呼呃、呃、哥……、哥……」

快感的極致，讓我只能繼續流著淚水，士憲哥溫柔地為我拭去淚水，然後悄聲的說：「我們就來試試看，看是你去當兵快、還是先生三個快。」

哥哥呢喃著瘋狂的話語，看來真的是瘋了。挑逗般的親吻從脖子、鎖骨漸漸往下，哥哥每一回的親吻都讓我的呻吟聲夾帶著哭聲，身體也隨之顫抖，最後哥哥的嘴停留在我乳頭、輕輕含著。

「啊、啊呼呃，不、行，啊呃……」

敏感的乳頭馬上出現反應，哥哥用舌尖、用整個舌頭溫柔地舔著，讓我的腰不禁用力，我不停推著哥哥的肩膀，企圖停下這一切。

「哥、呃、嗚啊、啊！呃啊！」

胸部不停的被舔咬、下方溫柔的腰身繼續動著，跟剛剛暴力的動作相比，真的、真的很溫柔，但對於已經歷經一次又一次高潮的身體來說，卻完全不是這麼一回事。快感又一次湧現，緩緩的插抽內壁的陰莖又一次快要到達高潮的樣子。

「慢、慢、慢一點，啊呃、呼！哥……！」

「這裡要怎麼慢慢來，還是就這樣插著?」

啪的一聲，陰莖又一次插到深處，我的腿被抬了起來，膝蓋幾乎碰到哥哥的臉，好丟臉。士憲哥又一次深入的抽插，龜頭又一次深入到未知的地方，讓我全身跳了起來，而哥哥卻突然停下動作。

「啊……啊呃……呼呃……」

全身湧現顫慄感，寒毛一根根豎起，就算哥哥不動，我的裡面也不停的收縮顫抖著，哥哥壞心的笑了笑說：

「現在我不抽插，也會自己蠕動了。」

「啊……啊呃……呼呃……」

眼前全白的快感，讓我完全無力思考，不知該怎麼辦的我，只能探入哥哥原本親吻著我的嘴，熱情的探索，敏感的上顎與舌頭，更加刺激著我。

已經滾燙的全身，好像在一瞬間又要高潮。我的眼前閃爍著黑影，士憲哥抓住我的腰，但這觸碰又一次給我無比的刺激。

「嗚、嗚啊、呃啊……！」

因為親吻而被堵住嘴的我，低聲哭著打了冷顫。好喜歡、好喜歡，喜歡到好像要昏倒一樣。我好像又射了，還以為已經無法再射了。下腹緊咬著哥哥的陰莖，大腦已經暈眩到無法自己，我無聲的吶喊著，雖然又一次高潮，但陰莖依舊沒有拔出來的意思。

好可怕，我的身體變得很奇怪，好像再也無法回到本來的樣子了，承受著喜悅高潮的我，對於不斷襲來的快感感到恐懼。

「哥、哥，好怪、啊、啊呃、好怪，啊！呃，救、救、救救我，啊！」

我不斷地發出哭泣聲，明明都已經射出來了、再也沒有東西能射了，卻好像被一種尚未紓解的快感覆蓋著，讓我好驚慌、好恐懼。

「身體、呃啊、好怪、好怪……哥……」

「真的……你真的是……太棒了……」

士憲哥低沉呻吟著，不斷地喃喃自語，我看到哥哥深皺眉頭，閉上眼睛、低沉的呻吟著，陰莖依舊深深埋在我的裡面。

「啊，真是爽翻了……」

哥哥緊皺眉間的樣子，看起來好性感。我搖頭哭著，不斷拍打著哥哥的肩膀，想要哀求哥哥幫我解決無盡高潮的問題。

「拜、託，哥，我怎麼辦，啊……啊呃嗚！」

我又一次被深深抽插，這無盡的高潮還有快感快要讓我昏倒了。

「啊、啊呃、啊、呃啊，啊！」

像這樣的性愛還是第一次。每回跟哥哥發生關係，都會讓我覺得很累，卻也都伴隨著十分舒服的快感。像現在這樣開心到要瘋掉的感覺，讓我覺得好可怕。我也再一次的理解哥哥之前究竟有多麼克制，但我並沒有要感謝他的意思。

「青名，啊！真的是，我、媽的！」

哥哥每說出一個語彙，就會伴隨一次抽插，直衝入內的陰莖與無盡的快感，讓我完全說不出話來，就只能不斷地哭、不斷地喊叫、不斷地呻吟。

「去美國時、呼啊！到底為什麼不拿永住權。」

「啊啊！啊呃！啊！哥！啊呃嗚！」

「這麼漂亮的寶貝，嗯？呼、媽的……」

我的腦袋好像炸裂開來，隨著哥哥每一次的抽插而大喊出聲，交疊的雙手更加緊密，也越抽插越深。

士憲哥用舌頭舔了一下嘴唇、然後咬著牙，用充滿欲望的眼神看著我，咬住我的脖子，就好像禽獸標示著地盤一樣。

「啊，啊呃、啊！啊嗚！」

我直挺挺的陰莖根本沒有東西可以射，但我已然籠罩在難以承擔的激烈高潮之中。全身不停的發抖，再也喊不出聲音，血管直衝腦門，連哥哥已經停止抽插都不知道。

就像想從野獸口中逃脫而抓住繩索一樣，我用力抓緊十指交扣的手。這種感覺還是第一次，出生以來第一次感受的激烈快感。

「……啊……啊呃……」

伴隨著喘息聲而出的呻吟聲，低聲喘氣的哥哥緩緩拔出他的陰莖，但這對不斷高潮的身體來說，也是一種刺激。

「看我插抽你的樣子，這下應該是一定會有小孩了……」

士憲哥默默地撫摸著我的下腹部，我從渙散的視野看到哥哥認真撫摸著我下腹的樣子。我已經沒有力氣瞪哥哥了，只能不斷地喘著氣，全身癱軟虛脫。在我恍惚快要失去意識之前，哥哥輕撫著我的肚子喃喃自語的說著：

「這樣應該就能懷上了……」

這話太荒謬了，我想反駁卻無力說話，就這樣失去意識。

哥哥確實是個甜蜜糖果般的男人，但實在有點奇怪。

＊＊＊

隔天，我病倒了。畢竟出生以來沒有經歷過如此激烈的性愛，同時，我也體會到原來這種行為也是有可能會生病的。

我好像被揍了一樣，全身上下沒有一處不痠痛，完全無法動彈。這也讓當天下午要飛的哥哥不知該如何是好。士憲哥想著是該帶我去醫院、請特休，還是該說媽媽病危、拉肚子請病假等等荒謬的理由。但我反而安慰。

「沒關係，你就去上班。」

因為我叫喊過頭、聲音嘶啞，昨天瘋狂的哥哥已經消失，取而代之的是坐立難安，擔心得不知該如何是好的哥哥。

「我現在去要星期五才能回來，這要我怎麼能安心……啊，可是亞特蘭大……」

我只能繼續安撫著他說：「我睡一天就會好了，快點去，快遲到了！」

偏偏這時的我又開始咳嗽，有點微燒的樣子。不過就在我不斷催促之下，哥哥好像決定要去上班了。

「好，那你先好好休息，我們再聯絡。記得跟教授說今天要休息。」

我柔聲的說好，不過就是重感冒，好好睡一覺就沒事了。我就這樣在溫柔的觸摸下沉沉的睡去。

Epilogue 蜜糖般的男人

Sweet Sugar Candyman

滴、滴滴、滴。

我被按下大門密碼的聲音嚇到，半夢半醒之間，緩緩睜開眼睛，不知是什麼時候睡著了。

房間裡面很黑，月光與建築物之間透出的光線，讓我稍微可以分辨出東西的位置，早上的微燒與不舒服，在睡過一覺之後好像都沒事了。

剛醒還迷迷濛濛的我突然聽到大門關上，門把轉動的聲音。

除了我以外，應該沒有其他人在的夜晚，居然有陌生的侵入者按著密碼登場，這讓我不禁緊張了起來，恐懼籠罩全身。我試著不發出聲響的悄悄起身，卻因肌肉疼痛難耐還是叫了出聲。

不過，這個月光侵入者好像有點弱，好像在玄關撞到什麼東西，「啊」的叫了一聲。

「青名？」

我聽到玄關處傳來熟悉的聲音，小聲的叫喚著我。我瞬間就認出這聲音的主人究竟是誰。

「……哥？」我用半啞的聲音回應著，疑惑的想著為什麼哥哥會在這個時間出現。

聽到我的回應後，哥哥的腳步聲隨之清晰了起來。他快速走向半掩的房門，然後打開房門。

「我可以開燈嗎？」

哥哥柔聲的問著，我點了點頭，卻發現房間暗得什麼都看不到，所以改用說的回答：

「嗯，可以。」

聽到我說好之後，哥哥緩緩地找尋著電燈開關。刺眼的燈光讓我眉頭皺了一下，原本依靠微弱手機燈光找尋開關的彩憲哥，也隨即將收起了手機。

「小可愛！」

哥哥滿臉笑容的喊著我的名字。我張開雙臂抱住彩憲哥，哥哥的身上有溫暖的味道。

權彩憲，比士憲哥大三歲，目前在一家德系公司從事口譯、筆譯的工作。也是上次那位被我誤會成士憲哥女朋友的空服員的正牌男友。

「彩憲哥……」溫柔的哥哥緩解了我的緊張情緒，讓我像個孩子般的瘋狂撒嬌。

抱住我的哥哥觀察了我的情況後，擔心的一邊撫平我翹起的頭髮說：

「我的小可愛怎麼生病了？剛剛士憲拜託我來照顧你，我就跑過來了，現在還很不舒服嗎？」

「沒有，已經好很多了。」

在彩憲哥的面前，我總是不自覺的撒嬌。或許這是因為跟喜歡開玩笑的士憲哥不同，彩憲哥總是溫柔地接納我的孩子氣。

「怎麼會生病呢？我買了粥過來，你可以吃嗎？」

「嗯，可以、可以。」

我一轉身，從後方襲來的鈍痛與全身肌肉痛，讓我不禁發出呻吟聲，這肌肉痛真的很要命，我按著貼在身上的痠痛貼布，而彩憲哥也發覺我因為肌肉痛而難受的樣子，所以也幫我按著貼有貼布的地方。

「要我餵你嗎？」

若是士憲哥這樣說，有很高的機率是在戲弄我，但如果是彩憲哥說的話，百分之百是因為擔心我而說出口，我搖搖頭說：

「沒關係，我可以自己吃。可是哥公司怎麼辦？」

「我星期六去上班，所以可以休息到明天。」

彩憲哥的公司是外商公司，沒有固定的休假日，只要達成每週工作時數，可以隨意調整假期。但因為我讓哥哥變成週末要上班，實在讓我覺得有點抱歉。

「對不起……」

「哪會，我的小可愛生病了啊，是我想來照顧你的。肚子會餓嗎？要去熱一下粥嗎？」

聽到哥哥擔心的詢問後，我才發現自己好像真的餓了，整天只關注著痠痛的我，完全沒想到自己餓了。

「我很餓。」

「那我去熱一下粥，你等等。嗯，要借穿一下士憲的衣服了。」

哥哥一個人自言自語的說完後，便提著塑膠袋起身。我居然沒發現哥哥手上還有一袋粥。我靜靜地靠在床頭等著哥哥。

這裡是我的房間、我的床，但我卻不太熟悉，只覺得床很硬，有點怪異，畢竟我幾乎天天都在士憲哥的房間睡覺。不過在我昨天失去意識之前，明明是躺在哥哥的床上，到底是什麼時候回到我的床了？

彩憲哥換穿上士憲哥的衣服後，將熱好的粥放在托盤上端了進來。

「對不起，我只有買這個過來，不過士憲是沒有洗衣服嗎？我看他房間的床上沒有床單？」

「是……是嗎？啊，可能是昨天有什、什麼灑在床上吧。」

雖然我沒有說謊的天分，但還是極力地想要辯解。我滿臉通紅，因為我知道哥哥拿掉床單的原因就是因為我。幸好彩憲哥沒有起疑心，只是投下了另一顆震撼彈。

「是嗎？那我去弄好了。」

「不用，我來，拜託讓我來……」

我急忙地想制止哥哥，但彩憲哥溫柔的笑了一下，捏了一下我的鼻子說：

「生病的人是在說什麼，快點吃吧。」

哥哥人很好，但需要果斷做出決定時，還是會很果斷。我看著彩憲哥走向洗衣間的背影，心裡忍不住覺得很丟臉，深怕彩憲哥看到我到這個年紀還會尿床的證據。

我慌亂的放下湯匙，跟著彩憲哥走出去，不會整理家務的士憲哥肯定就只是丟進洗衣機而已。

但我隨即就對上彩憲哥的雙眼，哥哥一臉嚴肅的看著我。彩憲哥是個正派的人，又帶著一副圓形眼鏡，所以看起來比士憲哥還要溫和，但一旦露出嚴厲的表情時，就可以輕易理解他們兩人確實是兄弟。

「不吃飯在做什麼？」

「衣服，我想去洗……衣服……」

「已經洗好了啊，剛剛客廳一片黑的時候沒發現。」

突然之間，原本噎在嘴裡的東西好像瞬間消失了，我努力的不做出太大的反應。

「是、是嗎？原來如此……」

「好了，現在生病的孩子快點先去吃飯吧。」

彩憲哥推著我的背，但被哥哥碰到的地方瞬間傳來一陣痠痛，我哀呼了一聲後，緊緊閉上眼睛。

「啊，對了，你全身不舒服，還好嗎？」

「沒關係。」

我痛得差點要掉下眼淚，更默默下定決心等士憲哥從亞特蘭大回來之後，一定要讓士憲哥答應一年內我們都不要發生性關係。

吃了彩憲哥買來的粥之後，我再次被瞌睡蟲襲擊，明明已經睡了那麼久了，但我還是很想睡，真的太神奇了。坐在床邊的彩憲哥摸了摸我的頭髮，就好像回到小時候那樣，哥哥的撫摸讓睡魔更快找上我。

「要幫你換貼痠痛貼布嗎？我有買。」

早上我完全無法起身，所以哥哥急忙地幫我貼上貼布，到現在邊緣的地方都已經翹起來了，藥效應該也都過了，但我沒有力氣動，只能微微的點頭。

「衣服拉上面一點點，哪裡會痛？」

「背……腰……還有手臂。」

我不敢說屁股跟大腿也會痛，所以少說了幾個部位。彩憲哥拉開我的上衣，臉上好像一瞬間出現了慌張的神情。但我不太確定，因為當我無力地看著哥哥時，他的臉上就只剩下溫柔的笑容。

「還很痛嗎？這裡呢？」

「嗯，那邊……啊！」

彩憲哥按了一下會痛的部位，讓我感到一陣刺痛，這讓彩憲哥急忙放開手跟我道歉。

「對不起，手臂這邊，貼在剛剛貼過的地方就可以了，對吧？」

「對。」

彩憲哥比剛剛更小心地開始幫我貼貼布，剛剛覺得已經沒有效力的地方，再次覺得舒服不少，好像肌肉痛都已經遠離一樣，應該明天就可以回學校了吧？我想著自己果真是教師的兒子，然後暫時閉上眼睛。

突然湧現睡意，可能是哥哥溫柔的手減緩了疼痛，我的意識漸漸模糊。

彩憲哥買來的貼布全部都貼完了。感覺大部分是貼在背跟腰，因為哥哥的細心讓我舒服得快要睡著了。貼完之後哥哥搖了我一下說：

「小可愛，衣服要穿上啊。」

「好……」

好是好，但我已經無力張開眼睛了。哥哥忍不住笑了出來，只好放棄幫我穿上衣服，改用棉被把我的整個身體裹起來，再將所有的燈都關掉。接著我感覺到哥哥躺到我身邊，伸出他的手臂讓我當枕頭，輕輕的抱著我，就像爸媽的懷抱一樣溫暖，讓我更進一步地鑽入哥哥的懷抱裡。

「小可愛，乖乖睡。」

彩憲哥輕輕地摸著我的臉，跟士憲哥不同，卻一樣可以讓我覺得很開心。我就像小鳥依偎在母鳥懷抱一樣舒服，接著哥哥問道：

「小可愛，你是不是有女朋友了？」

「……嗯……」

我隨意地回應著，彩憲哥有點擔心的繼續問：

「哪種類型？什麼樣的人？」

「……士憲……哥哥……」

可能是因為睡魔襲來，以及彩憲哥的懷抱很舒服的關係，我完全沒有多想就說了出來，雖然一說出口就覺得不太對勁，但因為被睡意纏身，所以覺得那都不重要了，反正是彩憲哥，應該沒有關係。

「跟士憲一樣的人？這世上還有那種人……？」

彩憲哥難以想像的呢喃著，差不多接近正確答案。只聽到哥哥自言自語的說著：「看來是激烈的類型……」

哥哥的手輕撫著貼上貼布的地方，不知不覺我就已經失去意識深深入眠。

當我再次醒來時，聽到房間外面竊竊私語的聲音，被棉被包裹成蝦子狀的我發現身旁沒有人，意識也漸漸甦醒。

「床又沒有床單是要怎麼睡！」

「所以就跟青名一起睡嗎？還抱在一起？還都光溜溜的！」

「哪有光溜溜的睡，而且跟小可愛本來就沒有可能！你怎麼說得好像抓到偷情現場一樣？」

「我一回到家就看哥你從青名的房間走出來，怎麼不會這樣想！」

「你終於是瘋了吧……」

那是士憲哥跟彩憲哥的吵架聲。我把臉靠在包裹著自己的棉被上，現在我真的醒了，但大腦還沒醒，不停的回想現在是什麼情況。皮膚的觸感有點空虛，看向自己貼滿貼布的身體，驚慌失措的發現士憲哥在我身上留下了許多吻痕，只好慌慌張張地撿起散落在床下的衣服穿上。

昨天的記憶也逐漸回到腦中。一想到彩憲哥幫我更換貼布時可能也看到了這些吻痕，就覺得臉蛋相當火熱，根本不知道該怎麼面對哥哥。

「不過，你為什麼現在就回來了？不是說這一趟星期五才會回來嗎？現在是連公司的事情都可以拖延了嗎？」

「起飛前五小時好不容易才換到班表。」

我小心翼翼的起身，可能是貼了貼布的關係，肌肉已經沒有昨天那樣痠痛了。

身著制服的士憲哥，跟穿著士憲哥衣服的彩憲哥面對面站著，而士憲哥一臉嚴肅地瞪著彩憲哥，卻也發現一臉尷尬站在門邊的我。

「起來了？」

聽到士憲哥這樣說，彩憲哥急忙轉頭，用著比士憲哥還溫柔的眼神笑著對我說：

「有睡好嗎？小可愛。」

「……嗯，有睡好。」

我用沙啞的聲音回應著彩憲哥，沙啞的喉嚨好像滲著血的感覺，覺得我狀態很糟糕的彩憲哥擔心地問著：「聲音看來還沒好，怎麼會這樣呢？還好嗎？家裡有柚子蜜嗎？」

「就是啊，聲音都啞了。」

士憲哥順著彩憲哥的話說著，眉毛也隨之揚起。我趁彩憲哥不注意的時候瞪了一下士憲哥。但士憲哥好像不在意，一下子就走到了我的面前。我可以聞到哥哥身上的異國香味，哥哥摸著我的臉確認。

「有好一點嗎？」

「……貼了貼布，睡了一覺。」

「那就好。」

可能是剛下班，所以士憲哥身上的制服與機師帽都還沒有脫下，但哥哥的臉看起來很像很久沒睡的樣子，展現出特有的疲勞感，我有點訝異的問：

「哥，你不是說這次飛要星期五才會回來。」

「我在去公司的路上一直找可以 Swap 航班的人，最後在任務會議前換到了尼泊爾的航班，所以就 Quick Turn 一趟，都快累死了。」

士憲哥的聲音看起來很累。本來以為要幾天後才能看到哥哥，沒想到居然可以馬上看到哥哥，讓我忍不住開心了起來。不過看到哥哥這麼累的樣子，又讓我有點心痛。士憲哥用力捏起我的臉頰，讓我的嘴嘟了起來。

哥哥習慣的想要親吻我的嘴，但我嚇得後退，臉色漲紅的看向彩憲哥，尷尬的說：

「別開……玩笑了……」

「就是說，別鬧了，他還病著呢。」

彩憲哥冷靜的說著，但士憲哥只是緊皺著眉頭，一臉調皮的樣子。

「過來這邊，我要親親。」

「嗚啊！」

因為臉被抓住，所以只好乖乖被哥哥親。彩憲哥只是笑著搖頭。我呆呆的看著士憲哥，不過彩憲哥已經不關心我們這邊，自顧自地打開冰箱開始翻找食物，就在彩憲哥一一拿出我之前做的小菜之際，士憲哥調皮地用他的大手抓了我屁股一下。

我顫抖了一下，真不知道如果被彩憲哥看到會怎麼樣，也無法理解怎麼有人可以在他人面前做出這種事情，我拍打了一下做出這怪異行為的士憲哥的手背。

「飯鍋裡有飯嗎？」

「……嗯，有。」

我快速回應，同時扭著腰想要迴避士憲哥再度舉起的手。這時卻聽到關節嘰嘰嘎嘎的聲音，瞬間皺起眉頭忍耐疼痛。

「對不起，很痛嗎？」

士憲哥用不是很明顯的聲音詢問著我，然後靠近我，似有若無的撫摸著我會疼痛的地方。撫摸著我腰際的手，好溫和、好舒服，看到我與士憲哥又黏在一起的彩憲哥，無言地大笑說：

「就叫你不要再欺負他了。」

「我才沒有，我是在擔心他。」

不知為何，士憲哥在彩憲哥面前總是更加幼稚，我快速逃出哥哥的掌心，想去幫彩憲哥士憲哥叫著我。

「你要去哪啊，寶貝。」

「權士憲，你快去換衣服！」

彩憲哥用嚴厲的口吻下達指示，士憲哥則是一臉不開心的乖乖走進自己的房間，而我則是想要靠過去幫彩憲哥整理碗盤。

「我幫你。」

「謝謝，不過生病的人就乖乖坐好。」

哥哥口氣溫和卻帶著不容拒絕的氣勢，要我坐在椅子上等，他自己一個人準備著三人份的飯菜。我只好無聊的玩弄著桌上的盤子，等士憲哥出來。

士憲哥換穿上黑色高領與牛仔褲後，看起來的確比剛剛舒服了一點。不過拿掉了遮住臉的機師帽之後，看起來更顯疲憊的樣子。

彩憲哥問道：「都沒睡嗎？」

「完全沒睡到，我是 deadheading[6] 到尼泊爾，飛一個單趟、又一個 Quick Turn，所以沒時間睡，感覺好像環繞世界一周一樣，光是日出就看了三次，真的是最可怕的航班。我因為愛而放棄了亞特蘭大 Swap 這個航班，結果被說是瘋子？你知道我連續五次起飛降落時，是什麼心情嗎？」

士憲哥好像說著外星語一樣，看來彩憲哥跟我一樣都聽不懂士憲哥到底在說什麼，彩憲哥就只是嘖了一聲繼續說道：

「是嗎？那應該很累，那還有力氣吃飯嗎？」

「嗯。」

因為是早餐，彩憲哥準備得很簡單。士憲哥則是自然地坐在我旁邊的位置，關心著我有沒有好好吃飯。

6 譯註：機師或空中服務員有時會以乘客身份乘搭航班去目的地，預備下次值班。

「來，這個也要吃。」

士憲哥夾起醃黃瓜，放到我碗裡。畢竟平常我也會阻止士憲哥這麼做，所以在彩憲哥面前我也很自然地阻止了哥哥。

「哥……你幹嘛……」

「吃多一點，我的寶貝。」

士憲哥無視我的詢問，繼續暢所欲言。彩憲哥大笑說著：

「哎唷。你們兩個在幹嘛？是在交往喔？」

「你怎麼知道？」

士憲哥泰然的回嘴，就只有我坐立不安的樣子。我的臉好像已經通紅了，眼神不安的輪流看向彩憲哥跟士憲哥。

「什麼時候開始的？」

「沒多久，一星期？」

「誰先說要交往的？」

「我。」

「你這個犯罪者，我們小可愛都已經有漂亮女朋友了，對吧？」

但彩憲哥好像認定是玩笑話，所以我只能慌亂地看著士憲哥，正面肯定彩憲哥的說詞。

「對……啊。」

「漂亮是沒錯，不過我都已經跟青名求婚，也買了戒指。」

士憲哥不斷地放出炸彈消息，我都不知道士憲哥是在開玩笑、還是說真心話，但這次我站在士憲哥這邊。

「是嗎……？不過士憲哥的話，應該沒……沒關係吧……？」

「青名，你是真心的嗎？」

這次是彩憲哥發問，但不管我說什麼，都逃不離被權氏兄弟攻擊的命運，所以我選擇安靜地吃飯。

吃完飯後，士憲哥就要趕彩憲哥走，說自己剛飛回來很累，要彩憲哥快走。

「哥你可以走了。」

「你這傢伙，我聽到青名生病，跟公司請假跑來，結果你要我走？」

「我有讓你吃飯啊。」

兩個哥哥在門嘴的模樣，讓不斷撫摸著自己疼痛手臂的我只能尷尬地往後站。

「我要跟青名約會。」

「還在說這個？你們是真的有什麼……不，好啦，我走、我走。」

彩憲哥用懷疑的眼光看了我一眼，然後穿上外套、拿著東西對著雙手交臂，一副要自己快滾的士憲哥調皮的說：「那就快點結婚吧，這傢伙！」

「謝謝啦，哥。」

「小可愛。」

「嗯？」

突如其來的呼喚讓我有點嚇到，不過我還是快速的回應，彩憲哥溫和地笑著問我：「可以送我出去嗎？」

「嗯，可以。」

「他生病耶，幹嘛這樣。」

讓我變成這副模樣的人還在碎唸個不停。但我已經休息了一天、也貼了貼布好好睡一覺、吃了飯，下午應該可以去上課了。於是我推了一下哥哥說：「我可以。」

我果斷地瞪著哥哥。不過士憲哥一副好像看到了什麼可愛的東西，嘴唇不斷地抽動，任誰看都知道他下一句會說出什麼來，但最好好像錯失時機，所以沒有說出口。

「走吧。」

「好，我穿個衣服，等等我。」

「……那我也一起去。」

士憲哥插嘴說著，抓著把柄的彩憲哥開始跟士憲哥鬥嘴。

「剛才不是叫我快走。」

「還是可以送你啊。」

「我有話只想跟小可愛說。」

「那就更不行了，我怕他會外遇。」

「你怎麼還在說那事……算了，隨便你。」

士憲哥推了推讓他外表更顯溫和的眼鏡，一副無可奈何地結束這場對話，就在我拿下掛在客廳衣架上的羽絨衣、穿上羽絨衣的同時，士憲哥進到房間拿出外套。

「走吧。」

彩憲哥看到邊穿外套、邊走出房門的士憲哥後說道。士憲哥的腳步漸加快，我刻意慢慢地穿上鞋子，等待士憲哥趕上我們，然後士憲哥問彩憲哥說：

「你車停哪裡？」

「一樓。」

玄關聚集了三個成年男性，變得十分擁擠，因此彩憲哥選擇打開門往外走，我則是跟著哥哥走出去。當一切都準備完成，我們一起搭著電梯往下。彩憲哥的車子就停在一樓大門前。

彩憲哥翻找外套口袋的車鑰匙，按下開門鍵，車前燈瞬間亮起。

「謝謝你送我下來。」

「不會，要再過來玩喔。」

「我是想來，不過這房子的主人在後面瞪我。」

彩憲哥笑著說，我往後看了一眼，士憲哥卻裝作沒看到。

「要抱一下嗎？」

他們兩個果真是兄弟，兩人的用語自小都一模一樣，我笑著擁抱彩憲哥，後面的士憲哥賭氣看著我們。彩憲哥拍了幾下我的背後放開我，然後淡淡的跟他的親弟弟打個招呼後，打開車門說：

「我走啦。」

「隨便你。」

「權士憲，你好好說話。」

彩憲哥嚴厲的念了一下士憲哥，但士憲哥沒有露出半點不悅的神情，看來在彩憲哥的面前，士憲哥就是個弟弟。不過我有忍住沒有笑出來。

彩憲哥上車後，又揮了一次手就發動車子，我揮手看著哥哥的車子離開視線。

就這樣，彩憲哥走了，突然有一雙手抱住我，這雙手的主人是士憲哥。

「終於走了。」

士憲哥放鬆的嘆了一口氣。又讓我想到剛剛哥哥們不斷爭吵的模樣，忍不住斥責起哥哥：

「哥……你不能這樣說，他是你親哥哥。」

「知道啦，對不起，因為權彩憲在我就不能這樣啊。」

士憲哥好像撒嬌般的用額頭磨蹭著我的肩膀，還好現在是大白天，四周正好沒有人，但我還是叨念說：「嚇我一跳。」

「對不起。不過原本是計畫我飛回來後要去約會的，但我好像回來得太早了。」

「就是啊……」

「這樣好了，你現在狀況也不好，若要按照原定計畫的話，也有點那個……」

士憲哥停了下來，好像在思考般的看著遠方，我順著哥哥的眼神看過去，那是一座公園。或許是因為白天的緣故，公園裡沒有人。

「你之前不是說過想平凡的一起散步嗎？我們就去公園待一下？」

這聽起來就像是在跟戀人提議的語氣，我不禁睜大了雙眼。當然，我沒有拒絕的理由，迅速點頭同意，更笑著更靠近哥哥一步，跟哥哥肩並肩的走向公園。

我們很快就到達了周圍滿是櫻花樹的公園，裡頭就只有我們兩個。

「花應該快要開了。」

樹上有幾朵已經綻放的花朵，但大部分都還是白色花苞，不過遠遠一看的確會覺得即將要盛開的感覺。

「就是啊。」

我連聲同意著，這個公園有一座鞦韆，哥哥清了清喉嚨，正當我覺得他的舉動有點奇怪時，就被哥哥拉往鞦韆處。

「你在這邊坐下，快點。」

看著士憲哥急急忙忙的樣子，突然覺得今天會來公園這邊應該不是臨時起意，而是哥哥事前計畫好的。我瞬間心跳加速，但還是聽話的坐上了鞦韆。

溫暖的陽光灑落在鞦韆上，但我的身體好像在顫抖，可能是這個地方伴隨的記憶讓我忍不住緊張。但這次的結果好像會有所不同。

士憲哥坐在我旁邊的鞦韆上，我正想著兩個大男人坐在鞦韆上可能看起來很好笑時，士憲哥轉向我這邊認真的說道：「原本是想飛去亞特蘭大訂的……」

哥哥說出口的話讓我很意外，我稍微退一步看向哥哥。春風搖曳、有幾朵櫻花飄過，還有有幾片櫻花花辦在掉落我們眼前。

「但因為你生病、加上我換了航班，所以只能在免稅店買，不知道你會不會喜歡。」

士憲哥感覺一點都不像平常的他，話說得有點語無論次。只見他垂下了眼，眼睫毛下方出現一道陰影。哥哥的手伸向外套口袋，拿出一個薄荷色的方盒，看那盒子的樣子就可以猜出那裡面是什麼東西。這讓我更是睜大雙眼看著哥哥，只見哥哥難為情的笑著說：

「我沒想到到這個年紀還要等待當兵的情人……但至少要留下一點信物，當做你是我的人的證據。」

哥哥有點不好意思的笑著的打開盒子，裡頭果然如我所料的是一對設計樸實的戒指。

「你會接受嗎？不，是你會願意戴嗎？」

士憲哥凝視著我，而我只是呆呆的看著戒指。哥哥發現了我的沉默就代表了同意，便溫柔的開口：「手給我。」

我傻傻地依照哥哥的指示伸出手，而原本伸出右手的我，在哥哥充滿笑聲的回應中，急忙換成左手。

「不是右手，是左手。」

「呃，喔喔……」

我努力克制自己不斷發抖的手，無法相信現在發生了什麼事情，抓住我左手的哥哥，將較小的戒指戴到我左手的第四根手指。

戒指大小剛剛好，好像特意為我量身定做的一樣，我不可置信看著我無名指上的戒指，哥哥趁這個時候將另一只戒指戴在他自己的無名指上，然後調皮的笑了一下。

我的眼淚都要掉下來了，為了不被哥哥看到我醜陋的模樣，所以丟出一個問題：

「……可是……哥你怎麼知道我可以戴的戒指大小？」

我沒有戴過戒指，所以也沒有戒指大小的概念，但士憲哥好像都知道，只見哥哥支支吾吾的說：「就……總是有方法的，很適合你。」

我覺得這一定跟哥哥過往淫亂的戀愛史有關，所以忍不住又瞪了一下哥哥。但為了不讓淚水滑落，再加上哥哥送了我戒指，都讓我決定要正面思考，於是立刻收回瞪向哥哥的眼神。這時，我突然笑了出來。

不知道是太開心、還是有其他原因，我也不是很懂自己的心思，在我笑出聲之後，哥哥也跟著露出輕柔的微笑，同時問我：

「喜歡嗎？」

我想起十六歲與十七歲之間，那個寒冷冬天的告白，那天也是在公園。但這一次不同，因為在過去冰冷的記憶之上，已經覆蓋了一層又溫暖又甜蜜的回憶。

「我很喜歡，哥。」

我像是要把這份感動刻畫在心裡一樣說著，但我的聲音已然充滿淚水。

「……我好喜歡你，哥。」

靜靜看著手上戒指的我，轉頭看了一下哥哥，接著露出開心的笑容，認真盯著我看的哥哥，拉起我戴上戒指的左手，親吻著我的左手，然後說著：

「我也喜歡你，青名，不！」

我們帶著愛意的眼神相視，我看到哥哥的嘴角開心的弧度，然後哥哥再次開口，糖果般甜蜜的話語來到我耳邊。

「我愛你、我愛你，青名。」

我內心深處某個地方被迅速填滿，產生了堅定無比的信任。看著我跟士憲哥的無名指上戴著相同款式的戒指在陽光下閃閃發光。

完美。我發自內心的笑了。春風吹著櫻花，緩緩的飄動。

這一刻的我，因為初戀成真而非常開心。在櫻花盛開的春日裡，能夠跟糖果般甜蜜的男人一起度過。

——《蜜糖危險男友 Sweet Sugar Candyman 全書完》

高寶書版集團
gobooks.com.tw

CRS025
SWEET SUGAR CANDYMAN 蜜糖危險男友　下
스윗슈가캔디맨

作　　者　아르카나 ARCANA
譯　　者　礁映
封面繪圖　阿蟬
編　　輯　賴芯葳
美術編輯　Victoria
排　　版　彭立瑋
企　　劃　方慧娟

發 行 人　朱凱蕾
出　　版　朧月書版股份有限公司
Hazy Moon Publishing Co., Ltd.
地　　址　臺北市內湖區洲子街 88 號 3 樓
網　　址　www.gobooks.com.tw
電　　話　(02) 27992788
電　　郵　readers@gobooks.com.tw（讀者服務部）
傳　　真　出版部　(02) 27990909　行銷部 (02) 27993088
郵政劃撥　19394552
戶　　名　英屬維京群島商高寶國際有限公司臺灣分公司
發　　行　英屬維京群島商高寶國際有限公司臺灣分公司
初版日期　2023年4月

國家圖書館出版品預行編目 (CIP) 資料

SWEET SUGAR CANDYMAN 蜜糖危險男友 / 아르카나 ARCANA 作；礁映譯 . -- 初版 . -- 臺北市：朧月書版股份有限公司出版：英屬維京群島商高寶國際有限公司台灣分公司發行 , 2023.04
面；　公分 . --

ISBN 978-626-7201-43-5(全套：平裝)

868.257　　111020605